KB180800

소설이란 무엇인가

소설이란 무엇인가

조병래 · 나병철 지음

평민사

차 례

머리말

　소설이란 도대체 무엇인가? 소설은 어떤 원리로 쓰여지는가? 소설을 어떻게 읽을 것인가? 이 책은 이러한 소설의 원론적 문제들에 대한 접근을 시도하고 있다. 이런 물음은 어찌 보면 평범하기 짝이 없고, 이에 관한 많은 서적들이 나왔지만 막상 딱히 답을 내리기도 쉽지 않은 문제이다. 그렇다고 해서 이 책을 통해서 그 답을 제시하고자 하는 것은 아니다. 필자들의 목적은 일반적인 소설의 독자들과 함께 소설을 잘 이해할 수 있는 바탕을 찾아보자는 것이다.

　근래에 와서 소설의 독자층이 두터워졌다. 수적인 증가는 물론이지만 독자의 계층이 넓어진 것이다. 학생, 지식인 중심의 한정적이던 독자층이 이제는 노동자 문화의 확대와 더불어 주부, 노년층에 이르기까지 다양해졌다. 그만큼 소설의 양상도 다양해졌으니 반가운 현상이 아닐 수 없는데, 소설을 공부하는 사람들로서는 할 일이 그만큼 늘어난 셈이다. 퇴폐적 오락물로부터 독서대중을 보호하는 일, 급변하는 사회 속에서 소설 읽기의 바른 의미를 찾는 일 등등 비평의 책무가 적지 않기 때문이다. 우리 사회는 지금 정보화의 문턱에 어정쩡하게 서 있어서 문화적 혼란이 심하고, 독서물은 홍수처럼 범람하고 있다. 이런 혼란기일수록 원론적 탐구가 중요할 수 있는데, 필자들은 가치있는 읽을 거리를 찾는 새로운 독자층을 위하여 소설의 본질과 원리를 재탐구하고 제시할 필요성이 그 책무 중 가장 우선되어야 한다고 생각한다.

특히 대학 강단에서 교양과목이나 문학개론·소설론 등, 소설과 관련되는 기본과목들을 강의하면서 필자들이 느끼는 불만의 하나는 외국소설이 아닌 우리의 소설을 설명할 적절한 교재가 드물다는 점이다. 소설에 대한 기존 서적들은 대체로 외국의 이론을 소개하고 거기에 맞춰 체계를 잡고 있다. 이러한 작업이 이론의 특성상 어쩔 수 없이 필요한 일이기도 하지만, 그를 통하여 우리 소설을 이해하는 데는 한계가 있다. 외국의 이론을 수용하면서 우리 소설의 역사와 참 모습을 관측할 수 있는 교재의 필요성 또한 이 책을 기획한 이유 중의 하나다.

물론 우리의 목적이 기존의 이론과 전혀 다른 새로운 이론체계를 수립하는 것은 아니었으므로, 기존의 이론을 밑받침으로 우리의 현실에 맞춰 우리 소설을 정리하고 그 내면을 해부하고자 하였으며,

아울러 우리 소설의 역사를 체계화하면서 소설이 만들어지는 원리를 탐색하는 데 주안점을 두었다. 그러기 위해서는 소설의 내용과 형식을 해부하면서 조합하는 이원적 작업이 필수적이었다. 또한 소설의 안과 밖을 함께 조명하기 위하여 가급적 리얼리즘 진영의 원리와 형식주의적 방법을 같이 포용하고자 하였다. 그리하여 제1장에서는 소설의 본질을 그 변천과정과 함께 살피고, 제2장과 제3장에서는 소설의 내용이라 할 〈이야기〉 자체와 제4장에서 그 형식이라 할 〈서술〉 측면을 논구하였으며, 끝으로 제5장에서는 소설의 미래를 문화적 전망과 함께 점쳐보았다.

　필자들의 욕심이 이 얇은 책에서 얼마나 채워졌는지 모르겠다. 이러한 작업들이 흔히 저지르기 쉬운 과오는 도식화와 아전인수식 논리화인데, 이 책에서도 지나친 도식화와 논리적 비약이 없지는 않을 것이다. 소설에 관심이 많은 여러분들의 질책과 가르침을 기다리면서 두고 두고 모자라는 부분을 고치고 채워나가려 한다.

　끝으로 추운 계절에도 노고를 아끼지 않은 평민사 여러분에게 감사드린다.

　－ 신미년 정초에, 지은이들 씀

제1장

소설이란 무엇인가

1.
소설과 서사문학

우리는 소설을 〈읽는다〉고 말한다. 그러나 엄밀히 말하면, 단순히 읽는 것이 아니라 누군가가 하는 이야기를 읽는 것이다. 다른 양식의 글은 글쓴이의 말과 생각을 직접 읽을 수 있으나 소설은 〈이야기하는〉 것을 읽는 것이다. 가령 수필은 글쓴이가 직접 자신의 경험을 독자에게 전달하지만, 소설에서는 등장인물의 행동을 통하여 형성된 이야기를, 화자가 청자에게 이야기하는 과정을 거쳐서 독자가 읽게 된다. 〈이야기하는 것〉을 읽는다는 것은 소설문학의 양식적인 특질이다.

다시 말하면, 우리는 소설을 읽으면서 두 가지 경험을 동시적으로 하게 된다. 하나는 활자로 박힌 언어를 읽는 직접적 경험이고, 다른 하나는 등장인물의 행동을 머리에 떠올리는 상상적인 경험이다. 이 두 경험은 거의 동시에 이루어지기 때문에 일견 동질적인 것 같지만, 사실은 서로 상이한 성격을 지니고 있다. 앞의 것은 문장을 만든 사람의 말(글)을 듣는(읽는) 경험이며, 뒤의 것은 인물들의 행동과 사건을 보는 경험이다. 전자는 문장을 지어낸 사람이 존재함으로써 가능하지만, 후자는 그와는 별도로 등장인물과 그의 행동을 전제로 하는 이야기가 성립될 때 가능하다.

이처럼 소설이 이루어지려면 두 가지 선행조건이 구비되어야 한다. 먼저 인물의 행동이 전개되어야 하며, 그리고 그것을 전해주기 위해 문장을 만드는 사람이 있어야 한다. 인물들이 행동하는 내용을 〈이야기〉라 하고, 그 이야기 내용을 전해주기 위하여 말을 만드는 사람을 〈화자〉라고 한다. 화자만 존재하고 이야기가 없거나, 혹은 이야기는 있는데 그것을 전해 줄 화자가 없다면 소설적 상황은 생겨나지 않는다. 바꿔 말하면, 이야기와 화자는 소설을 구성하는 두 가지 필수요건이라는 것이다. 이렇게 이야기와 화자를 필수요건으로 하는 문학양식을 우리는 〈서사문학〉이라 부른다.

다음 글을 예로 들어보자.

갑돌이와 갑순이는 한마을에 살았대요
둘이는 서로서로 사랑을 했더래요
그러나 둘이는 마음뿐이래요
겉으로는 안 그런 척했더래요

이 인용문은 우리가 잘 아는 「갑돌이와 갑순이」라는 노랫말의 일부분이다. 이 뒤에는 갑돌이와 갑순이가 따로 결혼을 하고 서로를 그리워한다는 내용이 이어진다. 이 글은 비록 노랫말이어서 운문의 형태를 지녔지만 그 내용에는 갑돌이·갑순이라는 등장인물이 있고, 그들의 사랑과 이별의 이야기가 내재하며, 이야기를 전달하는 화자가 있다. '~대(래)요'로 끝나는 말투가 곧 화자의 입을 통한 이야기 전달임을 알게 한다. 따라서 이러한 노랫말은 운문이더라도 서사문학의 성격이 내재한다고 할 수 있다. 다만 인물의 행동이 능동적이지 못하고 정태적임은 이 글이 본격적 서사문학이 아니라 운문형태의 노랫말이기 때문이다.

『유양잡조』에 기록되어 있는 방이설화에는 방이와 그의 동생이라는 등장인물이 있다. 그리고 그들의 행동과 그 행동에 따른 의미부여가 있다. 등장인물과 그들의 행동은 의미를 형성할 수 있는 사건을 구성하는데, 이렇게 누가 무엇을 어찌하였다라는 형식의 줄거리를 형성하는 것을 이야기라 한다. 그런데 이 이야기는 어릴 때 우리가 할아버지의 무릎에 누워서 들었던 내용이기도 한다. 그렇게 말로 들었던 내용을 우리는 글로써 읽고 있는 것이다. 즉, 삼국사기의 방이설화에 대한 기록은 할아버지가 손자에게 이야기하듯, 누군가가 누군가에게 이야기하는 내용을 글로 옮긴 것일 뿐이다. 이처럼 서사문학은 인물과 인물의 행동으로 성립되는 이야기를 그 내용으로 하고, 이 이야기의 내용이 누군가에 의해서 전달되는 양식의 문학이다. 물론 소설은 서사문학의 하나이다. 그러면서 가장 발달한 형태이므로 인용된 설화처럼 단순히 이야기를 글로 옮긴 것은 아니다. 이야기가 어떻게 형성되는가, 그리고 그것을 전달하는 화자의 서술은 어떻게 이루어지는가 하는 여러 복잡한 과정이 소설의 특질을 구성하게 된다.

2.
소설의 역사

1) 서사문학과 그 인식방법

소설이라는 양식은 인류 문화가 발생한 처음부터 있어 왔던 것이 아니다. 태초에 말이 있었다면 아마도 그 얼마 후에 서사문학이 나타나기 시작했을 것이다. 서사문학은 수천 년의 기나긴 역사를 갖고 있다. 그러나 소설은 그 수천 년의 역사 중 겨우 몇백 년의 나이를 갖고 있을 뿐이다. 더욱이 오늘날과 같은 근대소설은 정확히 이백 년 남짓의 역사를 지녔을 뿐이다.

이런 의미에서 소설은 우리 시대의 서사문학이라 하겠다. 우리 시대의 서사문학이 나타나기 전까지는 다양한 소설의 선조들이 있어 왔다. 이를테면, 신화·전설·민담 등이 그것이다. 우리는 이 소설의 선조들을 소설(로만스와 근대소설)과 구별하기 위해서 〈설화〉라고 부르며, 또한 입으로 말함으로써 전달된다 하여 〈구비문학〉의 일종으로 보기도 한다.

신화는 신들의 이야기, 또는 신과 관련된 이야기이다. 설화는 영웅적인 인물이나 신이한 능력을 지닌 인물들의 이야기이다. 고소설은 사대부의 모험담이나 사랑 이야기가 대부분이다. 그러나 근대소설은 일반 평민들의 이야기라 할 수 있다. 신화에서부터 근대소설로의 이행과정은 신에서 영웅, 그리고 일반적인 현실적 삶에 이르기까지 주인공의 신분 하강을 보인다. 이 사실은 서사문학이 인간의 삶과 인간을 둘러싼 세계에 대한 이해를 바탕으로 함을 의미한다. 즉, 신화에서 근대소설까지 서사문학의 변천과정은 인간의 삶의 양상과 인식구조의 변화를 반영한다. 특히 그것은 이야기와 화자의 변화 및 그 관계의 변화로써 나타난다. 이야기가 인간이 살아가는 세계의 반영이라면, 화자는 그 세계를 인식하는 양상의 반영이다. 그러므로 이야기와 화자의 관계는 세계와 그 세계를 인식하는 인간과의 관계를 반영한다고 할 수 있다.

이야기가 인간이 살아가는 세계의 반영이라는 말은, 단순히 거울로 비추듯 세계의 한 부분을 있는 그대로 보여준다는 뜻은 아니다. 그것은 인간이 경험을 통해 확인한 세계의 부분들을 바탕으로, 나머지를 상상력으로 채워넣음으로써 하나의 완성된 세계상을 만들어내는 것을 뜻한다. 따라서 이야기가 만들어지기 위해서는, 경험적 요소와 상상적(허구적) 요소가 혼용되는 과정을 거친다. 이런 의미에서 이야기는 인간이 살아가는 세계의 반영인 동시에, 인간의 창조물이다. 인간은 이야기의 창조를 통해서, 경험만으로는 얻을 수 없는 총체적인 세계상을 소유하게 된다. 이야기가 우리에게 안락과 만족을 주는 동시에, 세계에 대한 호기심과 갈망을 충족시켜 주는 요인은 여기에 있다. 우리의 이야기 수용과정에는 세계에 대한 인식과 그 세계를 지배하는 가치에 대한 자기인식이 포함되어 있다.

이렇게 만들어진 이야기는 화자에 의해 다른 사람들(청자)에게 전달된다. 상상력을 통해 창조된 이야기가 그 자체로서 사람들의 눈에 보여질 수는 없다. 따라서 이야기는 반드시 전달자를 필요로 하는데, 그 전달자가 화자이고 전달수단은 그의 언어다. 화자는 이야기 내용을 인식하면서, 다른 한편 사람들에게 그것을 언어로 전달한다. 여기서 화자의 인식방법을 〈시점〉이라 하고, 언어적 전달행위를 〈서술〉이라고 한다.

2) 신화 시대의 서사원리

이제 이야기와 화자의 변화과정을 살펴보자. 이야기 구성원리의 변화는 세계와 인간과의 관계를 반영한다. 예컨대 고대에는 인간의 생활이 자연에 압도되어 있었으므로, 인간은 온갖 경외로운 자연현상으로부터 신성한 힘의 존재를 믿게 되었다. 그 신비로운 힘의 근원을 신이라고 불렀으며, 인간의 삶의 질서에 필요한 절대적 가치를 그 신성한 힘에 결부시켰다. 고대국가의 여러 가지 건국신화들은 모두 이 점과 연관되어 있다. 인간의 삶의 질서를 위한 절대적 가치인 건국시조의 왕권을 신의 혈통으로 설명함으로써 그것에 절대적 합당성을 부여했던 것이다. 인간들 중 놀라운 힘을 지닌 영웅은 왕과 신의 아들이라는 칭호를 동시에 얻을 수 있었다. 이는 인간을 대표하는 왕권과 신성한 세계의 질서와의 조화를 상징하는 것이었다.

그러나 그러한 조화는 전설의 시대에 들어서면서 분열되기 시작한다. 한 예로 아기장수 전설을 보면, 신성한 힘을 지닌 영웅의 탄생이 인간의 비극으로 받아들여짐을 볼 수 있다. 일단 왕권을 정점으로 한 통치질서가 확립되자, 인간들 중 경외로운 힘을 지닌 자는 더 이상 축복을 받을 수 없게 된 것이다. 새로운 영웅의 탄생은 기존 질서에 대한 도전을 의미하기 때문이다.

장사가 태어나면 그 마을이 망한다는 생각을 갖고 있던 마을 사람들은 놀라운 힘을 지닌 아이를 큰 돌을 올려놓아 죽게 한다. 영웅이 될 아이를 미리 제거함으로써 훗날의 재앙을 막기 위해서였다. 그러나 이러한 마을 사람들의 행동은 인간의 비극을 의미하는 것일 수밖에 없었다. 인간에게 비범한 능력을 부여한 신의 섭리가 더 이상 인간의 삶의 질서와 화합되지 않는다는 좌절이 나타났던 것이다.

하지만 인간의 좌절과 슬픔은 여전히 신성한 힘의 원리를 빌려 표현된다. 위의 전설에서 아이가 죽자 번개가 치며 용마가 날아와 울다 죽었고, 죽은 아이의 시체 주위에는 몇 달이 넘도록 불개미떼가 모여 군대훈련을 한다. 신의 섭리와 인간의 질서에 균열이 생겨났지만, 사람들은 아직 세계가 신성한 원리에 지배된다고 믿었던 것이다.

이처럼 신화가 조화와 축복을 담고 있는 반면, 전설은 분열과 슬픔을 표현한다. 그러나 신화와 전설은 세계가 신성한 힘의 원리에 지배된다는 믿음을 똑같이 갖고 있었다. 따라서 신화·전설·민담 등의 설화는 그 신성한 원리를 인간이 즉자적으로 받아들이는 관계를 이야기와 화자의 관계로써 반영한 것이다.

세계를 지배하는 신성한 원리는 인간의 개인적인 자아의식을 압도하면서 모든 인간에게 받아들여진다. 즉, 설화시대의 인간은 신성한 원리를 즉자적으로 수용해 자신의 세계관으로 삼았다. 세계와 인간과의 이러한 관계는 이야기와 화자와의 관계에 그대로 반영된다. 설화의 이야기를 통괄하는 신성한 원리는 화자의 자아의식을 제압하고, 화자로 하여금 그것을 당연하고 유일한 세계질서로 인식하도록 한다. 화자는 자기의 관점으로 이야기 세계를 대면하는 것이 아니라, 신성한 원리를 즉자적으로 받아들여 청중들에게 전달한다. 이처럼 화자의 서술에는 자신의 관점이 틈입하지 못하며, 이야기에 드러나는 신성한 세계관을 전달하는 데 전념하게 되므로, 서술하는 언어 자체는 중요하지 않아서 매번 바뀌어도 이야기 전체의 의미가 크게 손상되지 않았다. 서술의 정확한 보전이 필요없었다는 점은 설화의 전달수단이 구어였다는 사실과도 상통한다.

3) 고소설의 로만스적 원리

소설의 출현은 세계와 인간과의 변화된 새로운 관계를 반영하는 것이었다. 신의 섭리와 인간의 질서가 분열된 시대에, 인간은 더 이상 신성한 원리에 의존하지 않고 자신의 관점으로 세계를 인식하게 되었다. 물론 고소설의 시대에도 신이 활동하는 천상계가 여전히 존재한다고 믿었다. 그러나 신의 섭리는 더 이상 구체적 대상으로 출현거나 직접적으로 인간의 삶에 관여하지는 않게 되었다. 완전히 사라지지는 않지만 보이지 않는 저편 세계로 물러나게 된 것이다. 이를테면, 조선조의 영웅소설에서 천상계가 꿈을 통해서만 나타나는 것은 여기에 기인한다.

이러한 인식구조의 변화와 함께, 인간은 신의 원리 대신에 인간의 질서를 최고의 가치로 삼게 되었다. 이를테면, 고소설의 시대에 와서는 사회가 충·효·열 등 인간적 덕목을 최고의 가치로 내세웠으며, 신에 의한 질서 대신 이 유교이념이 이야기의 구성원리로 작용하게 되었다. 이처럼 천상적 질서 대신 지상적 원리를 선택함으로써, 비범한 능력을 지닌 영웅의 탄생이 다시 가능해졌다. 그러나 다시 태어난 영웅은 신의 아들이 아니라 왕에게 충성을 맹세하는 신하로서의 영웅에 불과하다. 물론 영웅은 저편 세계로 물러난 신의 섭리의 후광에 둘러싸인다. 그러나 그 섭리에 의한 비범한 능력은 이미 신성성을 상실했으며, 다만 지상적 질서를 유지하는 힘으로 사용될 뿐이다. 충·효·열을 주제로 한 조선조의 영웅소설들은 모두 천상계의 도움을 받으나, 본질적으로는 지상의 규범적 원리를 바탕으로 하여 구성된 이야기이다.

이와 같이 세계와 인간과의 새로운 관계는 이야기의 구성원리에 변화를 가져오게 되었고, 따라서 이 변화는 이야기와 화자와의 관계에도 반영되었다. 인간은 신성한 원리에 의해 압도되는 것이 아니라 충·효·열을 정점으로 하는 인간의 관념체계로써 세계를 이해하기 시작하였다. 즉, 인간은 자신의 관념으로 세계를 대면하게 되었다.

이에 상응해서 소설의 화자 역시 이야기 세계를 자신의 관점으로 마주보면서, 그 관점으로 해석된 내용을 독자에게 전달한다. 이 관점이 중세적 세계관으로 크게 제약되어 있긴 하지만, 이처럼 화자의 서술에 자신의 관점이 내포됨으로써, 그의 서술은 이야기뿐만 아니라 자신의 관점을 아울러 담는 기능을 하게 된다. 따라서 양자(이야기 내용과 화자의 관점)가 섞여진 서술은 변화될 수 없는 언어(글)로 고정되었다. 소설의 전달 수단이 설화와는 달리 문어체로 바뀐 것은 이와 관련이 있다.

4) 비판적 리얼리즘과 사회주의 리얼리즘, 그리고 모더니즘

이러한 로만스적 고소설은 근대에 이르러 또다시 변화를 겪게 되었다. 고소설을 지배하던 유교이념은 기존 질서를 옹호하며 사회를 통합하는 기능을 해왔다. 대부분의 고소설들이 행복한 결말로 끝나는 것은 유교이념을 바탕으로 사회와 개인이 조화될 수 있다는 인식의 반영으로, 충·효·열을 잘 지키면 누구나 행복해질 수 있다는 사고구조의 결과이다.

그러나 역사가 보다 진전됨에 따라, 사람들은 유교이념이 더 이상 조화된 사회의 행복을 보장하지 못함을 깨닫게 되었다. 유교이념이 영원한 행복을 보장한다는 것은 〈관념〉일 뿐더러, 실제 〈현실〉에서는 사회와 분열된 개인이 고통을 당한다는 사실을 인식하게 된 것이다.

인간은 신의 섭리와 인간의 질서가 분열되었을 때 신성한 원리를 포기하고 지상의 원리를 선택했듯이(설화→고소설), 사회와 개인이 분열되었음을 깨닫자 양자를 결속하는 관념을 버리고 개인을 존중하는 현실의 원리를 믿게 되었다(고소설→근대소설). 근대소설의 발흥은 이러한 현실주의와 개인주의에 근거한 것이었다. 근대소설은 사회의 이념과 개인의 삶이 조화될 수 없다는 사회와 개인과의 갈등, 즉 〈현실〉의 분열된 실상을 드러내면서 또한 그 분열을 극복하려는 〈개인〉의 내면적 의지를 보여준다.

모든 문화양식이 그러하지만 소설의 양식은 특히 사회 경제적인 양상과 밀접한 관련을 갖는데, 고소설에서 근대소설로의 이행은 봉건제에서 자본주의에로의 발전과정에 상응한다. 자본주의 문화의 대표적 양식인 근대소설은 봉건제의 관념적 결속이 분열되고 무너지는 사회실상을 명확히 보여준다. 자본주의 문화의 토대가 되는 개인의식의 발달은 사회 전체를 지배하는 봉건적 관념이 더 이상 개인의 삶을 지배하지 못함을 인식케 한다. 이러한 인식을 반영하는 근대소설은 말하자면 관념으로부터 개인을 해방시켰다. 즉, 지배적 관념보다는 개인의 현실이 더 중요하게 된 것이다. 근대소설의 출현과 함께 등장한 리얼리즘의 창작 원리는 이러한 현실주의적 인식태도를 기반으로 한다.

그러나 근대소설은 끝내 사회와 조화된 상태에서의 개인의 행복은 그릴 수 없었다. 개인은 관념의 굴레에서 벗어나 한껏 자유스러워졌지만, 갖가지 현실적 모순에 대처하여야 함으로써 관념이 떠맡

앉던 짐을 이제는 혼자서 지게 된 것이다.

예컨대, 최서해의 「탈출기」에서 주인공은 이렇게 말한다.

> "이때 나에게 부지런한 자에게 복이 온다 하는 말이 거짓말로 생
> 각되었다…… 부지런하다면 이때 우리처럼 부지런함이 어디 있으며
> 정직하다면 이때 우리 식구같이 정직함이 어디 있으랴? 그러나 빈
> 곤은 날로 심하였다."

부지런하고 정직해도 빈궁에 시달려야 하는 현실의 모순에 의해,
주인공은 분열된 삶을 살아가면서 그 고통과 불안을 혼자서 떠맡아
야 한다. '착한 사람은 복을 받는다'는 관념이 개인과 사회를 결속
시켜 주던 고소설의 시대에는, 「흥부전」에서 착한 흥부가 복을 받아
행복해지듯 사회적 관념이 모든 사람의 삶의 원리였다. 그러나 이제
는 그러한 공동체적 신념이 불가능해진 것이다.

근대소설이란 양식을 통하여 개인의 삶을 찾고 행복을 추구하였
으나 자본주의적 현실 속에서 사회와 개인의 갈등이 더 깊어만 가
자, 그 고통의 원인에 대한 고찰과 함께 그러한 현실에 대한 저항과
비판이 중심을 이루게 되었다. 현실의 모순을 비판하고 개인적 삶의
의미를 묻는 것이 근대소설의 중심적인 과제가 된 것이다. 그리하여
비판적 리얼리즘이라 부르는 이러한 양식이 근대소설의 주류를 이
루었다. 그러나 개인적인 비판의 목소리로서 분열된 세계를 극복하

기는 어려운 일이다.

근대소설에 나타난 개인과 사회의 분열은 현실의 모순에 저항하면서 새로운 사회의 건립으로 나아가는 소설에 의해 지양되는데, 이 새로운 사회 건립을 향한 소설 양식은 개인의 문제를 초월하여 다시 집단적 신념을 추구하는 데서 찾아진다. 응집된 집단·공동체적 신념에 초점을 두고 이상적 사회의 건설로 매진하는 인물들의 행동이 형상화되는 사회주의 리얼리즘이 바로 그것이다. 이러한 사회주의 리얼리즘의 지향점은 다시 사회와 개인, 인간과 세계를 조화시키려는 데 있다. 그런 점에서 분열에서 융합으로 나아가려는 회귀성을 지닌다. 그러나 사회주의 리얼리즘은 관념에 의한 결속이 아닌 현실주의에 입각한 조화로운 이상적 사회를 형상화한다는 점에서 고소설의 로만스적 원리와 엄격히 구별된다. 또 새로운 이상적 사회의 건설은 그냥 주어지는 것이 아니고, 비범한 인식과 행동이 요구되므로 사회주의 리얼리즘에는 고소설처럼 영웅적 인물이 재등장한다. 그러나 이 영웅적 인물 역시 로만스처럼 천부적으로 부여된 이상적 성격으로서가 아니라, 민중 속에서 생활하면서 민중의 요구를 성취하기 위하여 투쟁과 신념으로 싸우는 현실적 성격으로 그려진다.

이러한 사회주의 리얼리즘 소설은 사회주의 세계관을 전제 조건으로 했을 때만 창작될 수 있다. 따라서 이 소설 양식에 반대하는 사람들은 이념적 목표점으로 설정된 이상 사회에 의문을 나타내면서, 그로 인한 소설의 관념 편향을 비판한다. 이러한 두 가지 상반된 견해는 간단하게 시비를 가릴 수 있는 성질의 것은 아니다. 왜냐하면, 근본적으로 양자의 견해는 역사와 미래를 바라보는 세계관적(혹은 이념적) 차이에 근거하기 때문이다.

근대소설(비판적 리얼리즘)에서 사회주의 리얼리즘과는 달리 진행하는 또 하나의 흐름이 모더니즘 소설이다. 모더니즘 소설은 개인과 사회의 분열을 담는 것에서 한걸음 더 나아가, 통일적으로 파악되기 어려운 개인의 내면으로 눈을 돌린다. 다시 말해, 개인의 내면의 분열 및 통일에 초점을 맞추는 것이다. 이 때문에 모더니즘은 인간을 사회로부터 고립시켜 형상화하는 경향을 나타낸다. 그러나 원래의 모더니즘의 목표는 인간과 사회와의 관계를 보다 복합적이고 심층적으로 파악하려는 데 있다고 할 수 있다.

근대소설부터 화자와 이야기의 관계는 복잡성을 지니게 된다. 신화처럼 화자의 관점이 없거나, 고소설처럼 주어진 관점에 의존해서는 결코 복잡하고 다양한 현실적 문제를 전달할 수 없기 때문이다. 따라서 근대소설에 오면서 화자의 관점과 그 서술 양상에 따라 이야기의 성격에 변화가 수반되었다. 세계를 바라보는 시각이 저마다 다른 여러 인물들이 한 작품 내에서 충돌할 수도 있고, 사회에 대한 개인의 갈등도 저마다 다른 관점으로 표현될 수 있어서 한 작품 내에서도 시점(관점)의 다양성과 이동이 불가피하게 되었다. 사회주의 리얼리즘에서는 사회주의 세계관을 전제로 하는 만큼 그 관점도 일정한 지향성을 지니지만, 어디까지나 현실을 기반으로 하는 것이 또 하나의 전제이고 그 현실이라는 것이 다양하므로 여기서도 화자의 관점이 단순하지만은 않다. 모더니즘의 경우, 보다 내부적인 시각이 필요하고 다분히 심리적인 문제가 결부되는 만큼 화자의 시점과 서술은 더욱 중요시된다. 다만 공통적으로 지적될 수 있는 것은, 화자의 문제가 이야기 구성 원리에 못지않게 중요한 요소로 자리 잡게 되었다는 점이다. 그래서 이 문제는 제4장에서 보다 심도있게 논의될 것이다.

5) 서사문학의 흐름을 가늠하는 두 축

이제까지 우리는 신화에서 모더니즘 소설에 이르는 서사문학의 변천과정을 살펴보았다. 우리가 고찰한 여러 가지 양식들은 두 가지 축을 따라 상호 구별되는 특징으로 분류된다. 먼저 역사적 맥락을 따라서 설화와 소설로, 그리고 소설은 다시 고소설·근대소설·사회주의 리얼리즘 소설·모더니즘 소설로 나뉘어진다. 다른 한편으로 인간과 세계와의 상호 관계의 맥락에서, 양자가 조화된 신화·고소설·사회주의 리얼리즘 소설과 상호 분열된 전설·근대소설(비판적 리얼리즘)·모더니즘 소설로 분류된다. 이와 같은 서사문학의 계통분류는 다음과 같이 도표로 정리될 수 있다.

	조 화	분 열
설 화	신 화	전 설
소 설	고 소 설	
		비판적 리얼리즘
	사회주의 리얼리즘	모더니즘

위의 도표에서 〈조화〉로 분류된 양식들은 〈현실〉을 있는 그대로 그리기보다는 〈이상〉으로 나아가는 모습으로 형상화하며, 영웅적인 주인공을 등장시킨다. 그러나 신화는 신의 섭리와 인간적 가치가 일치된 이상을, 그리고 고소설은 관념화되었으나 신의 섭리가 아닌 인간적 이념(즉 유교 이념)에 의해 조화된 삶을 그리지만, 사회주의 리얼리즘은 현실주의 원리에 입각한 이상적 삶을 형상화한다. 따라서 신화의 영웅이 신의 아들로 나타나며 고소설의 영웅이 왕의 충신으로 그려지는 반면, 사회주의 리얼리즘의 주인공은 민중의 대표자나 가장 인간적인 영웅으로 등장한다.

반면에 〈분열〉로 분류된 양식들은 삶을 〈이상〉적인 상태보다는 있는 그대로의 〈현실〉로써 드러내며, 전체적으로 비극적인 전개의 틀을 가진다. 전설은 신의 섭리와 인간의 질서가 분리된 슬픔을, 근대소설은 사회와 개인이 분열된 비극을 형상화하며, 모더니즘 소설은 인간의 내면적 심층을 탐구한다. 그리고 중요한 것은 이 양식들이 비극적 전개를 보인다고 해서 그것이 결코 비관주의에 빠진 것을 의미하지는 않는다는 점이다. 왜냐하면, 이상적 삶에의 지향을 현실적 삶의 상태로는 나타내지 않지만, 대신에 인간의 내면적 열망으로써 그것을 형상화하기 때문이다.

3.
소설의 근원 상황

1) 서사적 원리의 역사성

서사문학의 여러 양식들은 역사적 전개에 따라 각 시대에 상응하는 형식으로 나타난다. 따라서 지난 시대의 양식이 똑같은 형태로 재등장하기는 거의 불가능하다. 예컨대, 신화나 전설이 다시 부흥하길 기대하는 것은 한때 융성했던 공룡이나 원시침엽수의 재출현을 기다리는 것과 비슷한 것이다. 물론 과거에 창작된 신화·전설·고소설을 현대에 다시 감상할 수는 있다. 그러나 이때에도 항상 그 시대를 표시하는 딱지가 작품에 붙어다니게 된다.

우리가 오늘날 고소설을 대할 때에는 그 작품이 쓰여졌던 시대와 오늘 사이의 역사적 거리를 전제로 하고 독서한다. 즉, 그 고소설이 창작된 당대의 역사적 상황과 당대의 가치관을 고려하여 읽고 감상하게 된다는 것이다. 일례로, 우리가 「춘향전」을 오늘날의 정조에 대한 가치관으로써 읽는다면 그 감동은 크게 줄어들 것이다. 그것은 목숨보다 정조가 중요했던 당대의 가치관을 전제로 하지 않는다면, 춘향의 목숨을 건 오기가 별로 의미를 지니지 못할 것이기 때문이다.

「춘향전」은 조선시대의 작품이라는 딱지를 붙이고서 오늘에 존재한다. 그렇지만 이 사실은 「장길산」 같은 역사소설이 비록 조선시대를 배경으로 한 이야기라 하더라도, 우리가 그것을 읽을 때는 민중의 삶이라는 오늘의 가치관으로 읽게 된다는 사실과 구별된다. 이것은 서사적 양식이 그 내용과 형식에 있어서 역사성을 지님을 뜻한다. 그 시대에는 그 시대의 양식이 있는 것이다.

일반적인 현상은 아니나, 전시대의 양식들이 오늘날의 작품에 비슷한 형태로 남아 있는 경우를 아주 발견할 수 없는 것은 아니다. 신화나 전설의 전달양식인 구비문학은 어떤 의미에서 현대에도 창작된다고 볼 수 있다. 즉, 우리들이 일상생활에서 주고받는 재담류가 그것이다. 좀 우스운 예가 되겠지만, 참새 시리즈니 식인종 시리즈니 목욕탕 시리즈니 하는, 입에서 입을 거쳐 널리 퍼지는 재담들은 구비문학의 원리에 따라 창작되거나 소통된다. 그렇지만 이런 재담들을 본격적인 문학으로 여기는 사람은 아마도 많지 않을 것이다.

한편, 그러한 전달 양식의 측면이 아니라 이야기의 측면에서 고대의 설화가 고소설에 수용되기도 한다. 앞서 예를 들어 설명한 방이설화는 「흥부전」의 모태가 된다. 그러나 설화는 그대로가 아니라 많은 변화를 겪으면서 소설에 수용된다.

「흥부전」에 오면 형과 아우의 위치가 바뀌는데, 이것은 자연적 위계질서보다 선과 악이라는 인위적 질서가 중요함을 보인다. 또 흥부의 행복도 제비를 보살펴준다는 구체적 선의 대가로 주어진다. 그 외에도 「흥부전」에서는 화자가 분명히 개입하기도 한다. 다시 말해,

방이설화의 이야기 내용만 수용되었을 뿐 그 서사 원리까지 재생된 것은 아니라는 것이다. 이와 비슷하게, 고소설의 근본 양식인 로만스 역시 현대에 창작되는 문학 작품의 원리를 이루는 경우가 있다. 「인간시장」이나 「단」, 그 외 무협지나 공상과학소설 등은 로만스를 근본원리로 한 작품들이다. 그러나 이 소설들이 대중에게 큰 인기를 얻고 있음에도 불구하고, 우리는 그 작품들을 문학사에 남을 진지한 소설로 평가하지는 않는다.

이처럼 지난 시대의 서사적 원리가 다음 시대에 와서 본격적 문학을 이루지 못하는 사실은 서사문학의 내용과 형식이 정체되지 않고 변화함을 의미한다. 그리고 그 변화는 서사문학이 당대의 사회적 상태 및 역사적 단계와 불가분의 연관을 지님을 뜻한다. 즉 서사적 원리는 당대의 인간의 삶을 반영하며, 좀더 근원적으로는 세계에 대한 인식과 인간에 대한 인식을 동시에 반영한다. 그리고 서사문학이 〈이야기〉와 〈화자〉라는 두 가지 요소로 이루어졌듯이, 이 반영 과정 역시 이중적인 양상으로 나타나게 된다.

2) 세계를 반영하는 두 가지 과정

첫째로, 서사문학은 인간의 삶, 즉 인간과 환경과의 상호작용을 형상화한다. 인간의 삶은 인간들이 일정한 세계의 상태 곧 환경 속에서 활동하는 것이며, 그것은 소설 속에서 〈인물과 환경의 교호작용〉으로 나타난다. 인물과 환경의 교호작용은 인물의 행동 혹은 일정한 환경 속에서의 〈사건〉으로 그려진다. 그런데 인물의 행동이나 사건이 실제 현실의 모든 대상을 반영할 수는 없으므로, 필연적으로 선택 및 배열의 과정을 거치게 된다. 이 선택과 배열의 과정을 통하여 허구화라는 서사문학의 특성이 주어진다. 이 과정을 통하여, 현실의 모든 대상에서 가장 본질적이고 중요한 문제를 소설의 자료로 하고 인간의 행동을 개연성있게 구성함으로써, 가장 진실된 삶의 문제를 추구할 수도 있게 된다.

특히 소설에 있어서는 선택과 배열의 작업에 인간의 특정한 관점·세계관·가치관이 작용하는 바, 이 과정에서 세계에 대한 인식과 가치에 대한 자기인식이 반영되는 것이다. 이는 현실의 삶을 있는 그대로 되비추는 것이 아니라, 인간이 갖고 있는 가치의 체계를 드러낼 수 있도록 형상을 만들어냄을 뜻한다. 그 구체적 과정인 선택과 배열의 작업은 행동(혹은 사건)을 축적시켜 나가면서 구조화하고, 구조화된 인물의 행동과 사건은 〈이야기〉를 구성하게 된다.

서사문학의 두 번째 반영 과정은 세계와 그 세계를 인식하는 인간과의 관계를 이야기와 화자와의 관계로써 드러내는 것이다. 앞에서 살펴보았듯이, 이야기는 그 자체로 보여지는 것이 아니라 화자의 언어를 통해 전달된다. 즉, 서사문학의 근원 상황은 화자가 세상의 일(이야기)을 다른 사람(특정한 청자일 수도 있고 가상의 청자 또는 다중일 수도 있다)에게 들려주는 형식인 것이다. 이러한 서사적 상황에서 화자가 이야기에 관계하는 방식은 그 시대 사람들이 세계를 인식하는 방법에 상응하게 된다.

이와 같이 서사적 반영은 두 가지 차원으로 이루어져 있다. 하나는 이야기를 통해 인간과 환경의 상호작용을 반영하는 과정이며, 다른 하나는 이야기와 화자의 관계로서 세계와 세계에 대한 인식 주체(인간)와의 관계를 반영하는 것이다. 전자는 〈인물과 환경의 상호작용〉 혹은 인물·행동·사건·플롯 등으로 형상화되며, 후자는 서술과 시점으로 드러난다.

우리는 이러한 서사문학의 기본체계를 바탕으로 하여 소설에 대해 살펴볼 것이다. 설화와 구별되는 소설은 그 양식적 특성에 상응하는 역사적 단계 및 사회적 상태에서 출발되었음은 앞에서 강조한바 있다. 따라서 우리는 역사적 발전의 단계들이 소설의 양식적 특성에 어떻게 반영되었는가를 살피면서, 구체적 제반 여건들을 고찰할 것이다. 그리고 소설 중에서도 고소설·비판적 리얼리즘·사회주의 리얼리즘·모더니즘 소설이 어떤 상이점을 지니는지 역사적맥락에서 살필 것이다.

소설을 감상할 때 우리는 먼저 화자의 언어를 읽고, 그 다음 인물들의 행동을 떠올린다. 물론 두 가지 인식과정은 거의 동시적으로진행된다. 그러나 우리는 양자의 특성 및 관계를 올바로 파악하기위해, 먼저 언어외적 부분인 〈이야기〉(인물, 환경, 플롯)에 대해 살펴보고, 이어서 그것을 전달하는 언어 부분인 〈서술〉과 〈시점〉에 대해고찰하기로 한다.

제2장

이야기—인물

1.
이야기와 인물

앞에서 보았듯이 소설은 화자가 어떤 이야기를 누군가에게 전달하는 양식의 문학이다. 화자가 전달하는 부분, 즉 서술의 측면은 소설의 바깥 부분(형식)이고 〈어떤 이야기〉는 화자가 말하고자 하는 대상, 즉 내용이 된다. 화자가 누구이고, 어떤 시각에서, 어떤 목소리로 이야기를 전하는가 하는 문제는 언어를 매체로 하는 소설문학의 특징적인 서술적 측면으로서, 제4장에서 살필 것이다. 우선 여기서는 소설의 내용에 해당하는 이야기 자체에 관심을 갖도록 하자.

이야기는 세 가지 요소로 구성되는데, 인물·환경·플롯이 그것이다. 이 세 요소는 어느 하나만으로 기능할 수 없고, 세 요소가 서로 관련을 맺으면서 하나의 이야기를 형성하게 된다. 그중 창작 과정에서 가장 우선적으로 구상되는 요소는 아마도 인물일 것인데, 주체가 없는 이야기란 아무런 의미도 가질 수 없기 때문이다. 인간이 태어나면서부터 즐기는 이야기라는 것 자체도 우리 인간이 자기 발견의 한 양식이다. 결국 사람이 살아가는 내용을 말로써 주고받는 것이 곧 이야기인 것이다. 그런 점에서 소설양식은 인간의 삶을 중시하고, 또 직접적으로 다루는 예술양식이므로 인물은 이야기 형성의 가장 핵심적인 요소이다.

 이야기가 되려면 다음의 몇 가지 조건을 구비해야 한다. 우선, 이야기는 완결된 줄거리[1]를 가져야 한다. 이야기가 줄거리를 가져야 한다는 것은 그 속에 어떤 인물과 그 인물의 행위가 있어서 어떤 변화를 인지할 수 있어야 한다는 뜻이다. 줄거리는 인물의 행위가 연속되어서 연속적인 사건으로 발전할 때 만들어지는 것으로, 결국 이야기는 일련의 사건으로 채워지는 것이다. 그렇기 때문에 이야기 안의 인물은 행위를 통하여 시간적으로 움직이는 인물이다. 이야기의 성격은 동적(動的)이다. 이 점은 서정시와 같이 이야기를 본질적 내용으로 하지 않는 문학과 대비된다. 서정시가 현재의 상태를 노래하는 정태적 양식인 반면, 이야기는 과거의 사건을 서사하는 동태적인

---

1) 줄거리는 이야기에 내재하는 사건들의 요약이다. 요약된 사건들을 시간순으로 나열한다는 점에서 이야기보다는 추상적이다. 즉 하나의 스토리를 축으로 하여 더 구체적이고 인위적으로 사건을 배열하고 결합한 것이 이야기이다.
   완판본 고소설인 「열녀춘향수절가」와 이해조의 「옥중화」, 그리고 신상옥 감독의 영화 「춘향전」은 동일한 스토리를 갖고 있으나, 재구성된(서술된 또는 각색된) 이야기는 각자 다르다. 줄거리는 근본적으로 인물의 행위가 연속되는 사건으로 구성된다.
2) 백석(白石)의 시나 김동환의 「국경의 밤」과 같이 운문 형태의 시에도 서사적 허구가 내재할 수 있다. 그러나 이 경우에도 인물의 성격이나 동적인 사건의 의미에 집중되지 않고, 그 사건에 따른 정태적 상황이나 심리에 의미가 집중된다.
   Marvin Mudrick, "Character and event in Fiction", *Critical*

양식이다.[2]

"님은 갔습니다. 사랑하는 나의 님은 갔습니다"라는 시 구절은 님이 떠나간 사건을 이야기하는 것이 아니라, 님이 떠나간 뒤의 나(서정적 자아)의 심리적 상태를 노래한 것이다. 서정시가 형용사적이라면 이야기는 동사적이다. 이야기는 살아 움직이는 인물을 필수적인 요소로 하여 구성되는 것이고, 인물은 사건화되어 기능하게 된다.

둘째, 이야기의 사건은 실제로 일어난 사실이 아니라 만들어지고 꾸며진 허구이다. 이 사실은 이야기와 역사를 구분한다.[3] 역사가 실제로 일어났던 사건을 시간순으로 기술한다면, 이야기는 사건을 기술하기는 하지만 실제로 있었던 일을 그대로 기술하지 않는다는 점에서 역사와 다르다. 이 점은 소설이 일기나 신문기사나 자서전과 구별되는 요체이다. 역사적 사건이나 실제의 사실이 소설의 재료가 되는 일은 흔하지만 그것이 소설의 이야기가 될 때는 어떤 형태로든지 변화되게 마련이다. 그렇기 때문에 이야기 안의 인물은 허구적인 인물이다. 인물은 실제의 인간보다 초월적인 능력을 가질 수도 있

Approaches to Fiction, ed. by Shivk, Kumar, Keith Muken, McGraw-Hill Book Co., 1968, p.100에서는 운문 형태의 허구는 〈행위를 규정하는 언어〉, 산문 형태의 허구는 〈성격을 규정하는 행위〉로 구분하고 있는데 이 점에서 서사적이다.

3) 이야기와 역사의 구분은 허구라는 측면에서 중요한데, 여기에는 사건의 재배열이라는 부분이 내재한다.

Gérard Genette, *Narrative Discourse*, Ithaca, N.Y., Cornell Univ. Press, 1972, pp.25~29의 역사, 이야기, 서술의 구분방식 참조.

고, 비인간적일 수도 있다.

인물이란 용어는 이야기의 한 구성요소이지 실제적인 인간을 가리키는 단어는 아니다. 때문에, 인간만 소설의 인물이 될 수 있는 것이 아니다. 「별주부전」에서는 자라와 토끼가 주 인물이며, 김성한의 단편소설 「개구리」에서는 개구리가 인물들이다. 가전체소설들은 사물을 의인화하여 인물로 하였다.

신화에서처럼 신들도 인물이 될 수 있다. 이러한 인물들은 소설의 다른 요소와 마찬가지로 인물도 허구적인 것임을 드러내는 극단적인 예들이다. 그런데 이처럼 동물이나 신이라 하더라도 그것이 인물이 되기 위하여는 어떤 측면에서건 인간의 형상을 지녀야 한다. 궁극적으로 소설은 인간과 인간을 둘러싼 사회를 인식하기 위한 예술 양식이기 때문이다. 인간의 예술 양식의 하나인 소설문학은 이러한 예술적 본질에서 벗어날 수 없다. 허구화된 인물은 공상적으로 세계를 그리기 위한 장치가 아니라, 보다 명확하게 인간의 문제를 드러낼 수 있는 장치로써 고용된 것이다.

「별주부전」의 자라와 토끼는 인간의 어리석음과 교활함을, 「개구리」의 개구리들은 정치적 맹목성을 드러내고 있다. 또 단군신화의 단군은 하느님의 자손으로서 신격화된 인물인데, 그럼으로써 그가 건국한 나라의 후손인 독자(청자)로 하여금 우리는 신성한 종족이라는 믿음을 갖게 한다. 인물들은 이런 방식으로 이야기 안에서 진실과 도덕의식, 그 외 인간의 문제를 집약적으로 드러내는 역할을 할 수 있다. 이러한 효과는 인물이 허구적 존재이기 때문에 가능한 것이다.

셋째, 이야기는 더 요약될 수도 있고, 확장될 수도 있다. 다시 말하면, 고정된 구조물이 아니라는 것이다. 스토리가 소설의 세계로 들어갈 때에는 많은 변화를 겪게 된다. 가장 두드러진 변화는 자연적 시간순으로 나열되었던 사건들이 인위적인 시간순으로 재배치되는 일일 것이다. 이러한 사건들의 재배치를 우리는 플롯이라 한다. 플롯의 형성은 인물들의 행위를 적절하게 연결하고, 그렇게 만들어지는 사건들을 시간적인 순서가 아닌 특별한 순서로 질서화하여 이루어진다. 어떻게 질서화하느냐 하는 것은 이야기가 드러내고자 하는 미적 가치 · 역사적 해석 · 도덕관 등에 따라 결정된다(거꾸로 플롯에 따라서 작품의 의미가 달라진다고 말할 수도 있을 것이다. 그러나 플롯의 기능이라는 면에서, 둘은 같은 말이다). 앞에서 이야기가 동적임에 따라서 인물은 움직이고 변화된다고 하였는데, 인물의 변화는 사건의 짜임새와 관련되지 않을 수 없으므로 인물과 플롯은 이야기를 형성하는 두 축으로서 밀접하게 연관되어 있다.

인물과 플롯과의 관계에 있어서는 다음의 두 가지 경우를 상정할 수 있다. 하나는 인물이 플롯보다 우세한 경우이고, 또 하나는 반대로 플롯이 인물보다 우세한 경우이다. 이 말은 인물과 플롯 두 요소가 동일한 수준에 놓여 있어 비교의 대상이 된다는 의미가 아니라, 이야기가 질서화되는 과정에서 어느 것이 보다 더 영향력을 갖느냐

하는 점에 초점을 맞춘 것이다. 물론 인물과 플롯 두 요소가 어울려서 이야기가 형성되고, 둘 다 필수적인 요소임에는 틀림없다.

헨리 제임스는 "작중인물이란 사건을 결정하는 것이 아니고 무엇이겠는가? 사건이란 인물을 설명하는 것이 아니고 무엇이겠는가?"라고 묻고 있다.[4] 인물을 논의할 때에는 거의 빠짐없이 인용될 만큼 유명해진 이 말은 인물과 사건은 모두 이야기에 논리적으로 필수적인 것임을 강조하고 있다. 즉 인물의 성격에 따라서 사건이 달라지고, 사건의 성격은 그에 연루된 인물의 성향과 성격을 드러낸다는 말이다. 이야기란 사건과 인물이 모두 존재하는 곳에서만 존재할 수 있다. 인물이 없는 사건은 불가능하며 사건에 관련되지 않는 인물은 무의미한 것이다.

그러나 두 요소가 모두 필수적이지만, 어느 요소가 더 결정권을 갖느냐 하는 점에서는 동등하지 않다. 때로는 인물이 플롯에 종속될 때도 있고, 플롯이 인물에 종속될 때도 있다. 가령 극단적인 예이기는 하나, 신화를 보면 대체로 플롯보다는 인물이 우세하다.

단군신화에서는 건국한 단군이 하느님의 자손임을 입증하기 위하여 모든 사건이 집중되어 있다. 사건의 변화 때문에 인물(이때 인물은 신성함과 동의어)이 변화되지는 않는다. 곰이 인간으로 변하는 사건은 결정적으로 단군을 설명하기 위하여 존재하는 것은 아닌가? 반면에 김만중의 「구운몽」에 나오는 주인물 성진은 일반적인 인간의 성정

---

4) Henry James, *The Art of Ficiton*, 1963.

을 대표하는(그런 만한 구체적인 이유도 없이) 인물로서, 특별한 개인적 성격을 갖고 있지 않다. 성진의 특성 때문에 사건이 질서화되지는 않는다. 반대로 사건의 흐름—현실에서 꿈의 세계로, 다시 현실로 돌아오는 짜임새—은 인간의 부귀영화와 욕망이 한갓 꿈과 같음을 보여주는데, 이 짜임새가 만드는 진리에는 모든 인간이 종속된다. 성진이 아니라 어떤 인물이더라도 이 질서화에 종속될 수밖에 없는 것이다. 이는 인물이 플롯에 종속되는 예이다.

넷째, 이야기가 소설화되는 과정에서 인물의 문제는 플롯만이 아니라 환경(상황)과도 밀접한 연관이 있다. 이야기 안에서 배경은 인물과 사건처럼 필수적 요소는 아니더라도, 의미 형성에 있어서는 더 결정적인 영향력을 행사할 수 있다.

문법적으로 인물이 〈누구가〉에 해당하고 사건이 〈무엇을 하였다〉에 해당한다면, 배경은 〈언제, 어디서, 어떤 경우에〉에 해당된다. 문법적으로 비유하자면, 인물은 주어(인물이 행위의 객체일 때는 목적어가 되지만 의미론적으로는 주어이다. 환웅이 웅녀와 결혼하여 단군을 낳았다고 한다면 단군은 목적어이나, 이 문장이 결국 단군을 설명하는데 목적을 두고 있다면 단군은 의미론적으로 주어가 된다)이고, 사건은 목적어를 수반한 술어가 된다는 점에서 필수적인 요소이다. 사건이 일어난 공간과 시간, 그리고 상황을 설명하는 배경은 관형어 또는 부사어와 같아서 수식적 성분에 불과하다.

그러나 이야기는 의미를 창출하는 과정에서 누가 무엇을 하였는

가보다는 〈왜, 어떻게〉가 더 중요할 수 있다. 거북이가 토끼와의 경주에서 이겼다는 사실은 이야기가 성립되기 위해서는 필수적이나 중요하지는 않다. 중요한 것은 〈왜〉, 〈어떻게〉 거북이가 이길 수 있었느냐 하는 데에 있다.[5] 이것이 설명되기 위해서는 이 경주가 단거리 경주가 아니라 장거리 경주이며, 곳곳에 토끼가 누워 잠들 만한 시원한 나무 그늘이 있다는 배경이 은연중에 상정되어야 한다. 그렇지 못하다면 이 이야기는 설득력을 상실할 것이다.

실제로 소설의 내용이 되는 이야기는 거북이와 토끼의 우화처럼 단순하지가 않다. 인물과 인물이 살아가는 세계(환경)와의 관계는 더 복잡하고 심각하다. 앞에서 토끼가 잠들 만한 배경이 상정되어야 한다고 했는데, 그렇다고 배경이 곧 환경이 되는 것은 아니다. 환경이라는 요소는 보다 추상화된 개념이다. 배경이 직접적이고 세부적인 시간적·공간적 현장이라면, 환경은 더 근원적이고 포괄적인 현실의 본질적 요인이다.

조정래의 『태백산맥』에 있어서 시간적 배경은 6·25 직후, 공간적 배경은 벌교 마을 또는 지리산이라면, 이 작품의 환경은 분열된 민족적 현실 또는 이데올로기의 갈등이라 하겠다. 그러나 경우에 따라서 환경은 자연적 환경일 수도 있고, 사회적·역사적·공간적 환경일 수도 있으며, 모든 삶의 세계가 복합될 수도 있다. 환경과 동떨

5) 그렇게 함으로써 우화의 교훈성이 부각된다.

어진 인간의 삶이 의미를 갖기 힘들듯이, 환경이 무시되는 인물이 이야기를 형성하기는 어렵다. 정도의 문제이기는 하나 어떤 양상으로든지 이야기 안에서는 인물이 환경과 관련을 가지며 사건을 형성한다.

인물과 환경과의 관계에 있어서도 그 우열 양상을 따져볼 수 있다. 우선 인물이 환경을 지배하는 경우와 환경이 인물을 지배하는 경우가 있을 수 있고, 또는 인물과 환경의 관계가 아주 강하게 밀착되는 경우가 있는 반면 밀착도가 옅은 경우도 있다.

인물이 환경을 지배하는 경우는 신이나 영웅을 주인물로 한 이야기에서 나타난다. 「홍길동전」의 홍길동은 영웅적인 인물이다. 그는 당대의 엄격한 유교적 정치환경 속에서 그 환경의 억압을 뛰어넘을 수 있는 능력을 부여받았다. 그의 놀라운 도술 능력은 자연적 한계를 초월한다. 서자는 존대받지 못하는 사회적 환경 속에서 그 환경과 대립하여 싸워서 승리하며, 율도국이라는 이상국을 건설함으로써 자신의 이념을 성취한다. 이 이야기는 인물이 환경보다 우위에 있다.[6]

그러나 인물이 환경을 지배하는 세계는 흔하지 않다. 대개의 이야

---

6) 인물의 환경우위론은 말 그대로 인간이 환경을 지배하는 능력이 있다는 의미는 아니다. 인간은 언제나 환경 속에 놓여 있다. 그러나 인물이 곧 인간은 아니다. 인물은 이야기를 구성하는 한 요소이다. 여기서 인물이 환경보다 우위에 있다는 것은 인물이란 요소가 의미화하는 이념 · 가치관 등이 이야기 내에서 두드러진다는 뜻이다.

기에 나타나는 인물은 환경의 지배를 받는 것이 보통이다. 인간의 한계를 생각해 보면, 그것이 더 개연성을 지니는 것처럼 보인다. 그러나 복잡한 오늘의 현실은 인간의 한계를 그렇게 단순히만 생각지 않는다. 이 복잡한 관계는 뒤에 논하기로 하고, 여기서는 이야기가 성립하기 위하여는 환경이 중요한 변수로 놓이게 된다는 사실만을 확인해 두자.

2.
인물은 기능인가, 의미인가

여태까지 이야기가 성립하기 위한 전제요건을 간추려 보면서, 특히 인물에 그 초점을 맞추었다. 이것을 다시 정리하면, 인물의 기능적 측면과 주제적 측면으로 구분하여 생각할 수 있다. 인물의 기능적 측면은 플롯과의 관련 속에서 무엇을 할 수 있는 인물인가라는 점에 핵심이 있고, 주제적 측면은 특히 환경과 관련하여 어떤 인물인가, 또는 무엇을 의미하는 인물인가라는 점에 핵심이 있다. 형식주의나 구조주의 쪽에서는 기능적 측면을 중시하고, 리얼리즘 진영에서는 주제적 측면을 강조한다.

형식주의나 구조주의 쪽에서는, 인물을 이야기의 목적으로서보다는 수단으로 간주하는 경향이 있다. 일례로 독일의 프로프(V. J. Propp)는 그의 저명한 저서 『민담의 형태론』에서 러시아 민담을 분석한 결과, 작중인물은 31개의 기능으로 분류할 수 있는 행동 영역(x가 y를 죽이다, x가 y에게 주다, x가 y를 돕다 등)을 수행할 뿐이라고 보았다.[7] 그에게는 작중인물이 어떤 관심을 가지는지, 생활환경이 어떠한지, 사회적인 지위가 무엇인지 등은 그다지 중요하지 않다.

---

7) Vladmir Propp, *Morphology of the Folktale*, Austin, Texas, Univ of Texas Press, 1968.

다만, 인물이 이야기 속에서 어떤 역할을 수행하는지가 중요할 뿐이다.

가령, 다음과 같은 예문을 만들어 본다.

> 아버지는 장성한 아들에게 돈을 주었다. 아들은 돈을 가지고 집을 나갔다.
>
> 아저씨는 조카에게 돈을 주었다. 조카는 돈을 가지고 집을 떠났다.
>
> 어머니는 딸에게 반지를 주었다. 딸을 반지를 받고 집을 떠났다.

이러한 예문은 얼마든지 만들 수 있을 것이다. 그런데 프로프의 견해에 따르자면, 이 예문들은 동일한 기능소를 가진 것이다. 즉 x가 y에게 무엇을 주고, y는 그것을 가지고 떠난다는 행동영역에 있어서는 모두 동일하다는 것이다.

그러나 각각의 예문이 지닌 의미는 상이하다. 첫째 예문에서 우리가 찾을 수 있는 의미는 무엇인가? 아들이 모험심이 강하고 의지적일 때는 〈독립〉이라는 항목을 연상하게 되지만, 아들이 노름꾼이라면 그 항목은 의미가 달라질 것이다. 둘째 예문에서는 아저씨와 조카의 관계에 따라 달라진다. 만약 죽은 조카의 아버지가 유산을 아저씨에게 맡기면서 조카가 결혼을 하면 유산을 넘겨주라고 예언했음을 가정한다면, 조카가 돈을 가지고 떠남은 곧 〈결혼〉을 의미한다. 그러나 아저씨가 반대하는 결혼을 위하여 아저씨를 협박하고 돈을 받아 떠나면, 〈배반〉이라는 의미항목이 만들어진다. 조카가 아직 어리나 아저씨가 곧 죽을 정도의 환자라면 이 사실은 〈불안감〉을 형성한다. 셋째 예문도 상황에 따라 얼마든지 다르게 해석될 수 있다. 〈시집〉인가 아니면 〈친어머니 찾기〉인가, 아버지가 강요하는 강제결혼으로부터의 〈도피〉인가?

인물의 위치와 상황에 따라 달라질 수 있는 많은 가능성을 덮어두고 앞서서 〈무엇이 행해지는가〉를 우선시하는 이러한 견해는, 그 정도나 방향의 차이는 있겠지만 다른 학자들에게도 이어지고 있다.

구조주의자들이 인물을 언어화된 텍스트의 한 구조물로 보려는 반면에, 인식론이나 모방론을 주장하는 학자들은 인물을 독립시켜 지나치게 과장되게 의미를 부여하는 경향이 있다고 비판받기도 한다. 아마도 구조주의자들로부터 이 점 때문에 집중적인 비판을 받은 글은 브래들리(A. C. Bradley)의 『셰익스피어의 비극』[8]일 것이다.

셰익스피어의 희곡을 분석한 그는 등장인물들을 실제로 삶을 살아가는 인물처럼 기술하였다. 그에게 있어 등장인물에 부여되는 성격이란 이 세상에 한 번도 살아보지 못한 사람들의 이름에 따라다니는 사물이 아니라, 실제로 존재하는 사람들에게서 추출되는 어떤 특성들의 집합체인 것이다.

브래들리는 작중인물의 무의식적 동기를 분석하다가, 급기야는

---

8) A. C. Bradley, *Shakespearean Tragedy*, New York, 1955.

작품 속에 그려지지 않은 작중인물의 전모를 만들어내기까지 하였다. 가령, 이아고가 오셀로에 대항하여 악을 행하는 동기를 발견하기 위하여 이아고가 무슨 일을 했으며 무슨 말을 했는지를 자료화했는데, 이아고가 하지 않은 일이 무엇이고 하지 않는 말은 무엇인지, 나아가 그의 과거는 어떠했을 것인지까지 추출하였다. 그리하여 그는 이아고의 동기를 증오나 군사적 우월감으로 보는 일반적인 독자와는 달리 그를 지적이고 예술적이며 자존심이 강한 자로 보았고, 이 성격이 왜곡되게 나타난 것으로 해석되게 되었다.

이러한 분석은 매우 세밀하고 심리학적이지만, 인물은 허구적인 존재라는 사실을 망각함으로써 도리어 인간에 대한 인식의 범위를 축소시킨 셈이다. 인물은 작품세계 내에서 선택되어진 성격을 가지는 것이지, 살아 있는 인간으로서 복잡한 심리체계를 모두 감당해야 하는 존재는 아니다. 사실 브래들리의 글은 인물에 대한 인식론적 태도의 한 극단적인 예가 될 뿐이며, 그러한 분석의 동기가 잘못된 것은 아니다. 문제는 작품 안에서 살아 있는 인물을 보아야지, 현실세계에 살아 있는 실존인물로 보아서는 안 된다는 것뿐이다.

결국 인물은 성격과 삶이 배제되고 행동만 있는 사물이 아니며, 특정한 환경과 분리된 실존하는 일반적 존재도 아니다. 인물은 현실을 암시하고 반영하며, 현실과 매개되는 상징적으로 허구화된 존재이면서 작중에서 분명하게 역할을 부여받은 존재이다. 그러므로 그에게는 환경이 있고, 그를 따라다니는 상황과 그가 관련되는 사건이 수반된다.[9] 소설의 인물을 살피기 위해서는 이러한 두 가지 측면을 고려하지 않으면 안 되는 것이다.

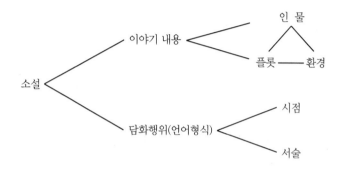

---

9) Seymour Charmann, 김경수 역, 『영화와 소설의 서사 구조』, 민음사, 1989, p.135. 여기서는 인물의 특질에 초점을 두고 인물과 사건의 관계를 정리하고 있음.

3.
인물과 환경과의 관계

인물과 환경과의 관계는 크게 보아서 다음 네 가지 경우를 생각할 수 있다. 환경과의 밀착도가 옅은 인물로서 첫째, 인물이 환경보다 우위에 있는 경우와 둘째, 인물이 환경에 일방적으로 지배 당하기만 하는 경우, 그리고 비교적 그 밀착도가 강한 인물로서 셋째, 인물이 환경의 악화를 드러내되 개인화된 경우와 넷째, 인물과 환경이 서로 대립하면서 상호 영향력을 미치는 경우이다. 여기서 쓰고 있는 환경이란 용어는 우선은 포괄적인 개념으로 이해하는 것이 좋겠다.

1) 초월적 인물

첫째의 경우는 신화나 영웅소설에서 흔히 볼 수 있다. 신화나 영웅소설의 주인공은 신이거나, 천상계의 도움을 받아서 어떤 환경도 극복하도록 미리 결정되어 있는 인물이다. 주몽신화를 보면, 고주몽은 신이하게 탄생하여(햇빛을 받아 잉태하고 알로 태어나), 고난의 성장기를 거쳐(다른 형제들의 시기) 천상계의 도움으로(어별의 이적) 위기를 극복하고 성취를 이루는(고구려의 건국) 우리나라 건국신화나 영웅소설의 전형적인 형태를 지녔다. 앞에서 예로 든 「홍길동전」도 태몽으로 태어남, 서모의 시기로 인한 암살 위기, 도술로써 모든 고난을 극복, 율도국 건설이라는 구조로 짜여져 있어 위의 형태와 대동소이하다. 조선시대의 많은 영웅소설들도 그 성취가 공주와의 결혼인 것 외에는 이러한 서사구조에서 벗어나지 않는다. 이러한 작중인물들은 그를 억압하는 자연적·사회적 환경 때문에 약간의 고난을 겪기는 하지만, 근본적으로 그 환경을 초월하는 능력을 부여받아서 환경을 지배한다. 이러한 인물을 우리는 〈초월적 인물〉이라 부르기로 한다.

현실적으로는 초월적 인물이 존재할 수 없다. 신화나 영웅소설에서 이런 인물이 나타난 것은 고대나 중세의 시대적 산물이다. 신에 의해서 주도되는 세계에 살고 있음을 믿었고, 특정한 영웅이 신을 대신하여 이상적인 세계를 창조한다고 믿었던 시대의 인물들이다. 이 인물들에게는 당대에 살았던 독자(청중)들의 이상이 투영되어 있고, 또 그들이 그런 존재에 믿음을 가진 이상, 그들은 허무맹랑한 존재가 아니라 진실을 수반하는 작중인물이다.

어차피 현실적으로는 불가능한 인물이고 하나의 작중인물일 뿐이라면, 우리는 중세의 영웅소설에만 국한해서 초월적 인물을 분류할 필요가 없을 것이다. 작품 내의 세계에서 자신을 둘러싼 환경을 지배하는 인물, 즉 환경이 인물의 변화를 지배하는 일이 거의 없고 인물이 환경을 변화시키되 특별한 근거도 없이 그런 능력이 부여된 인물을 초월적 인물이라 정의하기로 한다면, 근대 이후의 소설에서도 이러한 인물을 찾을 수 있다. 가장 쉬운 예는 비예술적 소설들, 즉 무협소설이나 탐정소설의 주인공이다. 본격적 소설들에도 이런 인물이 나타날 수 있는데, 사회적 변혁이나 현실의 변화에 대한 열정이 지나칠 때, 또는 그런 열정이 구체적인 현실을 매개하지 않고 이상만 강조되었을 때 나타나기 쉽다.

한설야의 「씨름」에 등장하는 주인공 명호는 노동운동의 지도자로 그려진 인물인데, 씨름에서 져본 적이 없는 장사일 뿐만 아니라, 노동운동과 조직에도 탁월한 능력을 가지고 적대세력을 감화시켜서 장애를 제거하는 인물로 그려져 있다. 작품이 쓰여졌던 당대의 노동 현실이 어떠하건 작품 내에서는 상황을 극복하고 주도해 나가는 영웅주의적 형상을[10] 지니고 있는 것이다.

> 명호는 힘으로서도 여러 사람의 우이될 만하였지만 그보다도 내호에서는 수천 명 노동자의 꼭지로 이름이 높았다. 그가 한번 눈을 부릅뜨고 소리를 지르면 수다한 노동자들은 어찌할 바를 모르고 쩔쩔매였다.

이러한 묘사는 영웅소설적인 것이다. 다른 노동자에게 공포의 대

---

10) 여기서 영웅적 인물과 영웅주의적 인물이란 용어상의 개념적 구분을 전제로 하고 이 용어를 쓴다. 즉 사회주의 리얼리즘에서 요구하는 긍정적 주인공으로서의 영웅적 인물이 충분히 주변 환경과 매개되어 투쟁하여 승리를 이끄는 주역이라면, 영웅주의적 인물은 환경과의 매개 과정을 거치지 않고 도식적으로 창조된 인물을 의미한다.

상이 될 정도로 힘이 세고 위엄이 있을 인물이어야 할 근거는 작품 어디에도 없다. 이런 인물상으로 노동운동의 승리를 담보할 수 있을 지 의문이다. 이런 작중인물은 도식주의라고 비판받는 최근의 몇몇 노동자 소설에서도 볼 수 있다. 이런 작중인물은 말뜻 그대로의 초월적 인물은 아니지만, 현실적 세계를 안이하게 극복한다는 점에서 같은 부류에 포함될 수 있다.

초월적 인물이 있다는 사실만으로 작품을 평가절하할 수는 없다. 그러나 이러한 인물은 작품의 개연성을 희박하게 하고, 현실의 문제가 야기하는 긴장감을 이완시킬 가능성이 많다. 따라서 바람직한 소설적 인물은 아니다.

초월적 인물이 주인공인 소설은 인물이 주가 되는 소설과 플롯이 주가 되는 소설로 구분할 수 있는데, 신화나 영웅주의적 노동소설·농민소설 등은 전자에 속하고, 일단의 탐정물이나 영웅소설과 같은 오락소설들은 후자에 속한다. 단군신화는 단군의 신성함을, 「씨름」은 이념의 당위성을 강조하는데, 그 가치관이 인물을 통하여 집약되어 있다. 탐정소설은 주인공의 탁월한 관찰력과 추리력 등 천부적인 능력에 의해 꾸려지지만, 인물이 드러내는 이념이나 가치관보다는 그가 중심이 되어 짜여진 플롯의 놀라운 의외성과 논리성이 제공하는 흥미에 초점이 있다.

2) 보편적 인물

인물이 환경에 종속되는 경우는 고소설이나 신소설에서 쉽게 찾을 수 있다. 이런 경우, 작중인물은 특별한 힘을 갖지 못하고 보편적인 질서에 편입되어 있어, 인물이 환경과 대립하는 양태는 보이지 않는다. 인물은 환경과의 투쟁에서 성취를 추구하지 않고, 사회적 질서나 집단적인 이데올로기를 인정하면서 특정한 가치를 추구한다. 그렇기 때문에 작품에서는 환경이 크게 문제시되지 않는다. 중요한 것은 어떠한 환경에서도 인간이 존중할 수 있는 성격이나 가치관을 찾는 일이다.

이 인물은 한 개인으로 존립하는 것이 아니라 모든 인간이 지닐 수 있는 한 단면의 대리물로서 존립한다. 다시 말해서 인간의 보편적 성격을 유형화하여 그 중의 하나를 선택적으로 취합한 인물이라는 것이다. 일단의 사람들이 지니고 있다고 널리 인정되는 하나의 성격이 주어지면 그것만 강조되고 다른 성격은 무시된다. 이런 인물은 이미 환경의 힘에 종속되어 있다. 그는 환경 때문에 크게 변화되지도 않지만, 환경에 대립하여 투쟁하거나 비판할 능력도 의지도 없다.

조선 후기의 판소리계 소설들은 당대의 소설로서는 비교적 진보적 양상을 가진 것으로 평가되고 있다. 그러나 이 소설들의 흥미로움과 폭발력은 사실상 서술양상에서 우러나오는 민중성에 의한 것이지 인물의 개성에서 형성되는 것은 아니다. 춘향은 〈절개〉와 심청은 〈효〉와 놀부는 〈욕심쟁이〉와 동의어이다. 춘향은 절개를 지키는 열녀라는 당시의 사회적 이데올로기에 편입된 인물로서 가치를 지닌다.[11] 춘향은 양반 계급이 존속하는 봉건적 사회의 모순에 대항하여 싸우지는 않는다. 두 남자를 섬길 수 없다는 보편적 가치를 옹호하기 위하여 싸우며, 보편적 질서에 순응함으로써 가치를 추구할 수 있다. 춘향은 아름답고(그것도 열녀이므로 주어진 관습적 관형어이다) 심지 곧은, 당대의 보편적이고 이상적인(오늘날에도 크게 다르지는 않다) 형상이다. 그녀는 뜻밖에도 남성적 호기로움이나 미적 우월감에 사로잡힌 콤플렉스를 가졌다거나, 아버지의 부재로 인한 남성에 대한 선망의식을 가졌다거나 하는 독특한 개성을 드러내지 못한다. 춘향은 한 개인으로서가 아니라 보편적 특성으로서 존재하는 것이다.

　신소설 「혈의 누」의 주인공들도 이런 점에서 크게 다르지 않다. 그들은 운명의 힘에 매달려 있다. 가족과 헤어져서 다시 만나게 되는 운명의 흐름에서, 개인의 의지는 조금도 작용하기 어렵다. 인물이 환경에 대립하지 못하고, 환경이 인물을 변화시킨다.[12] 미국에까지 흘러간 두 남녀 주인공은 미국에서도, 부모의 생사를 몰라 부모의 허락을 얻지 못해 결혼하지 못할 정도로 기존의 가치관을 존중한

---

11) 「춘향전」이 현실적 삶을 극복하려는 지향성을 보이는 등 판소리계 소설들의 사회 모순에 대한 비판적 시각이 인정될 수는 있다. 그러나 그것은 소설의 서사구조나 서술 양상에서 기인하는 것이며, 인물들 자체에서 보편적 가치를 뛰어넘는 의식적 방향성을 찾기는 어렵다.

12) 신소설의 등장인물들이 지니는 봉건적 지향성에 대하여는, 조동일, 『신소설의 문학사적 성격』, 서울대출판부, 1973 참조.

다. 이런 인물들이 환경과 투쟁하기는 어렵다. 이들이 신인물인 것은 신문명과 운명적으로 접촉하였기 때문이지, 운명을 새롭게 개척한 때문은 아니다.[13] 이들은 단지 신문명이라는 새로운 보편적 질서를 대리하는 것뿐이다.

이러한 인물을 일반적으로 유형적 인물로 구분하고 있다. 그러나 때로는 유형적 인물과 전형적 인물이 혼란스럽게 혼용되고 있어서 우리는 〈보편적 인물〉로 부르기로 한다. 이러한 인물은 중세적 보편주의의 산물이다. 개인은 종교적 질서(우리의 경우, 유교적 질서)에 의한 세계관에서 벗어날 수 없는 한계적 존재로 생각되었다. 이 시기에 오면 영웅적인 존재도 인정되기 어려웠다. 이러한 시대의 문학이 추구한 인간탐구는 당연히 개인으로서의 인간이 아니라 〈어떠한 부류〉의 인간이었다. 말하자면, 개인의식이 성장하지 못한 상태에서 인간이란 무엇인가 하는 주제는 종교적·보편적 질서라는 한계 속에서 인간의 모습을 탐구해야 했던 것이다.

그러나 초월적 인물과 마찬가지로 이 보편적 인물이란 용어를 작중인물의 분류를 위한 편의적인 것으로 이해한다면, 근대 이후의 소설에서도 이 개념은 분석적 도구로써 편의를 제공한다. 환경에 대립하지 못하며 보편적 유형을 대표하는, 따라서 세계에 대한 비판의 구실도 못하며 개성을 뚜렷이 지니지 못하는 인물을 보편적 인물이

---

13) 이 점과 관련하여 신소설의 서구문화 수용이 비자주적임을 지적할 수 있다. 신동욱, 「신소설과 서구문화 수용」, 『한국현대문학론』, 박영사, 1972.

라고 정리하자. 이효석의 「메밀꽃 필 무렵」의 주인공 허 생원은 이러한 유형에 포함될 수 있다. 그는 장돌뱅이로서 자신의 경제적 문제에 대한 불만을 토로하는 일이 없다. 그를 가난하게 살게 하는 사회에 대한 비판 등은 작품의 관심사가 아니다. 그는 하룻밤의 추억에 얽혀 살아가는 한 인간의 유형일 뿐이다.

현진건의 「빈처」에 나오는 부부도 보편적 인물들이다. 이 부부의 가난은 시대적 문제와 전혀 별개의 것이 아니지만, 근본적으로 이 작품은 거기에 주안점을 두고 있지 않다. 핵심은 가난을 극복하는 부부의 애정에 있다.

> 아직 아무도 인정해 주지 않은 무명작가인 나를 저 하나이 깊이 깊이 인정해 준다. 그러기에 그 강한 물질에 대한 본능적 요구도 참아가며 오늘날까지 몹시 눈살을 찌푸리지 아니하고 나를 도와준 것이다. 아아 나에게 위안을 주고 원조를 주는 천사여!

이 작품의 갈등은 역시 가난에서 연유하는데, 그것은 곧 현실적 삶에 원인이 있는 것이다. 그런데 그 갈등의 해소는 인용문과 같이 보편적 아내상의 확인에 있다. 가난한 선비는 조선시대에도 있었고, 지금도 있다. 남편의 선비정신(예술가 정신도 이와 크게 다르지 않다)을 존중하고 가난을 인내하는 빈처상 또한 어느 시대에나 존재한다. 이들은 그들의 가난을 사회적으로 확대하여 보지 않으려 하고, 자신들

의 가정 내부에서 해결하려 한다. 이들이 사회적 모순에 대립하지
않으므로, 작품은 부부의 애정이라는 보편적 가치를 추구하는 데서
더 나아가지 못한다.

이러한 인물들은 말 그대로 보편적인 인간형을 표상한다고 할 수
는 없으나, 개별적인 인간으로서의 특성이 사장되고 환경의 흐름에
편입된다는 점에서 보편적 인물형으로 구분할 수 있다. 이 인물은
소설 내에서 플롯을 지배하지 못한다. 오히려 플롯에 의해서 인물로
서의 성격이 구체화된다.

3) 개별적 인물

앞의 두 유형은 환경과의 밀착도가 약한 인물들, 즉 인물과 환경
과의 관계가 크게 문제되지 않는 인물들이다. 이 말은 이런 인물들
을 주인공으로 삼은 소설이 환경의 문제를 무시한다는 뜻은 아니다.
다만 작품이 인물을 통하여 드러내고자 하는 바가 기능적이든 주제
적이든, 환경과의 매개 없이 수월하게 이루어진다는 의미에서 그렇
다는 것이다.

이제부터는 인물의 문제가 환경과 대응 또는 대립되는 경우를 알
아보자. 인물이 환경과 밀착되었다거나 대립된다는 측면을 설명하
기 위해서는 몇 가지 전제가 필요하다. 인물의 문제가 환경적 요소
와 긴밀하게 연결되는 것은 소설이라는 장르의 발전과 관련된다. 근
대 이후 소설이 크게 성장하여 주류적인 장르로서 자리잡아 왔는데,

그것은 복잡해지는 인간과 인간의 삶의 현장 즉 사회의 문제를 가장 폭넓고 다양하게 재현할 수 있는 양식이 바로 소설이기 때문이었다.

근대화 이후 인간은 개인으로서의 존재 이유를 찾고, 자신을 둘러싼 삶의 환경에 일방적으로 자리매김 당하는 것이 아니라 환경에 대립하고, 자신의 삶을 그곳에서 보다 발전적으로 구현하려는 노력을 하게 되었다. 그러한 인간의 현실을 인식하기 위해서는 살아가는 모습을 구체적으로 그릴 수 있는 소설의 양식이 필요하다. 그 소설은 행위자로서의 인간이 존재 가능하고, 여러 인간의 얽힘을 그릴 수 있으며, 그것을 설명할 수도 있다. 요컨대, 소설은 사회적인 인간의 삶을 가장 잘 반영할 수 있는 양식이다.

근대화 이후 인간의 삶을 결정짓는 자연적 환경은 크게 약화되었다. 더 이상 인간은 타고난 운명에 종속당하는 존재가 아니다. 그러므로 개인으로서의 삶을 조건지우는 것은 더 이상 자연적이고 운명적인 것이 아니라, 사회적인 것이다. 경제적·정치적 상황들이 더 중요하게 작용하게 되어서, 인간은 결정적인 환경의 요인으로부터 사회적인 환경의 요인에 더 크게 영향받게 되었다.[14] 그런 점에서 인물과 환경의 관계가 훨씬 긴밀성을 지니게 되었다. 따라서 여기서의 환경이란 용어는 사회적·정치적·경제적인 의미로써 더욱 구체화

---

14) 소설의 발달과 사회와의 관계에 대해서는 다음 글을 참고할 수 있다.
  Ian Watt, 전철민 역, 『소설의 발생』, 열린책들, 1998.
  Michel, Zéraffa, 이동열 역, 『소설과 사회』, 문학과지성사, 1977.

된 개념으로 받아들여야 한다.

　다음, 인물이 환경에 대립된다거나 대응된다는 말은, 반드시 환경에 대항하여 투쟁한다거나 직접적으로 환경이 모순을 보인다거나 하는 뜻으로 한정할 필요가 없다. 대체적으로 소설의 인물이 환경을 대하는 태도 또는 그런 인물을 그리는 작가의 태도는 모순에 대한 고발과 비판의 정신을 수반한다. 경우에 따라서는 인물이 치열하게 환경에 대하여 싸움을 벌이기도 한다. 이러한 인물을 환경에 대립한다고 보는 것은 물론 당연하다. 그러나 환경의 모순을 인식한다고 해서 반드시 투쟁으로 일관할 수는 없다. 인간은 환경과 매개되는 존재이므로 일방적으로 환경에 대처할 수는 없는 것이다. 따라서 환경으로부터 도피하는 인물도 있고, 그에 굴복하는 인물도 있을 수 있다. 그러나 그러한 인물의 선택 역시 환경의 문제와 연결되어 있고, 간접적으로 환경과 인물의 불화를 드러낸다면 이러한 경우에도 인물이 환경에 대립된다고 폭넓게 이해할 수 있는 것이다.

　그런 점에서 먼저 환경의 문제를 드러내되, 고립되고 개인화되어서 환경에 대처하는 인물을 살펴보도록 하자. 인물이 환경으로부터 고립되는 것은 개인으로서의 존재를 지나치게 강조할 때 나타나기 쉽다. 이런 인물은 보편적 인물과는 대조적으로 개인으로서의 독특한 성격이 두드러지고, 보편적인 존재자로서의 모습은 소멸되어 있다. 그것은 사회적 환경과 매개되지 않고, 절대적인 존재자로서 의미화된다는 뜻이다. 인간은 개인으로서 남다른 특성을 가질 수 있다. 그런데 사회생활을 하는 가운데 그 특성이 다른 사람과의 관계에서 문제시된다면, 그 자체가 사회적 의미를 가지는 성격으로 형상될 수 있다. 그렇지 않고 개인의 내면세계 속에서만 문제시된다면, 그 인물은 환경으로부터 고립된 존재로서 개인화되는 것이다. 이러한 인물은 환경과의 관련성이 약화되고, 내면의 의식을 부각함으로써 성격화된다. 자연히 뚜렷한 행동의 연속성을 보이지 않고, 살아가는 범위도 축소되는 인물이다. 이런 인물을 〈개별적 인물〉이라 부르기로 한다.

개별적 인물은 모더니즘 계열의 소설에서 흔히 볼 수 있다. 이상의 「날개」는 이러한 양상의 인물을 그린 대표적인 소설일 것이다. 이 소설의 주인공 〈나〉는 폐쇄된 공간에서 살아간다. 좁고 밀폐된 방에 자신을 가두고, 외부세계와 자신을 단절시킨 채 내면의 의식세계로 향하여 고독한 여행을 한다. 그러므로 이 인물은 인간의 절대적인 존재 의미를 찾고 있지만, 개인이라는 존재자의 한계 안에서 그 작업을 할 수 있다. 아내와의 관계마저도 비정상적이어서 극히 개별적인 관계 외에는 자신의 외부세계와의 관계는 소멸되어 있다. 의식만 있고 현실은 없는 듯이 보인다. 이러한 인물에게는 사회적 환경이 문제시되지 않고, 개별적이고 특수한 내면의식이 인물을 대신한다.

어느날 나는 고 벙어리를 변소에 갖다 넣어 버렸다. 그때 벙어리

속에는 몇 푼이나 되는지 모르겠으나 고 은화들이 꽤 들어 있었다. 나는 내가 지구 위에 살며 내가 이렇게 살고 있는 지구가 질풍신뢰의 속력으로 광대무변의 공간을 달리고 있다는 것을 생각했을 때 참 허망하였다. 나는 이렇게 부지런한 지구 위에서는 현기증도 날 것 같고 해서 한시바삐 내려 버리고 싶었다.

위 인용문에서 돈이 든 벙어리저금통을 버리는 행위는, 주인공이 일상적 경제행위에서 벗어나 있음을 보인다. 물론 아내가 준 그 돈 자체의 의미가 있기는 하지만, 저금통에 모인 돈을 버리는 행위는 상식적인 경제적 태도가 아니다. 즉, 외부 현실의 삶이 사장되어 있고 자기 내면의 의미만 중시된 것이다. 지구와 우주의 문제도 결국은 개인의 존재 의미를 현실에서 찾지 못하기 때문에 우주의 거대함과 자신의 왜소한 존재가 대비되고, 존재의 현실적 가치를 찾지 못한 정신적 방황의 단면으로 나타난다.

대체로 모더니즘 소설은 세계와 인간, 사회와 개인의 관계가 극도로 분리되어 있다는 인식에서 나타난다. 사회가 삶의 바른 환경을 제공하지 않으므로, 〈어떻게 현실에서 소외된 나를 찾을 것인가〉 하는 문제에 시달리게 된다. 현실적 삶에서 가치를 찾기 어려울 때 인간은 반현실화되는 언어양식에 매몰되기 쉽다. 모더니즘적 소설의 인물은 이러한 시대적 현상의 산물이다. 그러므로 이 인물의 행태가 현상적으로는 초역사적이고 반현실적이지만, 그러한 인물이 나타나는 원인은 역사적인 데에 있다.

이를테면, 이상의 「날개」는 1930년 후반기에 일제의 군국주의 파시즘이 강화되어 개인이 전제주의의 희생이 되고 존재 자체가 불안해진 시대성을 반영한다는 것이다.[15] 전망의 부재 속에서 개인적 가치와 존재의 문제가 더욱 예각화되는 현상이 이에 깔려 있다. 따라서 이러한 소설은 환경이 악화되었다는 사회의식을 은연중에 배태한다. 이러한 소설을 통하여 우리는 인간의 존재를 심리학적 또는 정신병리학적으로 탐지할 수 있다. 인간이란 이러저러한 측면을 가진 존재라는 인식을 얻을 수 있어서 인간의 내면 세계가 가지는 복잡한 메커니즘과 정서적 다양성을 인지할 수도 있다. 그러나 어떠한 인간의 조건과 특성도 사회라는 환경과 단절되어서는 온전한 인간에의 이해를 추구할 수 없다. 내면으로의 고독한 여행은 많은 길을 발견할 수 있으나 이정표 없는 미로를 헤매는 것과 같아서 방향성을 가질 수 없는 것이다. "인간은 사회적 존재다"라는 엄정한 명제를 벗어난, 개별로서의 인간 탐구가 가지는 한계는 어쩔 수 없는 것이다.

또 하나의 환경으로부터 소외되는 인물은 환경과 대립하고자 하나 그 힘이 미약하여, 결국 환경의 조건에 타협하거나 굴복당하는 인물이다. 이러한 인물은 스스로를 환경으로부터 고립시키는 것이 아니라

15) 한국의 모더니즘 소설의 주인공은 대체로 룸펜으로서 나타난다. 이와 관련하여 서구 소설과 다른 특이성을 지닌다. 이에 대해서는 제3장에서 자세히 다룰 것이다.

사회라는 환경의 조건에 편승한다는 점에서 앞의 유형과 다르다. 환경의 힘을 승인하고 그에 타협함으로써 자신을 타락시키고, 그로써 자신의 존재를 영위하는 인물이다. 그러므로 이 인물은 분명한 행동을 가지며, 사회 내에서 존립하게 된다. 이러한 인물은 대개 비극적 삶에 처하게 되고, 그러한 환경의 요구에 순응하여 가치관을 스스로 변화시키거나 포기하게 된다. 타락한 가치의 추구가 결과하는 삶의 비극성을 엄밀하게 드러내 준다. 이러한 인물이 소설에서 환경과 대립하는 것은 자신의 타락으로 환경의 모순을 더 부각시킨다는 간접적 효과의 측면에서만 그러하다는 것이다. 도둑질을 할 만한 인물이 아닌데 도둑질을 할 수밖에 없었을 때, 우리는 오죽하면 그랬을까라고 혀를 찰 수 있다. 그러한 의미에서의 소극적인 대립이다.

김동인의 「감자」는 이러한 인물을 설명하는 데 좋은 예가 될 것이다. 주인공 복녀는 도덕적 타락 끝에 죽음에 이르고 마는 비극적 인물이다. 그런데 작품에서는, 첫 부분의 인물 소개에서 복녀가 〈사농공상의 제2위에 드는〉 농민의 딸임과 제대로 된 가정교육을 받았음을 특별히 강조하였다.

  싸움 · 간통 · 살인 · 도둑 · 징역, 이 세상의 모든 비극과 활극의 근원지인 칠성문 밖 빈민굴로 오기 전까지는 복녀의 부처는〈사농공상의 제2위에 드는〉 농민이었다.
  복녀는 원래 가난은 하나마 정직한 농가에서 규칙있게 자라난 처녀였었다.

그러한 복녀가 농민의 딸에서 도시의 빈민촌으로 이동하면서, 배고픔을 면하기 위하여 도덕적으로 타락하고 마는 것이다. 이 도덕적 타락의 동기는 사회적 모순이다. 송충이 잡이에 가서 감독과 관계를 가지는 여자들이 적게 일하고 임금은 더 많이 받는 모순을 발견하고, 그 모순에 타협함으로써 그녀의 타락은 시작되었다. 그러므로 이 인물은 근본적으로 타락한 인물이 아니라, 사회적 환경에 타협함으로써 타락한 인물이다. 인간의 가치를 소멸시키는 죄는 개인이 아니라 사회라는 환경이 떠맡게 된다.

「감자」가 발표된 1920년대의 우리 문학사에는 가난의 문제를 다룬 작품들이 많이 등장했는데, 대부분 복녀처럼 타협하는 인물을 다룬 것이었다. 현진건의 「정조와 약가」는 남편의 병을 고치기 위하여 의사에게 자신의 몸을 맡기는 가난한 아내가 주인공인데, 이러한 인물은 소시민의 삶을 다룬 작품에서도 흔히 찾아볼 수 있다. 자연주의 계열로 분류할 수 있는 이러한 인물을 다룬 소설들은 사회에 대립되는 개인의 삶과 문제를 개인의 것으로 그치고 만다는 특징이 있다. 그 문제 자체가 개별화되어 있고 사회적인 것으로 발전할 수 있는 통로를 인물의 타협이 막고 있어서 개인과 사회의 관계를 폭넓게 제시하는 데는 한계가 있다.[16]

---

16) 일제 말기의 친일적 소설들, 이를테면 사상운동의 허무함을 강조하거나

개별적인 인간의 상황을 담은 두 유형의 인물, 즉 내면적 인물과 타협적 인물은 공통되게 악화된 환경을 간접적으로 암시하고 있다. 그런데 두 유형의 인물과 플롯과의 관계는 양상이 다르다. 내면적 인물은 거의 행동이 없다. 행동이 있더라도 사건적인 성격의 것이 아니고, 대체로 인물의 의식을 드러내기 위하여 존재한다. 따라서 이 경우에는 플롯이 인물의 특성을 부각시키는 데 종사한다. 반면에 타협적 인물은 운명에 따라다니는 인물이다. 자신의 의지가 삶에 영향을 미치지 못하기 때문에, 그러한 인물의 특성은 플롯에 의해서 드러난다.

　그러나 인간과 환경의 교호관계를 보다 면밀히 들여다보는 데는 두 인물이 똑같이 개인화되었다는 점에서 공통된 한계를 드러내고 있다. 우리는 보편적 인물을 살펴보면서, 개인으로서의 특성이 사멸된 작중인물은 생동감을 얻지 못할 뿐 아니라 인간의 문제를 제대로 다룰 수도 없음을 알았다. 또 개별성만이 강조된 인물로서도 사회적 조건에서 살아가는 인간의 문제를 온전히 형상할 수도 없음을 알았다. 그렇다면 자연히 개인으로서의 특성을 지니면서 동시에 사회적 존재로서의 대표성을 지니는 인물이 요청되지 않을 수 없다. 이러한

사상적 전향의 논리를 제공하는 작품들 또는 일제에의 야합을 합리화하려는 소설들도 이에 포함된다. 요컨대 지배적 힘에 편승하는 인물들이 그러한데, 그 지배적 힘이 부정적일 때 이들은 타락한 인물이 될 수밖에 없다. 그러나 이러한 작품들을 가치있는 소설로 인정할 수 없기 때문에, 즉 환경과의 소극적 대립으로도 볼 수 없으므로 여기서는 언급하지 않는다.

인물을 대개 〈전형적 인물〉이라 하는데, 우리도 일반적 관례에 따라
그렇게 부르기로 한다.

4) 전형적 인물

인물이 전형성을 구비하기 위해서는 다음과 같이 몇 가지 조건을
갖추어야 하는데, 그 첫째가 개인으로서의 개체성을 가져야 한다는
점이다. 삶의 문제를 확연하게 드러내고, 문학예술로서의 감응력을
지니기 위해서는 소설의 작중인물이 생생하게 살아 있어야 한다. 살
아 있는 현실감 넘치는 인물은, 사람이면 누구나 다 그럴 수 있겠다
는 보편성만으로 꾸며져서는 안 되고 독특하고 깊은 인상을 줄 수
있는 개인적 특성을 갖추어야 한다.

가령 양심적인 변호사를 주인공으로 하였다면, 그 인물은 변호사
들이 주는 일반적인 인상 — 냉정하고 까다롭다는 등의 — 만을 가
진 인물 또는 양심적인 인물을 강조하여 아무런 단점도 없고 양심적
인 행위만 하는 인물이 아니라, 여성 취향적이라거나 내면적인 열등
의식에 시달린다거나 술 마시는 취향이 특이하다거나 매우 인색하
다거나 하는 독특한 개성을 지닌 인물로서의 일면을 가져야 한다는
것이다. 또는 가족관계나 친우관계, 혹은 습관이나 말투 및 종교적
신앙심이나 복잡한 심리묘사 등을 통하여 개체적 특성을 보일 수 있
다. 그렇게 개성화되었을 때 생동감이 넘치게 되고, 그런 인물이 환
경에 대립될 때 그 환경도 살아 있는 환경이 될 수 있다.

둘째, 무엇보다 중요한 것은 인물이 분명한 사회적 위치를 가져야 한다는 것이다. 사람은 누구나 특정한 정치적 지향점을 가지며, 또 경제적인 활동을 한다. 그러므로 정치·경제적 구조 속에서 사회생활을 하며 자신의 이해관계에 얽혀서 살아간다. 각각의 계급적 의식을 안고서 갈등과 반목과 화합을 만들어가는 것이다. 우리의 사회는 여러 계급과 계층에 속하는 인간들의 집합체이다. 소설이 인간사회를 풍부히 그려내고 그곳에서 살아가는 인간들의 삶을 넓고 깊게 인식하려면, 각각의 인물들에게 이러한 계급적 특질과 사회와의 관련성을 충분히 제시하여야 한다. 작중인물은 그러므로 특정한 사회적 위치를 가지고 자신의 계급을 대표하며, 한 개인으로서 사회적·계급적 제 문제를 통일되게 보여야 한다. 그렇게 각각의 인물들이 각자의 이념과 삶의 방식으로 부딪치고 관계하면서 비로소 사회의 본질과 삶의 가치를 인식케 하고, 그러한 인물들의 삶의 형상을 통하여 인간과 환경의 관계가 명확하게 창조될 수 있다.

셋째, 이렇게 인물이 사회적 역할을 명확하게 하면서 개인으로서의 특질을 갖추려면 플롯상으로도 분명한 기능을 해야 한다. 주체적 개인으로서의 삶을 살아야 하며, 그러기 위하여는 여러 인물과 관계를 맺어야 하고 더더욱 행동이 있어야 하며, 그 행동과 인물이 대표하여 드러내려는 이념이 통합되어야 하기 때문이다. 즉 행동만 있고 이념이 없어서도 안 되고, 이념만 있고 그것을 뒷받침할 실천적인 삶의 모습이 형상되지 않아서도 성공할 수 없는 것이다.

위와 같은 조건을 구비한 전형적 인물은 환경과 밀접한 관련성을 지닌다. 하나의 요소가 일방적으로 영향력을 행사하는 것이 아니라, 개인으로서 환경의 영향을 받으며 때로는 그 환경에 대항하여 싸우기도 한다. 환경의 요인에 따라서 인물이 제시되는 방향이 달라지고, 인물이 갖게 되는 사회적 활동 범위도 달라진다. 경우에 따라서는, 인물에 의해 작품 내의 환경이 붕괴되고 변화되는 계기가 마련되기도 한다. 즉, 전형적 인물에 오면 인물과 환경이 밀접하게 통합되는 것이 보통이다.

먼저 전형적 인물이 나타난 작품을 예로 들어보자.

염상섭의 「삼대」는 어느 정도 전형성을 지닌 인물을 창조한 작품으로 알려져 있다. 이 작품은 일제하의 1930년대를 시대적 배경으로 하면서, 구한말부터 당대까지의 세 세대를 대표하는 한 가정의 삼대를 주인물로 삼고 있다. 이 작품은 한 가정의 문제를 다룬 것이 아니라 우리 민족의 근대사를 그리되, 주인공들의 가정에 역사적 제문제를 투영시킴으로써 현실감있게 그 주제를 형상화한 것이다. 할아버지 조의관은 구한말을 살아온 구세대를 대표하는 인물인데, 자신의 가문을 빛내기 위하여 족보를 조작하는 등의 봉건적 의식과 생활양태를 집약하여 제시한다. 아버지 조상훈은 개화기의 지식인을 대표하는 인물로서, 개화기 지식인들의 허구성을 생생하게 보여준다. 교회에서는 그럴듯한 설교를 하고 집에서는 노름과 음주를 즐기며 복잡한 성관계를 가지는 인물이다. 이런 인물을 통하여 개화기의 혼란스러운 가치체계를 들여다 볼 수 있다. 조상훈은 겉으로 체면을 존중하며 가정적인 주도권을 장악하지 못하는 개인으로서의 면모를 충분하게 구비하기도 하였다. 손자며 작품의 가장 중요한 인물인 조덕기는 당대의 나약한 지식청년으로 성격화되었다. 그는 어려운 여성을 도우려는 동정심과 독립운동을 보조하려는 민족정신을 가지고 있으면서, 그러나 그런 일에 대한 나름대로의 투철한 신념을 갖지 못하는 인물로서 형상되었다. 이러한 삼대의 삶은 재산 상속 등의 문제, 지식인의 민족적 의무감과 그 한계, 여성문제에 대한 각 세대의 시각차 등등과 얽히면서 풍성한 현실감을 전하게 된다.

각 인물들은 서로 독특한 말투와 미묘한 심리적 동향들을 적절히 내비치면서 자신의 생동감을 풍긴다. 덕기의 친구인 병화는 막스보이(당대의 유행어로, 사회주의 이념을 가진 청년을 가리킴)로서의 특성을 적절히 드러내면서 사회의 한 계급적 특질을 제시하는 역할을 수행한다. 반어풍의 말씨, 조롱기 어린 대화, 진지함을 숨기고 있는 풍자 등이 그의 개인적 성격을 풍미하는 요인들이다. 그러면서도 독립운동에 대한 적극성 등 그의 이념적 지향성은 분명히 제시되고 있다. 이와 같이 살아 있는 인물들이 플롯을 형성하면서 복잡하고 미묘하게 질서화되어 사회의 총체적인 현실을 인식하도록 짜여져 있다. 조덕기와 병화의 관계가 한 여성을 계기로 하여 덕기와 상훈의 관계로 발전하고, 그런 식으로 하여 독립운동 등 민족 전체의 문제로 확산되는 것은 바로 이러한 플롯의 복잡함과 인물의 관계맺음이 통합되어 우리 사회의 역사적 현실로 총체화됨을 증명한다.

우리는 「삼대」의 인물들이 각기 시대적·공간적 환경과 밀접하게 얽혀 있음을 확인할 수 있다. 그런데 가만히 보면, 각각의 인물들이 가지는 환경과의 관계도 각기 다른 양상을 띠고 있다. 그것은 각 인물이 처한 여건이 다르기 때문으로, 조의관의 영향력은 미미하며 조상훈은 부정적이고 조덕기는 비판적인 반면에 병화는 비교적 적극적이다. 이렇게 전형적 인물이라 하더라도 작품이 인물을 통하여 의미화하고자 하는 바에 따라서 그 양상은 달라질 수 있는 것이다.

가. 소극적 인물

환경과 대립하나 환경이 지나치게 악화되어 있고, 인물이 그것에 대처할 능력이 부족하거나 그럴 만한 정황이 되지 못하는 상황에서 나타나는 인물형이다. 이런 경우, 인물은 소극적이며 현실에 대면하기는 하나 환경에 억눌리기 쉽다. 그러나 이 인물이 타협하는 인물과 다른 것은 쉽게 현실에 안주하거나 도덕적으로 타락하지 않는다는 점이다.

채만식의 「탁류」에 나오는 주인공 초봉은 이러한 소극적 인물이다. 그녀는 식민지 시대의 왜곡된 자본주의 질서 아래에서 돈의 논리에 희생되는 여성으로 그려졌다. 탁류라는 제목은 상류는 맑으나 하류로 올수록 흐려지는 금강을 지칭하지만, 상징적으로는 깨끗하고 순수한 처녀가 세상의 혼탁함에 휩쓸리고 마는 사회적 문제를 표상한다고 볼 수 있다. 더 확대하면 우리 민족의 역사로까지 해석되겠으나, 인물의 문제에 초점을 맞출 때 이 작품은 그렇게 모순된 사회체제 속에서 희생되는 한 개인을 다룬 셈이다.

기미로 상징되는 시장경제의 왜곡된 질서는 초봉을 가난의 울타리에 가두고, 그녀의 운명을 철저하게 파탄으로 몰고간다. 그것은 왜곡된 자본주의를 심어놓은 일제에 의해 희생당하는 우리 민족의 운명과도 같은 것이다. 그런데 초봉은 결혼에서부터 애정의 문제에 이르기까지 소극적 자세를 견지한다. 그녀는 스스로의 의지로 자신의 운명에 맞닥뜨리는 일이 없다. 그녀의 소극성은 동생인 계봉의 적극성과 대조된다. 초봉은 섬세하고 아름다운 소도시 처녀의 특성을 지니면서 경제구조의 모순성이 인간의 삶에 미치는 현실을 보이고 있다. 그러나 그녀는 현실에 대항하기보다는 그 현실의 본질을 존중하고 신뢰하는 태도로서의 소극성을 가진다. 그녀는 그 어려움 속에서도 「감자」의 복녀처럼 도덕적으로 타락하지는 않는다.

현실에 굴복당하거나 타협하지 않음으로써 그녀의 사회적 의미가 분명해지고, 인간으로서의 아름다움도 유지되어 비판적 기능을 유지할 수 있는 것이다.

나. 적극적 인물

반면에 적극적으로 환경에 대립하여 싸우는 인물도 있다. 이러한 인물은 자신의 운명을 스스로 개척하려는 의지적 인간의 표상이다.

인간의 능력과 환경에 대한 우위성, 역사와 사회의 발전적 법칙을 신뢰하고 그에 대한 신념을 실천하는 인물이다. 이러한 인물이 그려진 작품이라 해서 인간 능력의 한계를 부정하는 것은 아니다.

개인으로서의 주인공은 한계를 분명히 가지는 인간이지만, 그가 환경에 대립하여 투쟁하는 것은 스스로의 개인적 능력에 의해서가 아니라 사회의 힘이 그렇게 발전할 수 있도록 계기를 마련한다는 선에서 적극적이고 투쟁적이다. 그런 점에서 이런 인물과 영웅소설의 초월적 인물은 서로 다르다. 초월적 인물은 타고난 능력이나 근거없는 역사적 힘을 바탕으로 하는 반면에, 이 인물은 개인의 초월적인 능력이 아니라 올바른 이념과 의지력으로써 행동한다는 점이 그 차이점이다. 그에게는 분명한 계기가 설정된 바탕에서 사회의 발전을 추구하는 힘이 주어진다. 이러한 인물을 우리는 적극적 인물이라 부른다.

적극적 인물은 역사의 발전적 전망과 계기를 파악할 수 있는 시대적 여건에서 창조되는 것이 일반적이다. 혁명의 성취나 민중적 힘의 결집이 가능한 역사적 추동력을 얻을 때 그러한 인물이 설정될 수 있기 때문이다. 이러한 환경과 엄밀히 대립되는 인물은 흔히 영웅주의화되기 쉬우나, 전형성의 원리를 충실히 받아들인 인물 창조의 경우에는 영웅주의화의 오류로 빠져들지 않는다. 이기영의 「고향」은 일제하에서 우리 문학이 창조한, 드물게 보이는 적극적 인물의 전형이다. 주인공 김희준은 소작농들에게 삶의 바른 원리를 일깨우고 그들로 하여금 모순된 사회에 투쟁하도록 계기를 만들어주는 인물이다. 즉 그를 통하여 민중적 결집이 가능하게 되는데, 봉건적 잔재가 보존되는 시대에서는 바로 이러한 인물이 민중적 이상을 반영하는 구실을 한다. 그렇다고 김희준이 영웅주의적 인물로 꾸며진 것은 아니다. 그는 지식인이기는 하지만 가정을 가진 평범한 농민이고, 아내에게 싫증을 내고 다른 여자에게 애정을 느끼기도 하는 한계를 가진 인간이다. 다만 그는 농민의 의식을 일깨우기 위하여 야학이나 두레를 조직하는 등 현명함과 의지력을 갖추었을 뿐이고, 그의 의식은 그것이 역사적 발전단계의 법칙성에 합당하다는 신념을 계기로 한 것이다.

적극적 인물은 가정 환경과 인간의 관계에 올바르게 매개되어 있고, 또 적극적으로 역할하기 위해서는 분명한 사회적 · 계급적 전망을 지녀야 하며 당연히 행위의 주체가 되어야 한다는 점을 고려하면, 가장 바람직한 그리고 본래의 개념에 충실한 전형적 인물이다. 그렇다고 해서 적극적 인물만이 환경과 인간의 모순되고 대립되는 현실을 효과적으로 드러낼 수 있다는 것은 아니다. 그것은 환경의 상황적 성질과 인간의 사회적 의식의 여부에 따라서 달라지는데, 소극적 인물로서도 얼마든지 현실의 본질을 드러내고 비판할 수가 있기 때문이다.

소극적 인물이 비교적 플롯에 종속당하는 인물이라면, 적극적 인물은 플롯을 이끌어가는 인물이다. 소극적 인물은 운명의 힘, 또는 환경의 힘을 능가하는 의지를 갖추지 못하였다. 그러므로 이 인물의 환경에 대한 대립은 개인의 의지를 통한 직접적인 것이 아니라 운명의 흐름에 의존하는 간접적인 환기의 방식으로 나타난다. 그러나 적극적 인물은 의지와 능력을 가지는 인물이므로 운명적이라기보다는 의지적이고, 사회적인 발전력으로서 대립의 힘을 표현한다.

이때까지 논의한 인물형을 도표로 보면 다음과 같다.

인물유형	환경과의 관계	플롯과의 관계	양식적 분류
초월적 인물	인물┄➡환경	인물 → 플롯	신화, 설화
보편적 인물	인물⬅┄환경	인물 ← 플롯	고소설
개별적 인물	인물 〉〈 환경	인물 〉〈 플롯	모더니즘 소설
	인물 ← 환경	인물 ← 플롯 (타협적 인물)	자연주의 소설
전형적 인물	인물 ⇄ 환경	인물 ⇄ 플롯 (소극적 인물)	비판적 리얼리즘
		인물 ⇄ 플롯 (적극적 인물)	사회주의 리얼리즘

＊ 화살표 방향은 작품의 의미화에 어느 쪽이 더 주도적으로 기능하는지를 나타낸다. 예를 들어, (인물→환경)의 경우, 인물이 주가 되고 환경이 부수적임을 나타낸다.

＊ 환경과의 관계에서 점선은 관계의 심각도가 옅음을, 실선은 관계의 심각도가 짙음을 의미한다.

4.
전형적 인물의 제 유형

전형적 인물을 적극적 인물과 소극적 인물로 구
분하여 보았는데, 그 구분은 환경에 대한 인물의
태도에 따른 것이었다. 이제는 인물이 어떠한 플롯상의 기능을 함으
로써, 환경의 문제를 제기하는지에 따라 살펴보자. 이 문제는 단순
한 기법상의 문제도 아니고, 인물이란 요소가 담당하는 기능만의 문
제도 아니다. 앞에서 우리가 점검한 바대로 어떠한 인물의 유형이
나타나는 것은 시대적 상황, 즉 환경의 성격에 따르는 것이다. 전형
적 인물이 요청되는 근대 이후 오늘에 이르기까지의 세계도 세밀히
보면 역사의 흐름에 따라 성격상의 변화가 있어왔고, 오늘의 시점에
서 보면 과거 몇백 년에 걸친 완만한 역사적 변천보다는 오늘날의
급박한 환경의 변화가 더 치열하게 우리의 삶에 영향을 미친다. 따
라서 엄밀하게 규정하자면 전형적 인물이란 개념에도 나름대로의
변화가 있고, 그 변화도 역시 환경의 문제와 결부되어 있다. 즉, 시
대의 성격에 따라 어떠한 인물의 창조가 더 환경의 문제에 효과적으
로 대치하고 인간의 삶에 바른 전망을 던져주겠는가 하는 점에서 전
형성의 방향이 정해지는 것이다.

인물의 형상과 환경과의 관계, 그리고 그것을 통합하는 플롯의 구

성문제는 단순히 기법의 선택으로 그치는 게 아니라, 창작에 임하는 당대의 역사적 성격과 그것을 규정하는 현실 및 그 현실에 임하는 작가의 세계관이 복합되어 나타나는 현상이다. 그런 점에서 이 문제는 손쉽게 도식화할 수 있는 성질의 것이 아니다. 이런 점들을 고려하면서, 전형적 인물의 몇 가지 세부적 양상을 살펴보기로 하자.

1) 긍정적 주인공

우리가 소설을 읽을 때는 대체로 어느 특정한 작중인물에 대하여 동정심을 가지게 된다. 「흥부전」을 읽는 일반독자들은 흥부의 지지자가 되고 놀부에 대해서는 반감을 갖게 되어, 흥부의 고통에는 동정심을 보내고 그의 행운에는 환호의 박수를 보내는 것이 일반적인 심리이다. 그것은 흥부라는 인물이 당대의 환경에 있어 바람직한 삶의 원리를 드러내기 때문이며, 반대로 놀부의 반윤리적인 인간상에 대한 반감의 결과이기도 하다. 이러한 인물, 즉 소설 내에서 중요한 기능을 하며 독자들의 관심을 집중적으로 받는 인물을 주인공이라 하겠는데, 그러면서 개인적 삶과 역사의 바른 방향을 제시하고 실천하는 인물을 긍정적 주인공이라 한다.

주인공은 특별히 세밀하게 그려진다. 주인공이 아닌 인물들도 작품 구성에 있어서는 중요한 요소이지만, 주인공처럼 그 심리적 동향이나 행동이 세밀하게 그려지지 않아야 한다. 그렇게 함으로써 주인공이 가지는 주제형성력이 살아나기 때문인데, 말하자면 인물에 대

한 원근법이 적용되는 것이다.[17]

그런데 전형적 인물로서의 긍정적 주인공은 그 계급적 특성과 사회적 위치를 분명하게 드러낼 수 있도록 원근법이 적용되어야 한다. 세밀하면서도 특징적으로 인물의 환경에 대한 역할이 형상화될 때, 긍정적 주인공[18]으로서 플롯상 효과적인 기능을 담당할 수 있는 것이다. 흥부는 그 긍정적 성격이 관념화되고 이상화되어 현실과의 괴리를 보이지만, 전형으로서의 긍정적 주인공은 구체적인 현실과 매개되는 생활인으로서 올바른 역사 형성을 위하여 실천하는 인물이다. 그리고 일반적으로 긍정적 주인공은 자신의 실천이 성취될 수 있다는 낙관적 전망을 드러내고, 그럼으로써 환경에 대한 인간의 투쟁이 의미있음을 보여주는 구실을 한다. 그런 점에서 전형적 인물이 아닌 다른 유형의 긍정적 주인공과 차별성이 있다.

대체로 사회주의 리얼리즘 계열의 소설에서 긍정적 주인공을 중시하고 있다. 앞서 예를 들었던 「고향」의 김희준이 그러한 예가 되겠다. 또 노동자계급이 주체가 되는 세계로의 역사적 발전이라는 전망을 보이는 세련된 노동자소설에서도 이러한 인물이 반드시 주인공으로 나타난다. 방현석의 「새벽출정」은 위장폐업으로 노조운동을

---

17) 〈원근법〉은 루카치의 용어를 인용한 것임. 이에 대해서는 G. 루카치, 「프란츠 카프카냐 토마스 만이냐?」 황석천 역, 『현대리얼리즘론』, 열음사, 1986, 참조.

18) 긍정적 주인공에 대해서는 쉬체르비나 외, 이장은 역, 『소련의 현대문학비평』, 한겨레, 1986, pp.126~128, pp.274~279, pp.314~315 참조.

무력화시키려는 세광물산이라는 회사에 대항하는 여성노동자들의 투쟁을 그린 노동자소설이다. 이 소설의 주인공인 미정·민영은 구사대, 회사측의 회유, 노조원들의 흔들림, 배고픔 등 갖가지 어려움 속에서 또 동료의 죽음과 자신들의 내부적 갈등 등을 극복하면서 굳세게 투쟁하는 선진 노동자의 전형으로 그려졌다. 이 작품에서는 노동현장이 구체적으로 제시되면서, 열악한 환경의 본질이 명확하게 포착되는 한편, 그 환경에 대항하는 올바른 삶에의 가치의식이 어떻게 획득되는가를 두 여자 주인공을 중심으로 하여 제기되었다. 이 주인공의 가치관이 올바르고 그들의 투쟁이 역사적으로 바른 방향이라는 당위성을 바탕으로 함으로써, 이 주인공들은 긍정적 기능을 하게 된다.

김세호 사장에게는 돈이 가장 소중한지 모르지만 우리에게는 돈보다 더욱 소중한 것이 있기 때문입니다. 동지에 대한 변할 수 없는 애정과 참 인간다운 삶이 중요하기 때문입니다. 우리는 이제 천만 노동자의 자존심을 보여 주어야 합니다.

이렇게 돈의 세계와 인간의 세계라는 대립적 구도 위에서 인간다움을 추구하는 이념과 그 실천으로 긍정적 주인공이 자리잡는다. 이 작품에서도 이들은 강한 신념으로 실천하며, 궁극에는 새벽에 출정하는 이들의 투쟁이 승리하리라는 강한 암시로써 끝맺고 있다. 이처럼 세계의 변혁에 주체가 되는 선진적인 농민·노동자 또는 진보적 지식인이 긍정적 주인공이 되는 것이다.

이러한 인물들을 통해 사회주의 리얼리즘 소설은 역사 발전의 낙관적 전망을 투사한다. 그러므로 긍정적 인물이 성공적으로 그려지기 위해서는, 낙관적 전망이 가능하다는 현실적 상황 즉 전망이 가능한 환경이 제시되어야 한다. 그리고 긍정적 인물의 의지와 실천이 현실에서 설득력을 갖추려면, 플롯상으로 세밀하게 질서화되고 인물의 긍정적 기능이 소설 전체의 구조상으로 통합력을 가져서, 사회 전체의 역사적 현실을 충분히 형상할 수 있도록 그려져야 한다.

2) 중도적 주인공

환경에 밀접하게 접근하여 환경의 모순을 거부하면서도 그 실천적 행동이 갖추어지지 못하면, 긍정적 주인공이 될 수 없다. 그러나 역사적 단계가 그러한 실천을 가능케 하지 못할 지경이라면, 억지로 긍정적 인물을 고집할 수도 없다. 현실에서는 낙관적 전망이 찾아지지 않는데 긍정적인 주인공으로 하여금 그러한 기능을 추구하도록 하면, 환경의 문제를 근원적으로 해부할 수도 없고 환경에 대한 효과적인 비판도 불가능하다. 이렇게 현실의 모순을 심각하게 부각하되, 환경을 변화시키기 위하여 직접 투쟁을 실천하지 않고 현실의 현상을 비판하는 데 초점을 둔 인물을 중도적 주인공이라 한다.

중도적 인물은, 엄밀히 말하면 역사의 흐름에 있어 주동적이지도 않고 반동적이지도 않은 방관자적 입장을 보이는 인물을 의미하지만,[19] 주인공이 되면 사실상 그러한 방관자로서 존재할 수 없다. 의지가 강하든 약하든 어느 정도의 입장을 가져야 하고, 반동적 입장에 있지 않은 이상, 그리고 그가 주인공으로서 동정심을 받는 위치라면 긍정적인 인물로 분류되어야 할 것이다. 그러나 실천적이고 낙관적인 전망을 드러내는 인물과는 구별되어야 하므로 중도적 주인공이라는 용어로 구별하려 한다.

일반적으로, 중도적 주인공은 비판적 리얼리즘 계열의 작품에 나타나는 주인공이다. 즉, 비판의 기능에 중점을 두고 플롯상에 환경과 인물이 긴밀하게 관련을 가지도록 질서화되는 경우이다. 이러한 주인공은 어떤 성취를 이루는 일이 거의 없고, 오히려 인물의 정당함에도 불구하고 불행을 당함으로써 환경의 부당함을 비판 및 고발하는 기능을 한다. 그러므로 대개 소시민 계급이나 미각성 상태의 노동자 · 농민들이 주인공이 된다. 이 주인공들은 자신의 직업이나 경제적 사정 및 성격들을 명확히 드러내면서, 그러한 개인과 사회의

---

19) G. 루카치, 「월터 스코트」, 이영욱 역, 『역사소설론』(거름, 1987)에서는 양 진영의 중간에서 양 진영을 결합에로 이끄는 인물, 역사적 성장과 발전에 있어 지속적 힘이 되는 민중적 삶을 중도적 인물의 표상으로 본다. 루카치는 역사소설을 역사극과 비교해 논의하면서, 극에서는 〈세계사적 개인〉이 중심적 역할을 맡지만, 소설에서는 〈세계사적 개인〉은 부차적 인물이되고 중도적 주인공이 중심점이 된다고 한다. 여기서는, 역사의 진보성에 긍정적인 측면을 부여하면서도 적극적인 역할을 맡지 못하는 인물로서 포괄적으로 규정하고자 한다.

모순관계를 형상하는 데 주도적 역할을 한다. 염상섭의 「삼대」에서 중심적인 역할을 하는 조덕기는 대표적인 중도적 인물이다. 그는 세대간의 갈등이라는 종적인 축과, 병화의 진보성과 자기 가정의 보수성 사이의 이념적 갈등이라는 횡적인 축을 연결하는 중심좌표에 위치하면서, 중도적 입장에서 현실의 시·공간적 모순을 총체적으로 제시하는 기능을 하고 있다.

현진건의 「운수 좋은 날」의 주인공 김 첨지는 인력거꾼이라는 직업을 가진 노동자로서, 가난이라는 당대의 현실적 문제를 고발하는 주인공이다. 그가 운수가 좋아서 돈을 좀 벌게 되는 날, 가난 때문에 약 한 번 제대로 쓰지 못하고 앓던 그의 아내가 죽게 된다. 이러한 아이러니적 기법을 통하여 가난한 근로자들은 도저히 운수가 좋을 수 없음을 보이고, 그것은 개인의 문제가 아니라 사회적 구조의 문제임을 효과적으로 비판하고 있는 것이다. 그러기 위하여 김 첨지의 성실함과 아내에의 애정과 또 선술집 광경에서 보이는 인간다움이 잘 형상되어 있고, 이런 주인공을 형상함으로써 그 비판의 기능이 효과적으로 전달된다. 눈여겨 볼 것은 김 첨지가 현실과 타협하지 않는다는 점이다. 현실에 패배하지만 순수한 내면성이 지켜진다는 점에서, 근본적으로 전망을 차단하지는 않는다. 인물의 순수함이 지켜지므로 현실에의 비판이 살아나지만, 그 현실에 구체적으로 대항하여 성취를 이루지 못하므로 긍정적인 기능은 하지 못한다. 최인훈의 「광장」은 이데올로기의 대립으로 분열된 남과 북의 정치현실에서 어느 쪽에서도 전망을 찾지 못하고 방황하는 인물을 다루었는데, 이러한 주인공도 여기에 포함될 수 있다.

이러한 중도적 주인공은 특별히 기법적 장치와 인물에 대한 세밀한 묘사가 생동감을 얻어야 본래의 효과를 얻을 수 있다. 「운수 좋은 날」의 아이러니적 기법이 그러한 예로써, 그렇지 못하면 작품의 중심점이 사라질 뿐 아니라 자칫하면 인물의 전형성이 무시되기 쉽기 때문이다. 그런 점에서 특별히 인물과 환경을 매개시키는 플롯의 역할이 요구되는 인물이다.

3) 부정적 주인공

긍정적 주인공이나 중도적 주인공이 제 역할을 하기 위해서는 그에 적대적인 인물이 필요하다(필수적이지는 않다). 주인공이 역사의 올바른 흐름을 위하여 싸울 때 그 전형적 인물인 주인공이 진보적인 세력이나 계급 또는 이념을 대표한다면, 반대로 그 흐름을 막는 반동적인 세력이나 계급 혹은 이념을 대표하는 인물도 작중에서 중요한 역할을 하게 된다. 이러한 반동적 인물이 자신의 계급적 성질이나 사회 성격을 잘 드러낼수록 작품은 생동감을 얻게 되고, 긍정적 주인공도 생동감을 얻게 된다.

「고향」에서, 마름인 안승학은 전형적인 부정적 인물로서 작품의 생동감을 조성하는 데 큰 몫을 차지한다. 자식들마다 그 어미가 모두 다르다거나, 딸을 이용하여 돈을 버는 데 혈안이 된다거나 하는 측면들이 그의 부정적 형상을 조성한다. 그러므로 자신의 이해관계에만 관심을 가지고 소작농들의 배고픔 따위는 안중에도 없는, 그리하여 고을의 소작세와 고리대금의 이자에 시달리는 농민들을 더욱 착취하는 앞잡이로서의 부정적 역할을 훌륭히 수행할 수 있는 것이다.

이러한 부정적 형상은 「흥부전」의 놀부가 지니는 부정성과는 차별되어야 하는데, 놀부가 보편적 인물로서 현실과 구체적 관련을 갖지 않는 인물이라면, 안승학은 당시의 소작법과 농촌경제의 구조 등을 잘 보여주는 인물로서 부정적인 기능을 하는 인물일 것이다. 놀부가 선악의 도식적이고 관념적인 대칭적 축의 한편에 자리잡는다면, 안승학은 환경의 구체적 실상을 드러내는 한 대표적 인물로서 자리잡고 있다.

그런데 부정적인 인물이 주인공이 되면 사정은 달라진다. 부정적인 주인공으로서는 직접적으로 환경의 모순을 비판하거나 대항할 수 없다. 왜냐하면, 그 인물 자신이 바로 부정적 환경의 일부이기 때문이다. 그러므로 반동적 이념을 비호하기 위한 선전적 소설이 아니라면 이러한 인물을 주인공으로 한 것은 그 자체가 하나의 기법이라 할 수밖에 없다. 말하자면 반어법적인 효과를 노린 의도적 장치의 산물인 것이다. 그럼으로써 부정적 현실의 실상을 더욱 효과적으로 인식할 수 있다는 수사법이다. 이 수사법의 이면에는 현실적으로 환경의 모순을 직접 비판할 수 없는 정치적·문화적 여건이 작용하는 것이 보통이다. 부정적 주인공의 허구적 측면을 효과적으로 부각함으로써, 때에 따라서는 환경의 모순을 더욱 적나라하게 드러내고 현실을 비판할 수도 있지만, 일반적으로는 환경의 벽을 우회하는 전술적 기법의 성격을 가진다. 그렇다고해서 이러한 인물을 통하여 인간 자체를 부정하는 것은 아니다. 인간이 아닌 부정적 사회와 제도와 이념에 대한 불신의 결과로써 이러한 인물상이 그려진다. 그 결과 대체로 부정적 인물은 적대적인 대상이 아니라 동정과 비판의 대상으로써 우스꽝스럽게 희화화되곤 한다.

바로 풍자소설이 이러한 주인공을 채택한다. 채만식의 「태평천하」는 이러한 소설의 대표적인 예이다. 주인공 윤직원은 고리대금업자로서, 철저하게 일제하의 식민지 질서에 편승하여 부를 축적하는 부정적인 인물이다. 이 주인공은 돈을 써서 자식에게 벼슬자리를 주려고 하거나 어린 기생을 돈으로 사는 등, 자신의 영화와 안락을 위하여 돈을 쓰되 그 돈은 고리대금이라는 부정적 방법으로 충당하는, 자본주의하의 잘못된 질서를 악용하는 계급적 특성을 잘 드러내는 인물로 그려졌다. 이 자를 비판적으로 형상하기 위하여 그의 결점, 즉 부정적 면모들이 과장되어 희화화되었다. 소설은 윤직원의 여러 왜곡된 삶의 양상을 집중적으로 그리는 원근법을 사용, 그로써 윤직원이 주인공임을 분명히 하면서 은근히 그에 대한 동정과 인간적 비애감을 유발시킨다. 그리고 동시에 주인공에 대한 화자의 비판적 언사로써 풍자적 쾌감을 느끼게 한다. 그러나 이 주인공은 우리에게 웃음만을 선사하는 것이 아니다. 그는 사회주의 운동을 하는 손자에게 한, "이 태평천하에 왜 그런 짓을 하는가"라는 말을 통하여 잘못된 환경의 실상이 어떤 것인지를 예리하게 던져준다. 모든 민족이 신음하는, 일제 식민지 통치하의 그 시대가 그와 같은 매판자본가들에게는 태평천하였던 것이다. 이러한 현실의 구체적 파악이 부정적 주인공을 통하여 반어법적으로 전달되는 것이 풍자소설의 힘이다.

1.
플롯의 논리와
〈인물과 환경의 상호작용〉

이야기의 세 가지 요소 중 인물에 대해, 환경과의 상호관계에 따라 살펴보았다. 이번에는 플롯을 다른 두 요소와의 연관 속에서 고찰할 차례이다. 이야기를 〈인간의 삶의 객관적 형상화〉라고 할 때, 인물은 그것의 주체(인간)적 측면이라고 할 수 있다. 이에 반해 플롯은 인간(주체)이 삶을 이뤄나가는 〈동적〉인 측면이다. 이미 언급했듯이, 문법적으로 인물이 주어라면 플롯은 목적어를 수반한 〈동사적〉 서술어이다. 그런데 인간(인물, 주어)이 〈어떻게〉 살아가는가(플롯, 동사)는 인간의 성격과 현실상황에 의해 좌우되며, 따라서 〈어떻게〉라는 플롯의 논리는 인물과 환경 양자의 조건에 영향을 받는다. 플롯의 구체적 내용을 인간의 삶의 동적인 측면, 즉 인물과 환경의 상호작용으로 이해하는 것은 바로 이 때문이다. 플롯은 기능적으로는 독립된 구조를 갖지만 주제와 연관된 측면에서는 인물과 환경의 〈역동적〉 상호반응으로 나타나는 것이다.

여기서 단순히 형식적인 플롯 개념과 〈인물과 환경의 상호작용〉이라는 새로운 정의를 잠깐 비교해 보자. 플롯을 형식주의적으로 이해하면 사건(행동)의 연속과 그것의 인과관계로 정의된다.[1] 즉 플롯은 사건들이 연결되어 이루어지지만, 제멋대로 이어지는 것이 아니라 주제를 드러내기 위한[2] 긴밀한 인과관계로 배열된다. 우리가 잘 알고 있는 다음의 예는, 플롯이 단지 사건의 연결만이 아니라 인과적 논리까지 포함한 개념임을 설명해 준다.

〈왕이 죽고 왕비도 죽었다.〉 이것은 이야기의 기초요소이다.[3]

완성된 구체적 이야기는 인물의 형상화와 플롯의 발전으로 나타난다. 즉 위의 이야기의 기초요소가 플롯으로 발전하면 이렇게 변형된다. 〈왕이 죽자 슬픔을 못 이겨 왕비가 죽었다.〉 여기에는 물론 플롯의 발전뿐 아니라 인물의 형상화까지 이루어져 있다. 왕비의 성격의 요소가 노출되기 시작하는 것이다. 인물과 플롯은 이처럼 상호

---

1) Norman Friedman, *Form and Meaning in Fiction*(University of Georgia Press, 1975), pp.63~68.
2) 프리드먼은 〈목적된 효과〉를 위해 플롯이 특정한 구조를 갖는 것으로 설명한다. 이런 문맥에서 〈주제〉란 목적된 효과를 내용적 측면에까지 연결시킨 총체적 의미(total Meaning)의 개념으로 이해된다.
3) E. M. 포스터는 이런 단순한 연대기적 사건배열이 이야기이며, 여기에 인과 관계가 부과되면 플롯이 된다고 설명한다. E. M. 포스터, 『소설의 이해』(문예출판사, 1975) pp.96~98. 그러나 〈이야기〉라는 개념에는 필연적으로 인과관계가 수반되게 마련이다. 설사 예문처럼 단순한 나열식으로 제시된다 해도 독자는 비어 있는 인과관계를 〈채워 넣으면서〉 독서를 수행한다. 즉, 표면적인 차원에서 인과감이 결여되어 있다 하더라도 심층구조상으로는 그것이 존재하는 것이다. 따라서 포스터가 제시한 예문은 〈이야기〉라기보다는 이야기의 기초요소라고 보는 것이 타당할 것이다. S. Chatman, 김경수 역, 『영화와 소설의 서사구조』(민음사, 1990), pp.52~56.

연관성을 지니게 마련이다.

　다시 플롯의 측면에 유의하면 두 개의 사건이 인과관계로 연결됨을 볼 수 있다. 여기서 두 개의 사건을 연결하는 인과율은 어떤 주제를 드러내기 위한 것으로, 사건의 연속을 인과적으로 이해하는 것은 그 사건에 어떤 의미를 부여하는 과정이다. 왜 그런 사건이 일어났는가를 인과적으로 따져 배열함으로써 우리의 삶에 관련된 주제를 전달하는 것이다.

　그러나 플롯의 인과율이나 주제는 작가가 인위적으로 부여한 것으로 볼 수 없다. 그보다는 작품 속에 형상화된 운명(fortune)이나 인물의 성격(character), 사상(사고, thought)의 요소[4]와 연관관계를 지닌다 하겠다. 외부로부터 가해진 힘(운명)이나 인물의 성격 및 사상에 의해 플롯의 인과율(논리)과 인간의 삶의 양상이 결정되는 것이다. 운명·성격·사상 등은 플롯의 인과율을 형식적으로 이해하기 위한 요소들이지만, 실상 이것들은 현실(운명)과 인간(성격, 사상)이라는 두 개의 조건이 반영된 개념이다. 이렇게 이해하는 것은 물론 플롯의 인과율을 내용의 맥락에까지 연관시키는 것이다.

　이런 문맥에서, 플롯의 논리(인과율)나 주제는 인간의 조건과 현실의 조건 양자의 상호관계에서 생겨난다고 볼 수 있다. 즉, 어떤 〈사

---

4) N. Friedman, 앞의 책, pp.63~68. 환경의 힘(운명)과 인물의 성격, 사상이 플롯의 인과율을 결정하는 요인으로 설명되고 있다. 한편 이 요소들은 각기 플롯(운명), 인물(성격), 주제(사상)를 부각시키는 요인으로 이해되기도 한다.

람〉이 어떤 〈현실〉을 살아가느냐의 문제인 것이다. 인간과 현실의 상호작용은 인간의 성격을 드러내는 한편, 사건의 논리를 발전시킨다. 사건들이 특정한 논리 혹은 인과율에 따라 연결된 것이 바로 플롯이다. 따라서 플롯은 인간과 현실의 상호관계에 따라, 소설을 통해서는 인물과 환경의 상호작용[5]에 의해 생겨난다.

우리는 앞에서 두 개의 조건 중 인물에 대해 상세히 살펴보았다. 그러면 환경이란 구체적으로 무엇인가. 환경은 인간이 활동하는 사회현실이나 자연환경을 말한다. 그중 소설에서는 특히 사회현실이 중요하게 그려진다. 사회현실은 물리적 배경이기보다는 인간관계가 복잡화되고 조직화된 환경, 즉 모든 인간관계의 총체성이라고 부를 수 있다. 소설에서는 현실의 모든 사람들 중에서 특정한 몇몇 인물이 선택되듯이, 또한 그 인물이 살아가는 환경으로서 특정한 인간관계의 그물망이 설정된다. 그리고 인간의 삶은 선택된 인물과 환경의 역동적 상호작용으로 형상화된다.

예를 들어, 한설야의 「황혼」을 생각해 보자. 이 소설에는 주요 인물로 노동자 준식, 여순, 형철과 소시민 지식인 경재, 그리고 자본가

---

5) 인물과 환경의 상호작용은 본격적인 서사성을 구현하는 근복적인 관계라고 할 수 있다. 루카치는 인물과 환경의 상호작용을 기준으로, 그것이 실현되지 않는 모더니즘을 비판한다. 모더니즘은 양자의 교호작용을 그리지 못함으로써 인격의 해체와 현실의 상실을 가져온다는 것이다; 루카치, 황석천 역, 『현대리얼리즘론』(열음사, 1986), pp.24~30 참조. 이는 본격적인 서사성을 설명하는 탁월한 견해이지만 우리는 다음에서 서사성이 약화된 소설 형식을 통해서도 삶의 역동성을 반영할 수 있음을 살펴볼 것이다.

안중서 등이 선택된다. 이들 중 안중서는 잘못된 환경을 대표하는 (환경에 즉해 있는) 인물이며, 나머지 주요 인물들의 살아가는 모습은 환경과의 상호작용으로 그려진다. 이 소설의 환경이란, 〈친일 자본가—노동자〉 관계로 설명되는 식민지 자본주의의 모순된 환경이다. 보다 구체적으로는, 그것이 극명하게 드러나는 공장이 환경으로 그려진다. 소설의 진행은 선택된 주요 인물들과 모순된 자본가—노동자 관계라는 환경과의 상호작용으로 이루어진다. 즉 노동자들은 안중서(잘못된 환경의 대표)로부터 억압 받기도 하고 반대로 저항하기도 하며, 지식인 경재는 그런 환경에 대해 고민하기도 하고 비판의식을 지니기도 한다. 그리고 경재의 우유부단한 태도가 노동자들의 적극적인 저항의지와 대비적으로 그려지기도 한다. 소설 속에 나타나는 이런 여러 가지 양상들이 바로 인물과 환경의 상호작용인 셈이다.

인물과 환경의 상호작용은 인물의 측면에서 보면 〈행동〉으로 나타나며, 반대로 환경의 측면에서 보면 〈사건〉으로 그려진다. 인물의 행동이나 사건은 특정한 논리로 연결되면서 하나의 완결된 줄거리를 이룬다. 그 완결된 줄거리가 담화(서술)의 전략에 의해 적절히 배열된 것이 바로 〈플롯〉이다.

이런 뜻에서 플롯은 담화행위[6]에 의해 이야기가 구체화된 것으로

---

6) 담화(discourse)의 개념에 대해서는, S. Chatman, 앞의 책 참조. 이야기가 내용이라면 담화는 그것의 표현이라고 할 수 있다. 플롯은 이야기 내용이 표현된 것으로 생겨나지만, 플롯의 표현은 그 자체가 이야기에 속하는 수준(도표의 ②)이 있고 그것을 넘어서서 단순히 서술에 속하는 요소(도표

볼 수 있다. 그러나 최종적인 플롯의 개념은 서술에 의한 이야기의
재배열까지 포함한다. 다시 말해, 플롯의 개념에는 이야기의 수준에
서 논의될 수 있는 것과 시간역전기법에 의한 배열 문제, 즉 서술의
수준에서 논의될 수 있는 요소[7]가 복합되어 있다. 이는 이야기와 담
화의 구분이 단순한 이분법으로 이루어지지 않음을 뜻한다.

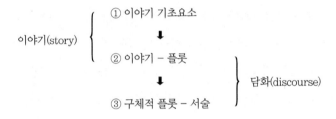

앞에서 살펴본 포스터의 예를 여기에 적용시키면 다음과 같이 연
결된다. ① (이야기 기초요소) 〈왕이 죽고 왕비도 죽었다〉 ② (이야
기-플롯) 〈왕이 죽자 슬픔을 못 이겨 왕비가 죽었다〉 ③ (구체적 플
롯-서술) 〈왕비가 죽었다. 사인을 아는 사람이 하나도 없더니 왕이
죽은 슬픔 때문이라는 것이 밝혀졌다.〉
　③에서는 시간역전기법에 의해 왕비의 죽음이 왕의 죽음보다 앞
에 서술되었다. 이것은 고도로 세련된 구체적 플롯이다. 그러나 우
리는 시간배열의 문제는 유보하고 ②의 수준에서 플롯에 대해 논의

의 ③)가 있다.
7) 시간배열기법에 대해서는 제4장의 주 7)을 참조.

하기로 한다.

앞에서 우리가 정의한 플롯의 개념은 ②의 수준에서 논의된 것이다. 이런 관점에서 플롯은 인물과 환경의 상호작용으로 형상화되므로, 그 논리와 내용은 인물과 환경의 조건에 의해 변화를 보이게 된다. 즉, 어떤 인물과 환경이 선택되었으며 양자가 어떻게 반응하는가[8]에 따라 소설의 미적 특질 및 그것이 반영하는 현실의 모습이 달라지는 것이다. 먼저 역사적 변화에 따라 양자의 조건이 상이해지며, 같은 시대라도 작가의 관심이나 세계관에 따라 차이가 생기게 된다. 그중에서 특히 그 시대의 본질적 양상(인간과 상황)을 예술적 특수성으로 반영할 때 우리는 그것을 〈전형〉이라고 부른다. 리얼리즘 소설에서 전형적 인물과 전형적 환경, 그리고 양자의 상호작용을 중시하는 것은 이런 맥락에서이다. 리얼리즘의 요건으로 〈세부적 진실 외에도 전형적인 환경(상황)에서의 전형적인 인물의 진실된 재현〉[9]을 들고 있는 엥겔스의 전형론 역시 이와 연관이 있다.

리얼리즘을 포함해서 인물과 환경의 상이한 선택에 따른 플롯의 질적인 차별성은 소설의 여러 가지 양식들을 만들어낸다. 앞에서 살펴보았듯이, 인물과 환경이 상호 교섭하긴 하지만 결과적으로 ①인물이 환경의 논리에 지배되는 경우, ②인물과 환경이 상호 대립관계

---

8) 이러한 선택 및 배열의 원리를 '전망(perspective)'이라고 한다. 전망의 개념에 대해서는 주 13)을 참조.
9) 엥겔스, 「런던의 마가렛 하크니스에게」, 김영기 역, 『마르크스 엥겔스의 문학예술론』(논장, 1989), pp.88.

에 있으면서 인물이 환경에 대한 비판의식을 지닌 경우, ③인물이 실천을 통해서 환경을 변화시키려는 경우, ④인물이 환경과 교섭하지 못하는 경우로 나눠질 수 있다. 이는 각각 고소설, 비판적 리얼리즘, 사회주의 리얼리즘, 모더니즘에 상응한다. 이러한 양식상의 차이는 역사적 단계 및 세계관적 차이에 의해 생겨난 것이다. 우리는 이 여러 양식들을 차례대로 살펴보면서 인물과 환경의 상호작용 및 그것의 결과물인 플롯의 논리에 주목하기로 한다.

2.
고소설의 플롯과 유교적 세계관

고소설의 인물들은 당대 사회를 하나로 결속해 주는 공동체적 이념에 의해 지배되고 있었다. 즉, 등장인물들은 개인의 특수한 성격이나 문제를 드러내기보다 유교이념을 드러내는 본보기로서 형상화되었다. 마찬가지로 소설의 환경 역시 유교적 신분질서나 가치체계를 반영하는 인간관계의 그물망으로 설정되었다. 예컨대 「홍길동전」이나 「춘향전」에서는 신분질서의 인간관계가 환경으로 제시되며, 그밖의 영웅소설들에서는 충신과 간신, 의와 불의 혹은 선과 악의 가치들로 장식된 인간관계가 환경으로 설정된다.

그리고 인간과 환경의 상호작용을 통해서도 유교이념의 가치체계를 드러내는 플롯을 형성한다. 즉, 충·효·열 및 선행을 실천한 결과 행복한 결말을 맞는다는 이념옹호적 구조를 이루는 것이다. 이처럼 관념적 이념을 플롯을 통해 구현함으로써, 합리적인 사고로 볼 때 인과적 논리에서 벗어난 우연성이 나타나게 된다.

「춘향전」을 예로 이러한 전개과정을 살펴보자. 모든 로만스적 고소설에서처럼, 「춘향전」 역시 유교이념적 인과응보의 논리를 펼치기 위해 하강-상승의 구조를 이용한다. 다시 말해, 주인공은 뜻하지 않은 역경을 맞게 되나(하강), 이에 굴하지 않고 계속 유교적 덕행을 실천함으로써 행복한 삶을 되찾는(상승) 구조를 일컫는다. 이 하강-상승의 로만스적 구조 중 특히 상승을 이루는 계기가 우연적이며, 그 우연성은 유교 이념에 의해 장식됨으로써 필연성으로 전환된다.

춘향은 비인간적 행위를 서슴지 않는 변사또에 의해 역경을 맞게 되나(하강), 심한 고문을 이기면서 이 도령을 섬기려는 뜻을 굽히지 않음으로써(열녀의 선행), 이 도령에 의한 구원을 얻게 되고 행복한 결말(상승)을 맞는다.

이러한 줄거리에서 이 도령의 구원은, 춘향의 행동에 의한 합리적 인과론의 결과가 아니라 유교 이념이 베풀어준-열녀의 행실에 대한-선물이다. 이 도령의 구출 자체는 우연적 사건이지만, "열녀의 행실을 하면 복을 받는다"는 유교적 관념론으로 보면 그것이 필연성을 지니는 것이다. 이처럼 관념적 세계관을 형상화하는 고소설의 인물과 환경의 관계는 다음과 같이 표시된다.

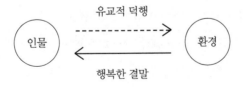

유교적 관념론에 의거한 고소설의 플롯 전개는 필연적으로 기존 질서(환경의 논리)를 옹호하는 구조를 갖게 된다. 소설에는 영원히 지

속돼야 할 이상적 세계상이 배경으로 설정되며, 소설의 전개는 그 이상적 세계상에서 이탈했다가 다시 회귀하는 짜임을 지닌다. 이러한 자기회귀적 운동의 원리는 이상적 세계상을 구성하는 가치체계, 즉 유교이념에 내재한다. 결국 플롯의 하강-상승의 운동은 유교이념의 기존질서가 실현된 이상적 세계를 옹호하려는 구조인 것이다. 「춘향전」의 서두와 말미의 동일성은 이 점을 잘 보여준다.

숙종디왕(肅宗大王) 직위 초(卽位初)의 셩덕(聖德)이 너부시사 『셩자 셩손(聖子聖孫)은 계계승승(繼繼承承)』호사 금고(金膏) 옥촉(玉燭)은 요(堯)·순(舜) 시졀이요, 으관 문물(衣冠文物)은 우(禹)·탕(湯)의 버금이라. 좌우 보필(左右輔弼)은 쥬셕지 신(柱石之臣)이요, 용양(龍驤)·호위(虎衛)난 간셩지 장(干城之將)이라. 조졍의 흐르난 덕화(德化) 힝곡(鄕曲)의 펴엿시니 사해(四海) 구든 기운이 원근(遠近)의 어려 잇다. 츙신(忠臣)은 만조(滿朝)호고, 회자(孝子) 열여(烈女) 가가지(家家在)라. 미지미지(美哉美哉)라 우슌 풍조(雨順風調)호니 함포 고복(含哺鼓腹) 빅셩(百姓)덜은 쳐쳐(處處)의 격량가(擊壤歌)라. (가)

이 셥 이판(吏判)·호판(戶判)·좌(左)·우(右)·영상(領相) 다 지니고 퇴사 후(退仕後)의 졍열부인으로 더부려 빅연 독낙(百年同樂)할시 졍열부인으게 삼남이녀(三男二女)을 두워시니 개개(個個)이 총명(聰明)호야 그 부친을 압두(壓頭)하고 『계계승승(繼繼承承)』하야 직거(職居) 일품(一品)으로 만세 유전(萬世流傳)하더라. (가)´

「춘향전」의 몸체 부분은 (가)에서 (가)´로 회귀하는 과정을 보여준다고 할 수 있다. 그러나 우리의 흥미는 (가) 혹은 (가)´의 이상적 상태보다는 그 회귀과정에서 나타나는 하강-상승의 우여곡절에 있다. 그것에 비하면 (가), (가)´는 추상적으로 느껴지며 실제적 상태로 느껴지지 않는다. 이러한 (가), (가)´와 「춘향전」의 몸체 부분의 차이를 이기철학(理氣哲學)의 견지에서 조명하면 각각 理와 氣에 대응한다고 할 수 있다.[10] 氣는 理의 발현으로 실재의 삶을 구성하는 물질과 에너지이다.[11] 반면에 理는 氣를 이루는 원리이며, 氣 자체에 즉해 있다. 「춘향전」에서 우리가 흥미를 느끼는 것은 하강-상승의 氣의 운동이지만, 그 운동의 원리는 理이며 소설의 주제 역시 理에 근거해 있다.

10) 이기철학의 견지에서 고소설을 고찰하면서 탁월한 견해를 펼치고 있는 책으로는 조동일의 『한국소설의 이론』(지식산업사, 1977)을 들 수 있다. 다만 이 책에서는 기(氣)의 대립을 물아(자아와 사물)의 대립으로 이해하고 있으나, 원래의 성리학에서의 氣의 대립은 주객의 대립이기보다는 선량한 氣와 열악한 氣의 대립임을 유의할 필요가 있다. 따라서 조선조의 중세적 이념을 잘 구현하고 있는 소설은 선악(혹은 의와 불의, 충과 불충)의 氣의 대립을 형상화하는 영웅소설 유형일 것이다. 그 밖에 주객(혹은 개인과 사회)의 대립을 형상화하는 「홍길동전」 등은 중세적 이념을 넘어선 근대소설적 요소가 구현된 것으로 볼 수 있다.

11) 존재하는 모든 사물(事와 物)은 氣로 이루어져 있다. 氣로 이루어진 모든

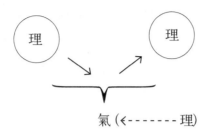

氣 (←------- 理)

　이처럼 고소설에서는 氣가 전면에 형상화되며 그것의 원리인 理는 배경의 문맥을 이룸을 알 수 있다. 반면에 조선초기 사대부의 장르인 한시, 시조, 가사에서는 理가 전면으로 부각되며 氣의 형상화는 전적으로 理에 종속된다. 여기서 우리는 왜 조선조의 양반들이 소설을 폄시하는 태도를 지녔는가를 알 수 있다. 소설 역시 氣의 운동(인간의 삶)은 理의 원리(혹은 유교이념)를 보여주기 위한 것이지만, 그래도 결국 관심을 끄는 것은 후자보다 전자이기 때문이다.

　고소설 중에서도 氣의 대립(선량한 氣와 열악한 氣)이 理에 의해 해소되는 과정을 도식적으로 보여주는 영웅소설(「조웅전」, 「유충렬전」 등)은

사물들은 어떤 이치(理致)를 갖고 있는데, 그것이 바로 理이다. 理는 공중에 매달려 있거나 심상(心上)에만 있는 것이 아니라 사물에 즉해 있다. 다시 말해, 사물(혹은 氣) 자체에 내재해 있다. 따라서 존재하는 모든 사물은 氣인 동시에 理라고 할 수 있다. 여기서 유의할 것은 理와 氣의 개념이 정신과 물질 혹은 주체(인간)와 대상(물질)에 상응하는 것이 아니라는 점이다. 인간이나 인간관계, 그리고 우주에 존재하는 모든 물질들은 氣이면서 理를 지니고 있는 것이다. 유인희, 『주자철학과 중국철학』(범학사, 1980), pp.146~201 참조.

단순히 유교이념의 질서체계를 옹호하고 태평성대를 이상화한다. 이에 반해, 「홍길동전」이나 판소리계 소설(「춘향전」, 「흥부전」 등)은 氣의 대립이 理에 의해 해소되지 않는 부분이 있음을 보여주고 있다.[12] 후자의 소설들에서 해소 불가능한 부분은 관념적으로 파악한 대립이 아니라 현실적으로 내재하는 대립이다. 즉, 그것은 서자인 홍길동과 신분사회와의 대립이거나 가난한 민중들과 허세 부리는 양반과의 대립이다. 이러한 대립은 개인과 사회의 분열을 보여주는 것으로, 이기철학의 원리로는 설명될 수 없는 근대소설적인 요소인 것이다. 영웅 소설에 비해, 「홍길동전」이나 판소리계 소설에 제시되는 삶의 모습이 보다 현실적으로 느껴지는 것은 바로 이 때문이다.

그러나 「홍길동전」이나 판소리계 소설을 포함한 모든 로만스적 고소설은 전체 플롯 구조에 있어서는 동일한 특징을 지니고 있다. 즉 이상적 인물과 그 반대인물 간의 대립관계, 하강-상승의 구조, 행복한 결말 등의 특징을 지닌다. 이러한 플롯 구조는 인물·환경의 선택 및 그 상호작용의 배열에 의해 형성되며, 〈선택 및 배열의 원리〉는 창작주체(작가)의 〈세계관〉에 의해 결정된다. 그리고 이처럼 작가의 세계관이 선택 및 배열의 원리로서 작품 속에 (형식적 요소로) 내재하는 것을 〈전망〉[13]이라고 한다. 따라서 〈세계관〉 〈전망〉 〈플롯〉

---

12) 조동일은 앞의 책에서 氣의 대립을 물아(자아와 사물)의 대립으로 이해하면서, 「금오신화」나 「홍길동전」처럼 대립 이전의 완전한 상태가 있지 않고 대립을 해소할 理가 따로 없는 소설은 일원론적 주기론(主氣論)과 연관된 것으로 설명한다. 조동일, 앞의 책, pp.41~44.

의 개념들은 다음과 같은 관계로 정리된다.

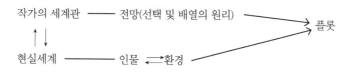

위에서 보는 바와 같이, 〈전망〉은 작품의 형식적 특질과 작가의 세계관의 종류를 동시에 말해 주는 개념임을 알 수 있다. 따라서 소설이 어떤 전망을 갖는가 하는 점은 그 소설의 형식과 내용을 이해하는 데 필수적인 요건임을 알 수 있다.

〈전망〉이란 한 마디로, 현실을 통해 미래를 보여주는 원리라고 정의될 수 있다. 소설은 현실의 모습을 그리지만 그와 함께 미래를 보여주려는 노력을 포함하는데, 그것은 현실에 대한 작가의 세계관(혹은 이념)의 작용이며 소설 내부에서는 전망으로 나타나는 것이다. 이러한 견지에서의 인간의 삶의 진행을 낙관적으로 보지만, 그 근거를

---

13) 전망(perspective)은 선택원리로서 본질적인 것과 비본질적인 것 핵심적인 것과 주변적인 것을 선별하면서, 이야기의 실마리를 정리해 주고 인물들의 발전방향을 결정한다. 현실의 반영이나 소설 형식 양자에 있어서 방향성을 결정함으로써, 전망은 소설의 내용에 인과감과 질서를 부여한다. 물론 이러한 전망은 작가의 주관적 의도에 의해 관념적으로 설정되는 것이 아니라, 인물과 환경 그리고 양자의 상호작용의 선택과 배열을 통해 나타난다. 따라서 어떤 인물과 환경을 선택했느냐에 따라 전망과 플롯은 달라진다. 루카치, 앞의 책, pp.34, pp.53~57 참조.

관념적 유교이념에 두는 로만스적 고소설은 대부분 〈관념적인 낙관적 전망〉을 지닌다고 할 수 있다. 고소설의 이러한 전망은 근대 이후에 나타난 비판적 리얼리즘의 〈부정적(소극적) 전망〉이나 사회주의 리얼리즘의 〈낙관적 전망〉과 구별된다고 하겠다.

3.
비판적 리얼리즘과 현실주의의 원리

1) 현실주의적 세계관의 출현

고소설의 관념적인 낙관적 전망은 전체 사회를 공동체적 이념으로 결속시키면서, 또한 실제 현실의 불만과 고통을 행운으로의 출구를 통해 해소시키는 기능을 하고 있었다. 그러나 사회적 모순이 점점 심화되면서 그러한 유교이념의 안전판이 더이상 효능을 발휘하지 못하는 시기가 오고 있었다. 공동체적 유교이념은 서서히 붕괴되어 갔고 이에 따라 행운으로의 출구가 폐쇄되었으며, 더욱이 사람들은 차츰 개인과 사회의 대립관계를 인식하기에 이른 것이다.

이러한 사회적 변화에 상응해서, 근대소설은 관념적 세계관 대신 현실주의 원리를 받아들여 새로운 양식을 창출하게 된다. 새로운 양식으로서의 근대소설은 근본적으로 고소설의 〈패러디〉의 형식을 갖고 나타났다. 패러디는 현실을 형식화하면서 배경의 문맥을 교체시키는 순간 생겨난다. 고소설은 유교이념의 문맥을 현실의 형식화 원리로 사용하고 있었다. 그러나 그러한 문맥의 사용이 더이상 현실의 변화를 감당하지 못함을 판소리계 소설들은 잘 보여주고 있다.

이처럼 변화된 현실상황에서 심각한 사회적 문제를 새로운 세계관적 문맥을 통해 조명할 때, 미처 변화되지 않은 전대의 관습이 잔여분으로 남아 그 관습에 대한 패러디의 형식이 성립되는 것이다.[14] 예컨대, 박지원의 「양반전」은 패러디를 통해 근대소설의 단초를 마련하고 있다. 원래 전(傳) 양식은 유교적 이상형의 인물을 그리면서 그의 이름을 제목으로 삼는 관례를 갖고 있었다. 그러나 「양반전」은 유교적 신분질서의 표본인 양반을 풍자하면서 그 풍자의 대상을 제목으로 삼고 있다. 즉, 전통적 관습인 전(傳) 양식에 대한 희작(패러디)을 시도하고 있는 것이다.

정선(旌善) 고을에 상민인 부자와 가난한 양반이 살고 있었는데, 양반은 환자를 갚기 위해 부자에게 양반을 팔게 된다. 이 얘기를 들은 군수는 부자에게 양반 증서를 만들어 주겠다며, 양반이 지켜야 할 어려운 몸가짐을 나열한다. 증서 내용을 듣고 있던 부자는 한참 머엉하다가 이렇게 말한다.

"양반이 겨우 요것뿐이란 말씀이우? 내가 듣기엔 '양반하면 신선

---

14) 예를 들어 「흥부전」을 패러디해서 「놀부전」을 만들었을 때, 「놀부전」은 현실주의의 세계관적 문맥에 따라 「흥부전」을 재구성한 것이지만, 전자 「놀부전」에는 후자(「흥부전」) 및 그 유교적 세계관의 문맥이 여전히 흔적으로 남게 된다. 바흐찐은 패러디에서의 이러한 양상을 원작 (「흥부전」)과 대화적 관계를 이루는 것으로 설명한다. 즉, 「놀부전」은 「흥부전」과 대화적 관계를 이루는 패러디 작품이다. 츠베탕 토도로프, 최현무 역, 『바흐찐의 문학사회학과 대화이론』(까치, 1987), pp.106~110: M. M. Bakhtin, *The Dialogic Imagination* (University of Texas Press, 1981), pp.68~83 참조.

이나 다름없다' 더니, 정말 이럴 뿐이라면 너무도 억울하게 곡식만 몰수당한 것이어유. 아무쪼록 좀더 이롭게 고쳐 주시기유."

군수는 증서를 고치면서 이번에는 양반의 각종 횡포를 나열하기 시작한다. 증서가 겨우 반쯤 이룩되었을 때 부자는 혀를 빼면서 "아이구 그만두시유, 참 맹랑합니다그려. 당신네들이 나를 도둑놈이 되라 하시유" 하고 머리를 흔들면서 달아나 버렸다.

이러한 양반에 대한 풍자는 관념적 세계관 대신 현실주의의 원리로 당대 사회를 조명함으로써 가능해진 것이다. 이처럼 배경의 문맥을 변경시키는 패러디에 기초한 「양반전」은 풍자를 통해 비판적 리얼리즘의 요소를 획득하고 있다. 그러나 이 작품을 완전히 근대소설로 볼 수는 없는데, 그 이유는 신분제에 대한 날카로운 비판의식에도 불구하고 여전히 전대의 표기방식인 한문을 사용하고 있기 때문이다.

그렇지만 이 소설은 로만스적 고소설과는 분명히 구별되는 플롯 구조를 지니고 있는바, 그것은 다음의 두 가지로 요약될 수 있다.

첫째, 인물들 간의 선악의 대칭적 대립관계가 사라지고 인물과 환경 간의 분열된 관계를 보여준다.

둘째, 하강-상승구조를 통한 행복한 결말이 없어지고, 평행 혹은 하강구조를 이루고 있다.

이러한 두 가지 요건은 일반적으로 모든 비판적 리얼리즘 소설의 특질이라고 할 수 있다.

2) 비판적 리얼리즘의 플롯과 전망

근대소설이 본격적으로 발전되면서부터 패러디의 원리는 작품 전면에 분명히 드러나지 않게 되었다. 그러나 몇몇 소설들은 새로운 양식(비판적 리얼리즘)으로 정착된 후에도 근본원리에 있어 패러디에 기초해 있음을 보여준다.

현진건의 「운수 좋은 날」은 1920년대 소설로, 전대 소설에서 부지런하고 정직한 사람에게 허용되었던 행운으로의 출구가 이제는 절망적으로 폐쇄되었음을 그리고 있다. 유교적 세계관의 문맥에서 보면, 인력거꾼 김 첨지의 하루는 문자 그대로 〈운수 좋은 날〉이 되어야 한다. 그러나 더이상 그러한 관념적 세계관으로 현실을 조명하는 것이 어려워졌을 뿐 아니라, 현실주의의 인식방법으로 문맥을 바꾸는 것이 불가피해진 것이다. 따라서 김 첨지의 하루는 표면과 이면이 모순된 아이러니컬한 운수 좋은 날로 그려질 수밖에 없었다.

「운수 좋은 날」에서 부지런한 김 첨지가 고통을 당하는 사실은, 전대에는 공동체적 관념이 무마시켜 주었던 현실 모순의 짐을 이제는 개인 각자가 떠맡아야 됨을 암시한다. 〈관념〉에 의한 허약한 통합이 깨어지면서, 개인과 사회의 분열이 불가피한 〈현실〉로 다가오는 것이다. 이러한 개인과 사회의 분열 양상은 소설에 있어 인물과 환경의 변화된 상호관계로서 반영된다. 인물의 선행에도 불구하고 환경은 고통을 되돌려 주며, 인물은 그러한 환경에 대해 내면적인 울분(혹은 비판의식)을 느끼는 것이다.

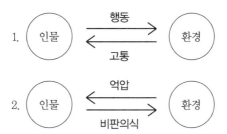

　「운수 좋은 날」의 김 첨지는 물론 비지성적인 인물로 현실 비판의 식이 결여된, 오히려 그의 고통을 운명론적으로 받아들이려는 성격까지 지니고 있다. 그러나 다른 한편, 그는 부당한 자신의 불행에 대해 막연한 울분을 지니고 있는데, 다음과 같은 아이러니컬한 고통 표현방법은 자신이 겪는 불행이 온당하지 못하다는 감정적인 항의를 포함하고 있는 것이다.

　　"응으, 또 대답이 없네, 정말 죽었나버이."

　　이러다가 누운 이의 흰창이 검은창을 덮은, 위로 치뜬 눈을 알아보자마자,

　　"이 눈깔! 이 눈깔! 웨 나를 바루 보지 못하고 천정만 보느냐, 응?" 하는 말끝엔 목이 메었다. 그러자 산 사람의 눈에서 떨어진 닭의 똥 같은 눈물이 죽은 이의 뻣뻣한 얼굴을 어룽어룽 적신다. 문득 김 첨지는 미친 듯이 제 얼굴을 죽은 이의 얼굴에 한테 부비대며 중얼거렸다.

"설렁탕을 사다놓았는데 왜 먹지를 못하니, 왜 먹지를 못하

니…… 괴상하게도 오늘은 운수가 좋드니만……"

위의 인용문은 이 소설의 마지막 장면으로, 김 첨지는 아내의 죽

음에 대해 단순히 절망적으로 슬퍼하는 태도만을 보이고 있지는 않

다. 무엇 때문인지는 모르지만 김 첨지의 내면에는 분노가 가득 차

있는 것이다. 물론 김 첨지는 자신의 울분이 어떤 목적을 향해 발산

되어야 할지 모르고 있다. 따라서 김 첨지의 항의 자체는 막연한 감

정 토로에 그치고 있으나, 그럼에도 불구하고 독자는 선량한 그가

정당한 대우를 받는 올바른 사회가 건설되어야 함을 암시받는다. 그

것은 독자가 한편으론 김 첨지를 내려다보는 위치에 있지만, 다른

한편 김 첨지의 의식을 공유하면서 그의 입장에서 소설의 사건을 경

험하기 때문이다.

이처럼 「운수 좋은 날」과 같은 소설은 어떤 전망을 직접적으로 제

시하지는 못하지만, 부정적 환경에 대한 비판을 통해 역으로 전망을

암시한다. 이와 같이 부정의 부정을 통한 비판적 리얼리즘의 전망을

흔히 〈부정적 (혹은 소극적) 전망〉[15]이라고 부른다.

15) 비판적 리얼리즘의 전망은 역사적 방향성을 명백히 제시하지 않고 현실
의 부정성을 부정함으로써 방향성을 암시하는 방법을 취한다. 이는 비판적
리얼리즘이 부르조아 사회에 뿌리박고 있어서 그 이상은 내다보지 못하는
위치에 있기 때문이다. 따라서 비판적 리얼리즘은 막연한 이상을 내다보는
유토피아적 전망을 갖는 수가 많다. 그리고 이러한 전망은 다음의 이중적

「운수 좋은 날」을 살펴보면, 〈세계관〉적 기반이 바뀜에 따라 〈전망〉이 달라졌으며 〈인물과 환경〉의 선택 및 양자의 상호작용 역시 달라졌음을 알 수 있다. 보편적이고 이상적인 인물에서 개성과 보편이 통일된 전형적 인물로 교체되었으며, 환경 역시 인물과 대립하는 사회환경으로 바뀐 것이다. 그리고 인물과 환경의 상호작용은 부정적 환경을 비판적으로 반영하는 플롯의 논리를 담게 되었다.

3) 소시민 주인공 소설

비판적 리얼리즘의 주인공으로는 「운수 좋은 날」처럼 미각성 상태의 민중을 그리는 경우도 있으나, 대개의 소설들에서는 소시민을 주인공으로 선택한다. 그리고 소시민 주인공 소설의 중요한 유형 중의 하나는 주인공의 의식의 성장과정을 형상화하는 것이다. 특히 80년대의 소설 중에서 이러한 유형을 많이 발견할 수 있는데, 87년~88년에 쓰여진 「태양은 묘지 위에 붉게 타오르고」(양헌석), 「강」(김인숙), 「위기의 사내」(현기영) 등이 여기에 속한다. 이 소설들은 87년의 6월 항쟁이나 대통령 선거를 배경으로, 소시민의 불투명한 의식

기능을 갖는다. 즉, 현실을 충실히 묘사하면서 그 속에서도 절망에 빠지지 않도록 해주는 것이다. 루카치는 이와 같은 비판적 리얼리즘의 특징을 두 가지 소극적 명령문으로 요약하고 있다. 첫째는 〈합리적인 질문〉이며, 또 하나는 〈불안과 혼란을 극복하려는 의지〉이다. 비판적 리얼리즘은 이를 통해 사회주의의 전망을 거부하지는 않는다는 소극적 전망을 드러낸다. 루카치, 앞의 책, pp.60~72 참조.

이 점차로 각성되어 가는 과정을 그리고 있다.

소시민 주인공 소설의 또다른 유형은 소시민의 이중적 의식을 비판하는 소설들이다. 역시 80년대 후반의 소설 중 「기회주의자」(양귀자), 「부정」(김인숙), 「덧문 너머의 헝클어진 숨결」(김향숙)을 들 수 있다. 이 소설들은 한결같이 소시민의 기회주의적 속성을 비판하고 있지만, 그런 중에도 주인공의 긍정적 가능성을 배제하지 않는 소설이 전망의 획득에 성공하고 있다. 그것은 소시민이 비판의 대상이긴 하지만 그가 부정적 환경을 대표하는 인물은 아니며, 따라서 부정의 부정을 통한 전망의 획득은, 소시민의 부정적 성향으로 돌아서는 태도에 대한 비판을 통해 그 반대의 가능성을 보여주는 것이기 때문이다. 예컨대, 「덧문 너머의 헝클어진 숨결」보다 「기회주의자」가 전망의 획득에 성공하고 있는 것은 이런 연유에서이다.

> "노재청 씨가 탈퇴하겠다는군. 사장 솜씨도 보통은 아니야. 어느새 그 사람을 사재청으로 만들어 버렸어."
> 그때의 손의 얼굴에는 확실히 강철 같은 표정이 있었다. 그것은 노조를 향해 재청을 외치다가 사장 쪽으로 재청의 방향을 돌린 이재철에게로 날리는 강철이었다. 결코 부러지지 않을 것 같은 손문길의 단단함이, 강철의 그 질감이 그는 부드럽다고 느꼈다. 삶에 대한 이 망설임이 언제까지 갈 것인지……

위 인용문에서 주인공 정 계장은 자신의 우유부단함을 스스로 인식하고 있다. 이처럼 주인공의 고민하는 모습을 삽입시킴으로써, 전체적으로 그에게 가해지는 비판과 함께 긍정적 가능성 역시 열어놓고 있다. 「기회주의자」라는 비판적 표제에도 불구하고 주인공 정계장이 부정적 인물로 느껴지지 않는 것은 이 때문이다(물론 작가가 손문길에 전적으로 찬동하는 것이라고 볼 수도 없다).

소시민적 인물이 비판적 리얼리즘의 주인공으로 빈번히 선택되는 것은, 그가 부정적 환경과 진보적 인물의 중간 정도되는 인식상태를 지니고 있기 때문이다. 예를 든다면, 「태양은 묘지 위에 붉게 타오르고」에서 석일은 독재정권과 운동권 학생 해린의 중간에, 「부정」에서의 아내는 부정적 환경과 민세 아빠 사이에, 그리고 「기회주의자」의 정 계장은 영업과장과 손문길의 가운데에 위치한다.

이들 소시민적 주인공들은 일정한 비판의식을 내면에 지니고 있지만, 「태양은 묘지 위에…」에서처럼 긍정적 방향으로 나아가기도 하고 「부정」에서처럼 반대 방향을 취하여 비판의 대상이 되기도 한다. 어느 경우이든 이들의 중간적 성격은 부정적 현실을 비판적으로 반영하는 데 적절한 역할을 하게 되는 것이다.

이제까지 우리는 주로 중·단편소설을 중심으로 살펴봤지만, 장편의 경우에 소시민을 주인공으로 하는 비판적 리얼리즘은 복합적 구성을 통해 총체적 형상화 방법을 취하게 된다. 대표적인 작품으로 「삼대」에서는, 중도적 인물[16] 조덕기를 중심으로 세대간의 축과 이념적 축을 복합적으로 구성하고 있다. 이 소설에서 조의관-조상훈-조덕기의 관계는 삼대에 걸친 세대간의 갈등을 조덕기의 비판적 의식을 매개로 형상화한 것이다. 또한 조의관 · 조상훈-조덕기-병화의 관계는 이념의 차이에 의한 갈등을 그리고 있는바, 각각 봉건적 · 부르주아적 의식, 비판적 의식, 진보적 의식을 대표하고 있다. 이러한 복합적 구성의 총체성은 세계관적으로 중간적 상태에 있는 조덕기를 중심인물로 위치시킴으로써 획득된 것이다.

그러나 총체성의 형상화는 「삼대」와 같은 비판적 리얼리즘의 방법으로만 성취되는 것은 아니다. 사회주의 리얼리즘은 중도적 인물을 통한 매개관계가 아니라, 현실의 본질적 대립관계를 직접 형상화함으로써 총체성을 획득한다. 즉 자본가와 노동자, 부정적 인물과 진보적 인물(긍정적 주인공)[17]의 대립관계 및 투쟁관계가 소설의 중심적인 내용으로 그려진다.

고소설에서는 인물과 환경의 상호작용이 일어나지만 인물의 행동은 환경의 논리의 반영이며, 결과적으로 환경의 논리에 지배되는 양상으로 나타났다. 이에 반해, 비판적 리얼리즘은 인물과 환경의 대립관계를 각 계급 계층의 움직임을 포착하는 가운데 그려낸다. 따라서 인물과 환경은 분열된 관계에서 상호작용하며, 그 역동적 운동을 통해 현실의 전망을 암시한다.

16) 중도적 주인공(middle-of-the-road hero)은 제2장의 주18)을 참조.
17) 긍정적 주인공(positive hero)에 대해서는 제2장 참조.

한편, 사회주의 리얼리즘은 현실과 인간의 대립적 상호작용을 실천적 차원에서 그려낸다. 즉, 인물은 환경에 대해 비판적 의식만을 갖는 것이 아니라 실천적으로 환경을 개조시키려 나서는 것이다. 이로써 인물과 환경의 상호관계는 또다른 질적 차별성을 보여주게 된다.

　이제 몇 개의 예들을 통해 사회주의 리얼리즘의 새로운 양상을 살펴보자.

4.
사회주의 리얼리즘의 진보적 세계관

1) 본질적 대립관계

　사회주의 리얼리즘은 인물과 환경의 선택 및 양자의 상호관계에 있어서 또다시 새로운 양상을 보여준다. 비판적 리얼리즘과 구별되는 이 양식은 서사적 선별원리를 사회주의적 전망에 의거함으로써 새롭게 나타난 것이다. 즉, 이상적인 사회주의 사회로 나아가는 인물과 환경을 선택하여 양자의 상호작용을 형상화한 산물이다.

　그러나 사회주의 리얼리즘은 사회주의 사회뿐만 아니라 우리나라와 같은 제3세계에서도 생산될 수 있다. 식민지 시대 우리 소설사를 살펴보면, 사회주의 리얼리즘이 비판적 리얼리즘과 나란히 창작되었음을 알 수 있다. 이 경우, 동일한 현실이 두 가지 리얼리즘의 방법으로 형상화되었던 셈인데, 이를테면 1930년대의 현실은 「삼대」라는 비판적 리얼리즘과 함께 「고향」과 같은 사회주의 리얼리즘으로도 형상화되었다는 것이다.

　이처럼 똑같은 현실이 두 가지 상이한 리얼리즘으로 반영되었던 것이 우리 문학사의 특수성이라고 할 수 있다. 여기서 우리의 관심사는 두 개의 리얼리즘이 창작방법과 목표에 있어 어떤 차별성을 지니는가이다.

앞에서 언급했듯이 비판적 리얼리즘이 중도적 인물을 매개로 현실을 반영한다면, 사회주의 리얼리즘은 현실의 본질적 대립관계를 직접 형상화한다. 그 두 가지 중에서 중도적 인물이 주인공으로 선택되는 양상은 이미 살펴본 바 있다. 그렇다면 현실의 본질적 대립관계를 반영함은 무엇을 의미하는가.

현실의 본질이란 현실을 인식하는 데 있어 가장 핵심이 되는 요건들을 말한다. 우리가 현실을 올바로 인식하기 위해서는 그 본질을 간파해야 한다. 이는 물론 다른 사물을 인식하거나 형상화하는 데 있어서도 마찬가지이다. 어떤 사물을 올바로 형상화하려면 그 사물에 대한 정확한 인식이 전제되어야 하며, 그것의 본질을 파악해야 한다는 것이다.

예를 들어, 사과나무를 그림으로 형상화한다고 가정해 보자. 그때 사과나무를 정확히 반영하기 위해 세부묘사에 집착하는 경우와 전체의 모습을 빠짐없이 그려넣을 경우가 있을 수 있다. 물론 이 두 가지 모두 사과나무를 형상화하는 데 중요한 요건이 될 것이지만, 보다 더 중요한 것은 사과나무의 본질을 파악해서 형상화 하는 것이다.

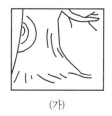 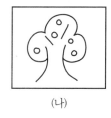 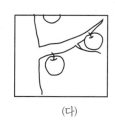

(가)　　　　　　　(나)　　　　　　　(다)

다음의 그림을 통해 이 점을 생각해 보자.

(가)는 세부에 집착한 경우이고, (나)는 전체를 빠짐없이 그린 것이다. 그러나 어느 것도 사과나무를 그린 것이라고 한눈에 알아볼 수는 없다. 반면에 (다)는 세부에 매달리지도, 전체를 다 그리지도 않았지만 사과나무의 그림임을 금방 알 수 있다. 이는 사과나무를 이루는 핵심적 요건인 나무와 사과와의 접합상태를 그렸기 때문으로, 요컨대 이 그림은 사과나무의 본질을 형상화하고 있는 것이다.

사과나무 대신 현실을 형상화하는 경우에 있어서도 이와 조금도 다를 바가 없다. 현실의 어느 한 부분을 세밀히 그리거나 액면 그대로의 현실 전체를 모두 그리는 것보다 현실의 본질을 파악하는 방법이 중요하다는 것이다. 여기서 현실의 본질이란, 사과나무의 본질과 마찬가지로 현실을 가장 올바르게 인식할 수 있는 몇 개의 요건들일 터이다.

물론 현실은 사과나무보다 훨씬 더 복잡하고 포괄적이다. 현실은 사과나무와는 달리 역사적 문맥을 지니며, 주어진 역사적 시점에 따라 상황이 달라진다. 그리고 사과나무의 모습은 정태적인 반면, 현실은 역동적으로 변화하는 모습으로 나타난다. 따라서 어느 역사적 시점에서의 현실의 본질은, 한편으로 그 시대의 사회를 규정하면서 다른 한편으로는 그 사회의 발전법칙을 포함하는 요건들인 것이다.

그러한 사회현실의 본질을 파악하는 것이 바로 사회과학의 주임무이다. 예를 들어, 1930년대 한국사회의 본질은 〈자본주의 사회구성체의 식민지 반봉건 사회〉라는 이론으로 설명될 수 있다. 사회과학은 이처럼 현실의 본질을 이론으로 추출하여 당대 사회를 이해할 수 있는 핵심적인 요건들을 제시한다.

리얼리즘 문학은 동일한 목표를 수행하는 또다른 방법이라고 할 수 있다. 리얼리즘 문학은 현실의 본질을 이론적으로 제시하는 것이 아니라 형상으로 보여주는 방법을 사용한다.[18] 이를테면, 위에서 예를 든 1930년대의 한국사회는 노동자와 자본가, 지주와 소작인이 서로 대립관계에 있는 모습으로 그려질 수 있는데, 이러한 대립관계는 자본주의나 식민지 반봉건 사회를 형상화한 것인 동시에 1930년대 한국사회의 생활모습을 반영한 것이다. 다시 말해, 1930년대의 한국 현실을 형상을 통해 반영하면서 현실의 본질(자본주의, 식민지 반봉건)에 대한 인식을 포함하고 있다는 것이다.

여기서 주의할 것은, 형상을 통한 반영(리얼리즘 문학)이 단순히 이론(사회과학)의 예증이 되어서는 안 된다는 점이다. 이론은 문자 그대로 현실의 본질을 추상화한 설명 방식이지만, 문학은 생생한 생활의 모습을 보여주어야 하기 때문이다. 문학은 이론적 핵심을 풍부한 형상으로 감쌈으로써 현실의 본질 인식을 아주 내포적인 것으로 포함한다.

리얼리즘 문학에서 본질 인식의 내포성의 정도는 작품에 따라 다

---

18) 과학과 문학(예술)의 차이점에 대해서는 루카치, 홍승용 역, 『미학서설』 (실천문학사, 1987), pp.212~221, pp.253~263 참조.

양하다고 할 수 있다. 그런 다양성 속에서도 상대적으로 내포성이 큰 양식이 비판적 리얼리즘이며, 그 반대가 사회주의 리얼리즘이다. 전자는 생생한 삶의 모습을 보다 풍부하게 보여주는 반면, 후자는 현실의 본질에 대한 인식을 한층 예리하게 제시한다.

비판적 리얼리즘이 본질적인 관계를 특히 내포적으로 그리는 것은 중도적 인물을 주인공으로 삼아 그의 삶을 형상화하기 때문이다. 이에 반해, 사회주의 리얼리즘은 본질적인 대립관계의 인물들을 직접 주인공으로 내세운다. 「고향」에서는 마름 안승학과 진보적 지식인 김희준 및 인동·방개 등의 소작인들을 주요인물로 등장시키며, 「황혼」(한설야)에서는 자본가 안중서와 노동자 준식·여순을 등장인물로 형상화한다. 이들 주요인물들은 〈자본주의 사회구성체의 식민지 반봉건 사회〉에서의 본질적인 대립관계를 보여준다. 물론 이러한 인물의 선택은 환경 선택에 있어서의 본질적인 설정에 근거한 것이다. 「고향」은 지주-소작인 관계(식민지 반봉건 사회)로 설명되는 농촌의 현실을, 「황혼」은 노동자-자본가의 관계(자본주의 사회)를 드러내는 공장의 환경을 설정하고 있다. 여기서 우리는 인물과 환경의 역동적 조화관계를 살펴볼 수 있다. 인물과 환경의 구조적 조화는 양자의 역동적 반응을 형상화 하는 전제조건이다.

그러면 이렇게 선택된 인물과 환경은 어떻게 상호반응[19]을 이루는

---

19) 인물과 환경의 전형성은 양자가 역동적으로 상호반응하는 가운데 형상화된다. 이것은 비판적 리얼리즘의 경우에도 마찬가지이다.

가. 사회주의 리얼리즘에서는, 인물과 환경의 선택에 있어서 그러했듯이 양자의 상호작용에 있어서도 본질적 대립관계를 반영한다.

일례로 「고향」의 경우를 살펴보자. 「고향」에 나오는 두 부류의 인물은 미학적으로 각기 상이한 기능을 한다. 먼저 김희준(진보적 지식인)·인동·방개 등은 소작인으로서 환경의 본질적 관계의 한 부분을 이루지만, 또한 잘못된 환경(지주-소작인 관계)에 저항하는 〈환경에 대해 있는〉 인물들이다. 반면에 마름 안승학은 환경의 논리에 집착하는 〈환경에 즉한〉 인물로서, 단지 잘못된 환경의 논리를 대표하고 있을 뿐이다. 따라서 두 부류의 인물들의 대립관계는 실제로는 인물과 환경의 대립관계를 이루고 있는 셈이다.

이 소설에서는 이러한 인물들의 대립관계를 포함, 소작인들과 모순된 환경(지주-소작인 관계)과의 상호작용이 진행된다. 구체적으로 김희준과 소작인들은 마름으로부터 억압당하기도 하고 저항하기도 하며, 소작인들끼리 갈등하기도 하고 단합하기도 한다. 또한 지주-소작인 관계에서 빚어진 궁핍한 생활로 고통당하기도 하고 그것에서 벗어나려고 애쓰기도 한다. 소설 속의 이러한 모든 양상들은 인물과 환경의 상호작용으로 설명될 수 있다. 그리고 이 인물과 환경의 상호작용은 근본적으로는 소작인과 마름(혹은 지주)의 대립양상이며, 지주-소작인 관계라는 현실의 본질적 대립관계의 반영인 것이다.

2) 저항적 행동의 역동성

사회주의 리얼리즘 소설은 인물과 환경의 상호관계가 본질적 대립관계를 반영함으로써 그 역동적 반응의 산물인 플롯의 전개 역시 비판적 리얼리즘과는 차별성을 지니게 된다. 비판적 리얼리즘의 주인공은 환경에 대립해 있으면서도 내면적으로 갈등하거나 비판의식을 표명하는 데 그칠 뿐이다. 이는 이 양식의 주인공이 환경에 맞서 있으면서도 본질적인 대립관계를 이루는 인물은 아니기 때문이다. 그러나 사회주의 리얼리즘의 주인공은 그 계급적 성격상 모순된 환경으로부터 가장 핍박받는 위치에 있고, 반대로 자신은 그 모순을 해결해야 할 임무를 부여받고 있다. 따라서 이 양식의 주인공은 필연적으로 적극적인 저항 행동으로 나서는 과정을 보이게 된다.

소설의 플롯은 그 실천적 행동으로 나아가는 과정을 인물과 환경의 상호작용으로 형상화한다. 이 과정은 인물의 측면에서 보면 실천적 행동으로 나아가는 의식의 각성과정이며, 반면에 환경의 측면은 인물들이 각성을 이루는 계기로서 작용하는 전개이다. 여기서 중요한 것은 양자의 상호작용이 역동적으로 이루어지도록 긴밀한 플롯이 짜여져야 한다는 점이다.

한 예로, 방현석의 「내딛는 첫발」에서 정식의 변모과정을 생각해보자. 정식은 어려운 집안 생활을 도맡아야 하는 책임 때문에 노조원들의 집단행동에서 슬그머니 빠지게 된다. 그러나 그의 내면적 갈등은 누구보다도 심각한 것이었다. 연극대사를 빌려 발설되는 그의 다음과 같은 말이 그것을 암시한다.

"난 이 공장에 목을 맬 수밖에 없다. 그렇다면 눈이 시려워도 어쩔 수 없다. 전 대리한테 얻어터졌을 때도 참았다. 난 밸이 없어서가 아냐. 출근할 때마다, 방문을 나설 때마다 다짐했었어. 내 자존심은 여기 두고 간다고 말야."

이처럼 울분을 삼키면서도 정식은 노조원들이 모이기로 한 옥상에 모습을 나타내지 않는다. 이윽고 노조원들이 전원을 끄고 농성을 시작하자 구사대의 공격이 시작된다. 이때까지도 정식은 입술을 깨물며 건성으로 기계에 걸레질을 할 뿐이었다. 그러나 이 과정에서, 구사대의 폭력을 통해 드러낸 회사측의 비인간적 태도는, 정식을 자극하여 그의 행동을 변모시키는 계기가 된다. 이 소설은 그 변화과정을 매우 짜임새 있게 전개하고 있다.

옥상에서 비명소리가 들리며 머리가 터진 강범 등이 끌려 내려오자, 정식은 피가 거꾸로 솟는 것을 느끼지만 끝내 발은 떨어지지 않는다. 이때 먼저 앞으로 나선 것은 전주 아주머니였다. 그러나 그녀는 곧 구사대의 우악스러운 손에 뿌리쳐져 땅바닥에 나뒹군다. 더이상 싸움이 아니고 구사대의 폭력만이 있는 지경에 이르렀을 때, 가공반 진희가 자리를 차고 일어선다. 진희는 돈 벌기 싫으냐는 공장장의 멸시의 말을 등뒤로 하고 탈의실로 돌아섰다. 가공반이 울음바

다를 이루고 이 주임이 진희의 멱살을 나꿔챈다. 여기서 비로소 정식이 나서는데 이 장면은 뭉클한 감동을 제공한다.

"기집애가 뭘 안다고 나서고 지랄이야. 가서 앉지 못해."
이 주임이 진희의 멱살을 나꿔챘다.
"나둬. 이새끼야.'
소리친 것은 정식이었다. 순식간에 현장은 긴장 속에 술렁거렸다.
"놓으란 말이야, 이새끼야.'
갑작스런 상황에 공장장과 상무는 어쩔 줄 모르고 당황했다. 현장의 모든 눈들이 정식에게 모아졌다.
"야이, 씨팔 새끼들아. 기계 못 꺼!"
정식이 던진 스패너가 공중을 날았다. 유리창을 박살 내고 밖으로 떨어졌다. 정식의 옆 6호기가 꺼졌다. 그 뒤 4호기가 꺼졌다. 그리고 9호기가, 8호기가 꺼졌다.
"언제까지 이렇게 개처럼 살거야, 언제까지."
정식은 금형 받침목을 들고 내달렸다. 이 주임과 순옥을 잡았던 구사대가 도망쳤다. 밖의 정형은 런닝 샤쓰까지 갈갈이 찢긴 채 얻어맞고 있었다.
15호기, 16호기가 꺼졌다. 11호기, 21호기, 2호기, 12호기, 13호기……가 차례로 꺼졌다. 스패너가 유리창을 향해 날기 시작했다. 기계소리 대신 유리창 깨지는 소리가 잇따랐다.

"나가자."

누군가 외쳤다. 나가자. 가자. 나가자. 한 순간이었다. 눈물이 분노로 불타 올랐다. 모두의 눈에서 불꽃이 튀었다. 달려나가는 사람들의 손에 금형 받침목이 하나씩 들려 있었다.

정식의 출현은 표면적으로는 돌발적으로 느껴진다. 현장이 순식간에 긴장 속에 술렁인 것은 이 때문이다. 그러나 그의 태도 변화는 오랫동안 내면적 갈등으로 진행되어 왔고, 그것이 더이상 참을 수 없는 시점에서 폭발한 것에 불과하다. 노조원과 전주 아줌마나 진희 등에게 회사측의 폭력이 가해지는 동안 그의 분노는 소리없이 증폭되어 왔고, 그 과정이 돌연한 그의 변모에 필연성을 제공하는 것이다. 다시 말해, 구사대와 공장장 그리고 이 주임 등 부정적 인물과 그들로 대표되는 부정적 환경의 논리가 드러나면서, 그것을 계기로 정식의 변화가 진행되었던 셈이다. 위의 장면이 우리에게 큰 감동을 제공하는 것은, 그 환경의 계기로 인한 필연성이 표면적인 돌발성과 적절하게 결합하고 있기 때문이다.

잘 형상화된 사회주의 리얼리즘 소설들은, 대부분 위의 예문처럼 주인공의 저항적 행동을 환경의 계기에 의한 필연성으로 제시한다. 그러한 양상은 특히 노동소설의 경우 매우 극적인 장면으로 나타난다. 예를 들어 이북명의 「암모니아 탱크」에서는 암모니아 탱크를 닦던 동료의 죽음을 계기로 일본인 감독에게 집단적으로 저항하며,

「출근 정지」에서는 변성 탱크 폭발사고를 촉발점으로 단합된 행동을 보인다. 또한 정화진의 「쇳물처럼」과 방현석의 「내딛는 첫발은」의 경우에는 회사측의 비인간적 태도가 중요한 계기가 된다. 이 모든 예들에서 주인공의 저항적 행동은 노사간에 모순으로 규정되는 잘못된 노동 환경에의 반작용으로 일어나고 있다.

이처럼 사회주의 리얼리즘 소설에서는 주인공의 의식의 각성이 반드시 실천적 행동으로 이어지는 플롯을 보인다. 주인공의 실천적 행동은 잘못된 환경을 개조함으로써 올바른 역사의 방향으로 나아가려는 목표를 갖고 있다. 환경과 반응함으로써 저항적 행동을 통해 환경의 부정성을 바로 잡으려는 이러한 인물을 우리는 〈긍정적 주인공〉[20]으로 설명한 바 있다. 긍정적 주인공은 거의 최상의 인식능력과 실천력을 갖춘 점에서 비판적 리얼리즘의 중도적 주인공과 구별된다.

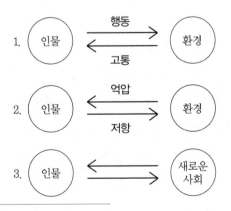

20) 제2장 참조.

이상에서 논의된 바 사회주의 리얼리즘의 인물과 환경의 상호작용은 앞의 그림과 같이 표시될 수 있다.

3) 집단적 인물과 낙관적 전망

사회주의 리얼리즘 플롯의 또다른 특징은 주인공의 저항적 행동을 〈집단적 인물〉의 움직임으로 전개한다는 점이다. 즉 주인공이 실천적 행동으로 나아가는 과정은 그를 포함한 민중들이 단합하는 과정과 일치하게 된다. 「내딛는 첫발은」에서 정식의 저항적 행동은 전체 노동자들의 단결을 알리는 봉화와 같은 것이다. 「쇳물처럼」이나 「새벽출정」(방현석), 「황혼」(한설야) 등에서도 주요인물들의 저항은 모든 노동자들의 단합을 전제로 그 의미를 지닌다. 이것은 진보적 지식인과 소작인들의 결합을 그리고 있는 「낙동강」(조명희), 「홍수」(이기영), 「고향」 등 농민소설의 경우에도 마찬가지이다. 다음의 예들은 사회주의 리얼리즘에서 긍정적 주인공의 영웅성이 민중들의 단결을 가져오는 힘으로 그려짐을 보여준다.

주물공들은 화끈한 것을 좋아한다. 그러나 70명이 넘는 인원이 일거에 참여할 수 있게 하기 위해서는 무엇보다도 모두가 지켜보는 앞에서 전상무의 기를 제대로 꺾어 놓아야 했고, 그 다음의 역할을 천씨가 수행했던 것이다.

전상무가 쫓기듯이 현장을 빠져나가자마자 천씨는 샤꾸의 자루를 빼내어 가운데를 움켜쥐었다.

"모두 연장 놔!"

환호성이 현장을 뒤흔들고 연장들이 달그락거리며 내던져졌다. 누군가 기둥에 붙어 있던 파이프 단가표를 부욱 찢어 냈다.

— 정화진, 「쇳물처럼」

수많은 깃발이 날린다. 양렬로 늘어선 사람의 손에는 긴 외올 베자락이 잡혀 있다. 맨 앞에 선 김정태를 두른 기폭에는

「고 박성운 동무의 영구」

라고 써 있다.

그 다음에는 가지각색의 기다. 무슨 「동맹」, 무슨 「회」, 무슨 「조합」, 무슨 「사」. 각 단체 연합장임을 알 수 있다. 또 그 다음에는 수많은 만장이다.

「용사는 갔다. 그러나 그의 더운 피는 우리의 가슴에서 뛴다.」

「갔구나. 너는 – 날 밝기 전에 너는 갔구나! 밝은 날 해맞이 춤에는 네 손목을 잡아볼 수 없구나.」

「……」

「……」

이루 다 셀 수가 없다. 그 가운데는 긴 시구같이 이렇게 벌려서 쓴 것도 있었다.

「그대는 평시에 날더러 너는 최하층에서 터져나오는 폭발탄이 되

라, 하였나이다. 옳소이다. 나는 폭발탄이 되겠나이다.······」

　　── 조명희, 「낙동강」

　이처럼 사회주의 리얼리즘의 플롯은 주인공이 투쟁으로 나아가는 과정과 함께, 일일이 열거되지 않은 수많은 민중들의 단결력이 결집되는 과정을 그린다. 긍정적 주인공의 활동과 더불어 민중들이 단합하는 전개는 극적으로 형상화되기도 하고 복합적 플롯으로 세밀히 보여지기도 한다. 그러나 어떤 경우든 민중들의 단합된 행동과 저항은 규모가 큰 감동을 제공한다. 민중들의 단결력의 근원에는 새로운 사회에의 신념이 놓여 있으며, 그것을 바탕으로 당대 사회모순과의 〈본질적〉 대결상황을 보여주기 때문이다.

　이처럼 사회주의 리얼리즘에서 긍정적 주인공과 민중들의 행동은 새로운 사회에 대한 신념을 토대로 이루어지고 있다. 따라서 전체의 플롯은 그 신념을 형성하는 진보적 세계관의 전망에 의해 짜여진다. 특히 플롯의 결말은 단합된 민중들이 승리의 신념을 표명하는 것으로 끝나는데, 이러한 배열의 원리를 〈낙관적 전망〉이라고 부른다. 다음에서 보는 바와 같이, 사회주의 리얼리즘 소설들은 거의 예외없이 낙관적 전망으로 결말을 맺는다.

　　아들의 손을 잡고 밥집을 들어서려던 천씨는 문득 무슨 생각이 들었는지 손을 풀고 한걸음 뒤로 물러섰다.

"니가 열그라."

석환이는 천씨를 빠끔히 올려다보면서 한번 씨익 웃더니 성큼 발을 내디디고 두 손을 모아 밥집 문을 개선장군처럼 열어젖혔다. 핏대높은 노래 가락이 형광등 불빛보다 현란하게 부딪쳐 왔다.

— 정화진, 「쇳물처럼」

모든 촛불은 껐다. 온통 어둠뿐이다.

낮은 노래 소리가 가슴에서 가슴으로 물결쳤다. 흩어지면 죽는다. 흔들려도 우린 죽는다. 하나 되어 우리 나선다. 승리의 그날까지. 지키련다, 동지의 약속. 해골 두 쪽 나도 지킨다……

민영은 2조의 조장이 되어 정문을 빠져 나간다.

미정은 마지막 5조를 이끌어 세광을 나섰다.

캄캄한 새벽 하늘에 펄럭이는 깃발들만 소리없는 함성으로 이들의 출정을 배웅했다.

— 방현석, 「새벽출정」

사회주의 리얼리즘의 낙관적 전망은 반드시 행복한 결말만을 의미하는 것은 아니다. 「새벽출정」에서처럼 인물들의 앞에는 (고소설 주인공이 경험하는) 화해된 삶이 아닌 험난한 투쟁이 놓여 있다. 그러나 인물들의 신념이 매우 확고하고, 그들의 투철한 신념은 진리(과학적 세계관)에 기대고 있는 것이기 때문에 앞날의 전망은 낙관적으로 느껴진다. 그리고 이처럼 미래의 승리가 기정사실로서보다는 민중들의 신념에 토대를 둠으로써 그것의 구체적 형상화는 상징적으로 그려지게 된다. 즉, 「고향」에서는 밝아오는 여명으로, 「깃발」과 「새벽출정」에서는 깃발의 펄럭임으로, 그리고 「쇳물처럼」에서는 아이의 웃음으로 나타난다.

이제까지 사회주의 리얼리즘의 플롯을 인물과 환경의 상호작용이라는 개념을 통해 살펴보았다. 인물과 환경의 상호관계 및 플롯의 특징이 비판적 리얼리즘과 상이한 것은, 사회주의 리얼리즘이 기초하는 세계관이 앞의 양식과는 구별되기 때문이다. 세계관의 차이는 양식의 질적인 차별성을 낳게 된다. 똑같이 현실을 올바르게 반영하려는 (리얼리즘의) 목표를 갖고 있지만, 두 가지 양식은 형상화 방법에 있어 질적으로 상이한 특징을 나타낸다. 마지막으로 두 가지 리얼리즘의 양식적 특징을 도표를 통해 비교해 보자.[21]

	비판적 리얼리즘	사회주의 리얼리즘
주인공	중도적 주인공	긍정적 주인공
플롯의 과정	개인의 자기인식과 비판의식	민중들의 단합과 저항적 행동
전망	소극적 전망	낙관적 전망

21) 사회주의 리얼리즘의 내용적·형식적 특징에 대해서는 쉬체르비나 外, 이강은 역, 앞의 책 참조.

여기서 우리가 유의해야 할 것은 이러한 차별성이 어느 한 양식의 우월함을 의미하는 것은 아니라는 점이다. 물론 사회주의 리얼리즘론자들은 비판적 리얼리즘이 지닌 한계를 분명히 지적한다. 실상 사회주의의 건설을 목표로 하는 한 사회주의 리얼리즘의 우수성이 강조됨은 당연할 것이다. 그러나 어느 양식이 적절한가의 문제는 역사의 발전과정과 사회적 상황에 의한 것이며, 두 양식이 병존하는 상태에서는 양자를 똑같이 중시하는 태도가 중요하다고 생각된다. 두 양식의 차별성에도 불구하고 양자가 연대관계를 맺는 것이 불가능한 일은 아니며, 실제로 그 연계의 문제가 주요과제로 떠오르는 시기도 있다고 할 수 있다.

5.
풍자소설과 정태적 플롯

1) 이상과 현실의 직접적인 대조

우리는 앞에서 〈이야기〉를 인간의 삶의 객관적 형상화로 말하면서, 〈인물〉은 그 주체(인간)적 측면이며 〈플롯〉은 인간 주체가 삶을 이루어나가는 역동적 측면이라고 논의했었다. 인간의 삶의 역동적 측면으로서의 플롯은, 이미 살폈듯이 인물과 환경의 상호작용으로 구체화된다. 서사형식을 문법에 비유했을 때, 소설의 플롯을 〈동사적 서술어〉로 보는 이유는 여기에 있다.

그러나 모든 소설의 플롯이 역동적인 추진력을 가지고 펼쳐지는 것은 아니다. 소설 중에는 플롯의 진행이 매우 정태적이고 에피소드 나열식으로 구성된 유형도 있다. 이제 우리가 살펴볼 풍자소설이 바로 이런 경우에 속한다.

풍자소설이 정태적 플롯을 지니는 것은 인물과 환경의 상호작용이 역동적으로 이루어지지 않기 때문이다. 풍자소설은 인물과 환경의 선택에 있어서 부정성의 극단에 있는 조건들을 반영한다. 즉, 풍자소설은 부정적 인물이 부정적 환경에서 살아가는 모습을 비판적으로 형상화한다. 풍자소설의 부정적 인물이란 환경의 왜곡된 논리에 집착하는 자로서, 그가 부정적 환경과 맞서는 경우는 거의 일어나지 않는다. 이처럼 인물이 환경의 논리를 대표할 뿐 그것과 대립하지 못하면 인물과 환경의 상호작용은 역동성을 잃어버리며, 소설의 플롯 역시 정태적으로 진행되는 것이다.

그러면 〈정태적〉 플롯을 지닌 풍자소설은 삶의 〈역동성〉을 어떻게 반영할 수 있는가. 이미 언급한 바, 삶의 역동성은 소설에서 인물과 환경의 역동적 반응으로 반영된다. 여기서 인물과 환경의 역동적 반응이란 환경의 부정성과 대립하는 인물이 등장함으로써 가능해진다. 그리고 환경의 부정성에 맞서는 것이 가능한 것은 인물의 성격에 내포돼 있는 이상으로 나아가는 힘에 의한 것이다. 이처럼 인물의 성격에 이상에의 추동력이 틈입함으로써, 소설은 내적으로 인물과 환경의 역동성을 획득하며, 외적으로 현실을 단순한 복제가 아닌 이상을 지향하는 형상으로 반영한다.

그러나 풍자소설에는 부정적 환경에 맞서는 주인공이 그려지지 않는다. 풍자소설은 왜곡된 환경에 집착하는 인물을 그림으로써 내적으로 플롯의 역동성을 잃어버리며, 또한 현실을 정태적으로 반영하는 듯하다. 하지만 훌륭한 풍자소설은 단순히 현실을 무기력하게 그리는 데 그치지는 않는다.

위에서 살펴본 바에 의하면, 삶의 역동성을 반영하기 위해서는 현실을 이상지향적 형상으로 그려내야 한다. 풍자소설 역시 삶의 역동성을 그리기 위해서는 어떤 방식으로든 이상에의 추동력을 틈입시켜야 한다. 정태적 플롯을 지닌 풍자소설은 플롯 자체만으로는 그

힘을 내포하지 못한다. 그러면 힘없는 플롯을 지닌 풍자소설이 어떤 방법으로 이 문제를 해결할 수 있을까.

풍자소설은 부정적 인물과 환경을 그리는 데 있어 단순한 복제가 아닌 비판의 힘이 내재된 모습으로 형상화한다. 풍자소설에서 비판의 힘은 부정적 인물·환경에 대립하는 작가의 세계관에 의한 것이며, 이상으로 나아가는 추동력은 여기에 함축된다. 따라서 그 힘은 일반소설과는 달리 인물에 의해 구체적으로 소설에 드러나지는 않는다. 일반소설의 경우, 이상에의 추동력은 인물의 내면에 틈입하므로 그것이 소설의 표면에 구체적으로 형상화된다. 풍자소설에는 그럴 만한 인물이 등장하지 않으며, 단지 작가의 내면에 이상을 지향하는 힘이 내재할 뿐이다. 그 대신 작가 내면의 추동력은 비판의 힘으로 작용, 부정적 인물과 환경을 형상화하는 데 영향력을 발휘하게 된다. 부정적 인물·환경을 단순히 복제하는 것이 아니라, 비판의 힘인 작가 내면의 이상의 빛에 대비시켜 보다 더 어둡고 일그러진 형상으로 그려내는 것이다. 풍자소설의 부정적 인물·환경이 실제 현실의 부정성보다 한층 과장되어 제시되는 것은 바로 이 때문이다. 현실의 부정성은 중립적으로 포착되는 것이 아니라, 작가의 이상의 명도에 대비되는 어둠으로 파악됨으로써, 실제보다도 결점이 과장된 희화화된 형상으로 나타나는 것이다.[22]

---

22) 이상에서 설명된 바를 루카치는 현상과 본질의 변증법의 독특한 구현으로 논의한다. 즉, 일반 리얼리즘 소설은 소설을 통해 현상과 본질을 매개시

이렇게 볼 때 풍자소설의 과장과 왜곡은 작가의 이상에의 추동력에 의한 것이며, 희화화된 형상 속에는 이미 이상을 지향하는 비판적 힘이 내포되어 있는 셈이다. 현실의 부정성을 보다 왜곡하고 우스꽝스럽게 만듦으로써, 대상의 윤리적·인식적 약점을 공격하고, 작가 자신은 이상으로 나아가는 승리감을 드러내는 것이다. 이는 풍자적 희화화가 이상과의 연관 속에서 현실을 바라보면서 삶을 역동적으로 반영함을 뜻한다. 그래서 역동적 플롯을 지니지는 못하지만 독특한 희화화 방법을 통해, 풍자소설은 역동성과 전망을 획득할 수 있는 것이다. 부정적 인물(환경)을 단순 복제하는 것보다 과장되게 희화화시켰을 때 오히려 실감나게 느껴지는 것은, 이 방법으로 삶의 역동성과 전망이 얻어지기 때문이다.

2) 풍자만화와 풍자소설

지금까지 풍자양식이 독특한 형상화 방법으로 삶의 역동성을 반영하는 원리를 알아보았다. 이제 앞에서 고찰한 방법과 특징을, 먼

키지만, 풍자는 그러한 매개를 의식적으로 배제하고 현상과 본질을 직접적으로 대조시킨다는 것이다. 루카치, 「풍자의 문제」, 『루카치 문학이론』(세계, 1990), pp.48~61 참조.
여기서 루카치가 말하는 현상과 본질의 직접적인 대조는 우리가 논의한 현실과 이상의 직접적 대조와 같은 맥락에서 이해할 수 있다. 풍자의 희화화는(본질이 비어 있는) 현상과 본질 자체와의 직접적인 대립과 통일 속에서 이루어진다. 따라서 형상화 방법은 다르지만 풍자 역시 현상과 본질의 변증법을 구현하는 리얼리즘의 한 형식임을 알 수 있다.

저 풍자만화를 통해 살펴보기로 하자. 우리가 풍자만화에 눈을 돌리는 것은, 이 만화양식이 풍자의 원리를 잘 보여줌으로써 풍자소설을 이해하는 데 큰 도움을 주기 때문이다.

위에서 보듯이, 풍자만화는 단 한 칸으로 최대의 효과를 발휘할 수 있다. 물론 한 칸 만화의 분량으로는 플롯의 전개가 불가능하며, 어떤 한 장면이나 하나의 삽화를 그릴 수 있을 뿐이다. 그러나 훌륭한 풍자만화는 복잡한 플롯을 필요로 하지 않으며, 그 효과를 발휘하기 위해 정태적 삽화로서 충분함을 말해 주는 것이다.

또한 풍자는 부정적 인물(환경)에 초점을 맞추면서 긍정적 인물은 부수적이거나 배경적으로 그린다. 위의 만화에서도 핵심은 중앙의 부정적 인물들에 주어져 있으며, 주변의 인물들은 단지 대비적 효과를 위해 배치되었을 뿐이다. 주변의 인물들이 중요하지 않다는 것은, 그들이 부정적 인물과는 달리 특징 없이 평범하게 그려진 사실로도 알 수 있다. 만일 그들을 보다 더 작게 그리거나 아예 등장시키지 않아도, 이 만화의 풍자적 효과는 크게 달라지지 않는다. 반면에 중앙의 부정적 인물들은 특수하게 가공되어 형상화되어 있는데, 만일 그들의 모습을 작게 그리거나 등장시키지 않으면 이 만화의 효과는 거의 상실될 것이다. 이는 이 만화의 핵심이 중앙의 네 인물에 집중되어 있음을 의미한다.

이처럼 부정적 인물들이 주요 인물로 설정되면 인물과 환경의 역동적 반응이 없어지고, 플롯의 역동성 또한 소실된다. 이 만화가 한 칸으로 충분한 것도 이 점과 연관이 있는데, 이러한 사정에 대해서는 이미 위에서 자세히 살펴본 바 있다.

풍자 양식의 세 번째 특징은 부정적 인물을 과장되게 왜곡시켜 희화화한다는 점이다. 위의 만화를 보면 중앙의 네 인물은 지나치게 일그러진 모습으로 그려져 있다. 실제로 이렇게 얼굴이 비틀린 인물은 존재하지 않으며, 이 모습이 그들의 윤리적 결함을 상징한 것이라 해도 왜곡의 정도가 지나치다고 할 수 있다. 그럼에도 우리는 실제에 가깝게 그린 것보다 이같은 모습에 보다 실감한다. 이러한 역설은 어떻게 생겨나는 것일까.

앞에서 살펴보았듯이, 풍자는 부정적 인물을 단순히 복제하는 것이 아니라 작가 내면의 이상에 대비시켜 형상화하는 것이다. 이때 이상/현실의 명암의 대비에 의해 부정적 인물의 모습은 더욱 일그러지게 그려지는 것이다. 따라서 이 과장되게 왜곡된 형상 속에는 작가의 이상에의 자신감이 자리하고 있으며, 그 승리감은 왜곡된 형상이 우리에게 만족스런 웃음을 선사할수록 더욱더 확실하게 구현된다. 물론 풍자의 비판적 태도 역시 여기에서 나타난다. 작가는 이상에의 추동력으로써 부정적 인물들을 공격하고 일그러뜨리는 것이다. 위의 만화가 실감을 얻는 것은, 이처럼 이상과의 연관 속에서 현실의 부정성을 그림으로써 삶의 역동성을 반영하기 때문이다.

이상에서 살펴본 풍자만화의 세 가지 특징은 전형적인 풍자소설 「태평천하」(채만식)에 그대로 적용시킬 수 있다. 흔히 지적되듯이, 「태평천하」는 정태적 플롯과 에피소드 나열식의 구성을 갖고 있다. 이 소설은 장편임에도 불구하고 별다른 플롯의 진전이 나타나지 않으며, 각 장은 독립된 에피소드를 가지고 느슨하게 연결된다. 이러한 플롯의 정태성은 인물과 환경의 상호작용이 역동성을 잃고 있는 데서 기인한 것이다. 그리고 이는 부정적 인물은 윤직원 일가의 희화화에 핵심이 주어질 뿐 그들과 대립해 있는 긍정적 인물이 형상화되지 않기 때문이기도 하다.

이처럼 부정적 인물을 주인공으로 형상화하면서 긍정적 인물은 단지 배경으로만 그리는 것은 풍자양식이 늘상 취하는 방식이다. 앞서 예를 든 만화에서도 형상화의 초점은 중앙의 네 인물에 주어져 있고, 주변의 긍정적 인물들은 단순한 대비를 위한 것이었다. 「태평천하」 역시 모든 에피소드들은 윤직원 일가를 희화화하는 데 전력하며, 유일한 긍정적 인물 종학은 마지막에 그림자적 형상으로 그려질 뿐이다. 종학(윤직원의 손자)은 윤직원(그리고 그의 일가)의 반역사적 성격을 더욱 분명히 하는 방향 감각을 제공하지만, 그의 역할은 단지 그런 대비를 위한 것일 뿐 환경과 반응하는 역동적 성격을 드러내지는 않는다.

무엇보다도 풍자의 본질은 부정적 인물의 회화화에 있는 것이다. 앞에서 살펴보았듯이 부정적 인물의 왜곡과 과장은 작가의 이상에 근거한 비판의 힘에 의해 이루어진다. 「태평천하」에서 윤직원 일가의 희화화 역시 똑같은 원리로 성립된다. 15개의 삽화는 윤직원의 반역사적 성격과 그로 인한 그 일가의 왜곡된 인간관계를 희화화하는 진행으로 전개된다. 5,6장에서는 윤직원 가족의 인간관계가 돈을 매개로 이루어짐으로써 끊임없이 불화가 야기됨을 풍자하고 있고, 다음에는 이러한 관계의 파탄 속에서 윤직원이 유일하게 총애하는 식구가 비정상적인 태식임을 희화화한다. 태식은 술어미를 상관하여 낳은 열다섯 살의 아이로, 그의 비정상성은 다음과 같이 그려진다.

> 윤직원 영감은 턱을 치받쳤으나 헤벌씸 웃으면서
> "허허어 이 자식아, 원!"
> 하고 귀엽다고 정수리를 만져줍니다.

아이가 사랑에 있는 상노아이놈 삼남이가 동기간이랬으면 꼭 맞게 생겼습니다.

열다섯 살이라면서, 몸뚱이는 네댓 살박이만큼도 발육이 안 되고, 그렇게 가냘픈 몸 위에 가서 깜짝 놀라게 큰 머리가 올라앉은게 하릴없이 콩나물 형국입니다.

"이 자식아, 좀 죄용죄용허지 못허구, 그게 무슨 놈의 수선이냐? 응?…… 이 코! 이 코 좀 보아라……"

엿가래 같은 누런 콧줄기가 들어가지고는 숨을 쉴 때마다 이건 바로 피스톤처럼 바쁘게 들락날락합니다.

또한 윤직원은 그의 공허한 마음을 채우기 위해 비윤리적인 여자관계를 맺게 된다. 윤직원의 왜곡된 여자관계는 부당한 축첩뿐만 아니라 증손자와 같은 나이의 동기를 탐하는 행동으로 그려진다. 그의 비윤리성은 증손자 경손이 동기 춘심과 연애를 하게 됨으로써 여자애 하나를 두고 증조부와 증손자가 함께 즐기는 관계로 풍자된다. 비윤리적인 여자관계는 손자 종수를 통해서도 드러나며, 이처럼 집안 남자들이 밖에 나가 다른 여자들과 관계하는 반면 집안의 여자들은 모두 과부이거나 생과부라는 대조로써 왜곡된 인간관계가 희화화된다.

한편 사회적 인간관계에서도, 소작인들을 착취하면서 오히려 선심을 베푸는 듯한 윤직원의 태도를 통해, 그의 왜곡된 이기주의가 풍자된다. 윤직원의 이기주의는, 소작인들에게는 극도로 인색하면서 자기 개인의 건강을 위해서는 온갖 수단을 가리지 않는 행동을 통해서도 나타난다. 그가 건강을 위해 노심초사하는 모습은 어린아이의 오줌까지 마다하지 않는 행동으로 희화화된다.

이웃의 가난한 집으로 어린애가 있는 데를 물색해서 그 어린애들의 아침 자고 일어난 오줌을 받아오기로 특약을 해두었습니다. 그 대금이 매삭 20전…… 저편에서는 30전은 주어야 한다는 것을, 대복이가 10전만 받으라고 낙가(落價)를 시키다 못해, 20전에 절충이 되었던 것입니다.

그렇게 오줌 특약을 해두고는, 새벽이면 삼남이가 빨병을 둘러메고서, 오줌을 걷어오는 것이고, 시방도 바로 그 오줌입니다.

윤직원 영감은 빨병에서 오줌을 따르는 동안, 삼남이는 마침 생을 한 뿌리 껍질을 벗깁니다.

이건 바로 쩍쩍 들러붙는 약주술로 해장이나 하는 듯이 쪽 소리가 나게 오줌 한 잔을 마시고, 이어서 두 잔, 다시 석 잔, 석 잔을 마시자 삼남이가 생 벗긴 것을 두 손으로 가져다 바칩니다.

"그년의 자식이 엊저녁으 짜게 처먹었넝개비다! 오줌이 이렇게 짠 걸 보닝개……"

윤직원 영감은 상을 찌푸리면서 생을 씹습니다.

오줌이란 본시 찝찔한 것이지만 사람의 신경의 세련이란 무서운 것이어서, 삼십 년이나 두고 매일 아침 먹어온 윤직원 영감은 그것이 조금 더 짜고, 덜 짜고 한 것까지도 알아맞힙니다.

　　"…… 빌어먹을 년의 자식이 아마 간장을 한 종재기나 처먹었넝 가부다!"

　이처럼 「태평천하」는 윤직원(그리고 그의 일가)의 윤리적(세계관적) 결함을 확대시켜 희화화하는 삽화들로 구성되어 있다. 여기서 우리가 유념해야 할 것은, 윤직원이 단순히 탐욕스러운 악인으로 그려진 것이 아니라 당대의 본질적 모순을 반영하는 부정적 전형으로 형상화되어 있다는 점이다. 윤직원은 식민지 반봉건 사회라는 1930년대의 우리 사회를 올바르게 인식시켜 주는 부정적 역할(친일자본가, 지주)을 하는데, 「태평천하」는 이같은 윤직원의 본질적인 부정성을 공격함으로써 역으로 비판적 리얼리즘의 전망을 얻는 것이다. 이렇게 볼 때 「태평천하」와 같은 풍자소설 역시 리얼리즘을 구현하는 중요한 한 방법임을 알 수 있다.

3) 풍자소설의 다양한 전개

　우리는 이제까지 주로 「태평천하」를 통해 풍자소설의 특징을 살펴보았다. 그러나 모든 풍자소설들이 「태평천하」처럼 순수하게 풍자적 방법만을 사용하는 것은 아니다. 풍자양식은 정태적 플롯을 지니기 때문에 장편으로 발전하기 어려운 점을 갖고 있다. 따라서 풍자가 장편으로 길어질 경우에는 흔히 다른 서사적 방법과 결합하는 양상을 나타낸다.[23] 예를 들면 「흥부전」은 로만스적 서사구조와 풍조가 결합된 소설이며 「돈키호테」나 「걸리버 여행기」는 각각 로만스의 패러디, 알레고리가 풍자와 혼합되어 있는 소설이다.

한편 역사적으로 보면, 풍자는 리얼리즘의 선두주자로 나타났음을 알 수 있다.[24] 실제로 이상주의적 세계관에서 현실주의적 세계관으로 이행하는 과정에는 흔히 풍자의 양식이 성행하게 된다. 이것을 보여주는 가장 좋은 예가 판소리계 소설과 박지원의 장편소설들이다. 「춘향전」「흥부전」「심청전」 등의 판소리계 소설들은 근본적으로는 로만스적 서사구조를 갖고 있지만, 다른 한편 풍자적 요소를 통해 리얼리즘의 맹아를 보이고 있다. 이들 소설들에서 풍자적 요소가 특징적으로 나타나는 것은, 이미 유교적 이상주의가 무너져 가고 있으며 새로운 현실주의 의식이 싹트고 있음을 말해 주는 것이다. 「양반전」「호질」 등 박지원의 소설 역시 풍자를 통해 리얼리즘의 단초를 이룩한 대표적인 경우라 할 수 있다.

이처럼 근대로의 이행기에 풍자가 성행하는 것은 이 양식의 방법이 이상의 기준에서 현실을 바라볼 때 생겨나는 것이기 때문이다. 유교적 이상이든 새로운 사상의 이상이든, 판소리계 소설과 박지원

---

23) R. Scholes, R. Kellogg, *The Nature of Narrative*(Oxford University Press), pp.112~113. 이 책에서는 풍자의 원리와 다양한 형태에 대해 자세히 설명하고 있다.

24) 위의 책, pp.111~112.

소설들의 풍자는 작가의 이상을 준거로 현실의 모순을 직시한 산물인 것이다. 채만식의 「태평천하」 역시 우리는 같은 방법으로 설명할수 있었다. 요컨대 이상과 현실을 직접적으로 대조시키는 풍자의 방법은 리얼리즘을 실현하기 위한 독특한 형상화 방법의 하나라고 하겠다.

6.
모더니즘 소설과 플롯의 해체

1) 플롯의 해체와 내면의식의 주도성

플롯은 여러 가지 사건들이 긴밀한 인과관계를 맺으며 엮어진다. 따라서 플롯의 사건들이 서로 연결되기 위해서는 일정한 맥락의 의미와 논리를 지녀야 한다. 플롯을 엮는 사건의 의미와 논리는, 앞에서 살폈듯이 인물과 환경의 상호반응에 의해 정해진다.

그런데 우리가 고찰한 세 가지 양식들(고소설, 비판적 리얼리즘, 사회주의 리얼리즘)은 인물과 환경의 상호 반응을 통해 플롯을 역동적으로 추진시키고 있었다. 반면에, 인물과 환경의 반응이 정태적인 풍자의 경우에는 삽화나열식 플롯을 지님을 볼 수 있었다. 그러나 풍자소설에서도 환경 속에서 활동하는 인물이 그려지기 때문에 나름대로 플롯은 논리의 일관성을 유지하게 된다.

이와는 다르게, 일관된 논리를 상실한 삽화들로 구성된 소설양식이 있다. 이런 유형의 소설은 우연한 사건이나 사소한 삽화를 나열함으로써 응집성이 약화된 줄거리를 제공한다. 그 대신 분산된 삽화들 사이에 내면의식을 채워넣음으로써 전체적인 소설의 맥락을 이루어 나간다.

이처럼 해체된 플롯을 지닌 소설양식을 우리는 〈모더니즘 소설〉
이라고 부른다. 모더니즘 소설에서의 플롯의 해체는 환경과의 반응
이 약화된 인물을 그리는 데서 기인한다. 인물이 환경과 반응하는
내용은 특별히 소설로서 그릴 만한 사건이 아니라 언제든지 일어날
수 있는 일상사에 불과하다.

한 예로 버지니아 울프의 「등대로」에는 렘지 부인이 막내아들과
등대로 나들이 가기 위해 준비하는 이틀 동안의 일이 그려져 있는
데, 그 이틀 동안에 일어난 일들이란 아주 사소한 삽화에 불과한 것
들이다. 이를테면 등대지기 아들을 위해 마련한 양말의 길이를 재는
것 따위로, 이러한 삽화들은 특별히 환경과의 반응이라고 부를 수도
없는 내용이다. 왜냐하면 그것은 현실의 중요한 사건을 반영하는 것
이 아니라, 늘상 있을 수 있는 어느 하루의 일에 불과하기 때문이다.
이런 작은 일들은 우리 삶의 어느 부분에서라도 나타날 수 있는 것
이기 때문에, 일부러 소설의 사건으로 선택될 이유가 없는 듯하다.

그러나 모더니즘 소설은 이러한 의미없는 삽화들을 나열하여 전
체의 줄거리를 이룬다. 따라서 모더니즘 소설의 핵심은 그 삽화들
자체보다도 중간에 끼여드는 내면의식의 형상화에 있다고 하겠다.
내면의식의 내용은 사소한 삽화들을 특별한 의미로 채색하면서 모
더니즘 소설의 독특한 구성을 이룩한다.

모더니즘 소설의 독특한 구성이란 내면의식과 외부사건과의 관계
가 역전된 양상을 말한다. 일반소설은 내면의식이 외부사건에 종속

되어 있지만 모더니즘에서는 그 정반대의 양상을 보인다.[25] 외부사건은 내면의식을 담기 위한 단순한 골격으로 제공되고 있다 해도 지나치지 않을 정도이다.

(가)「갑자기 한 사람이 나타나 그의 앞을 가로질러 지닌다. 仇甫는 그 사나이와 마주칠 것 같은 錯覺을 느끼고, 危胎로웁게 걸음을 멈춘다.」

그리고 다음 瞬間, 仇甫는, 이렇게 대낮에도 조금의 自信을 가질 수 없는 自己의 視力을 咀呪한다. 그의 코 우에 걸려 있는 二十四度의 眼鏡은 그의 近視를 도와 주었으나, 그의 網漠 위에 나타나 있는 無數한 盲點을 除去하는 재주는 없었다. 總督府病院時代의 仇甫의 視力檢査票는 그저 그 憂鬱한 「眼科 再來」의 책상 설합 속에 들어 있을지도 모른다.

R,4 L,3

仇甫는, 二週日間 熱症을 앓은 끝에, 갑자기 衰弱해진 視力을 呼訴하러 처음으로 眼科醫와 對하였을 때의, 그 조그만 테이블 우에 놓여있던 「視野測程器」를 지금도 記憶하고 있다. 제 自身 强度의 眼鏡을 쓰고 있던 醫師는, 白墨을 가져, 그 위에 容恕없이 無數한 盲點을 찾아내였었다.

---

25) 에리히 아우얼바하, 김우창·유종호 역, 『미메시스』(민음사, 1979), pp.255~256. 이 책에서는 모더니즘의 새로운 형식이 자세히 설명되고 있다.

(나)「그래도, 仇甫는 若干 自信이 있는듯싶은 걸음걸이로 電車線路를 두 번 橫斷하여 화신상회 앞으로 간다. 그리고 저도 모를 사이에 그의 발은 백화점 안으로 들어서기조차 하였다.

젊은 내외가 너덧살 되어보이는 아이를 데리고 그곳에 가 昇降機를 기다리고 있었다.」

이제 그들은 食堂으로 가서 그들의 午餐을 즐길 것이다. 흘낏 仇甫를 본 내외의 눈에는 자기네들의 幸福을 자랑하고 싶어하는 마음이 엿보였는지도 모른다. 仇甫는, 그들을 업신녀겨볼까 하다가, 문득 생각을 고쳐, 그들을 祝福하여 주려 하였다. 事實, 四五年以上을 가치 살아왔으면서도, 오히려 새로운 기쁨을 가져 이렇게 거리로 나온 젊은 夫婦는 仇甫에게 좀 다른 意味로서의 부러움을 느끼게 하였는지도 모른다. 그들은 分明히 家庭을 가졌고, 그리고 그들은 그곳에서 當然히 그들의 幸福을 찾을께다.

(다)「昇降機가 내려와 서고, 문이 열려지고, 닫혀지고, 그리고 젊은 內外는 壽男이나 福童이와 더부러 仇甫의 視野를 벗어났다.

仇甫는 다시 밖으로 나오며, 自己는 어데 가 幸福을 찾을가 생각한다.」

— 박태원, 「소설가 구보씨의 일일」

위의 인용문에서 주인공 구보의 행동은 다음의 세 가지이다. (가)

한 사나이와 마주칠 뻔하다가 걸음을 멈춘다. (나)화신상회 앞으로 가 백화점 안으로 들어서서 젊은 내외를 본다. (다)승강기 안으로 젊은 내외가 사라지자 밖으로 나온다.

위의 소설에서 이 세 가지 행동이 의미하는 바는 무엇일까. 행인과 마주칠 뻔하거나 백화점 안에 들어갔다 나오는 것은 〈누구나 언제든지〉 경험할 수 있는 일들이다. 이러한 사소한 일들은 〈사건〉(혹은 행동)이라고 부르기조차 어려운 성격을 지니고 있다. 무엇보다도 세 가지 행위는 상호 긴밀한 연결관계를 이루고 있지 않다. 순서가 바뀌어 구보가 백화점에서 나와 행인과 마주쳤다 해도 변하는 것은 아무것도 없으며, 설령 이런 행위들이 전혀 없었다 해도 구보에게 달라지는 바는 없다. 그 이유는 무엇일까. 한마디로 그런 일들은 환경과의 상호작용 속에서 나타난 행동이 아니기 때문이다.

인물과 환경의 상호작용은 특이한 의미의 삶의 모습을 만들어 낸다. 인간의 삶이란 결국 환경의 논리와 인물의 의지와의 반응과정이기 때문이다. 그러나 위의 세 가지 행동은 인물을 지배하는 환경의 논리나 환경에 부딪히는 인물의 의지, 그 어느 것도 반영하고 있지 않다. 그 대신 이 소설은 인물의 행위들 틈새로 내면 의식을 삽입하는 구성을 보이고 있다.

인용문의 경우 걷고 있는 구보가 걸음을 멈출 때마다 그의 내면의식이 제시된다. 그런데 이 내면의식은 그의 행동내용보다 분량이 더 많으며, 독자의 관심도 여기에 쏠리도록 되어 있다. 이처럼 내면의식과 외부행동과의 관계가 전도된 것이 바로 모더니즘 소설의 특징이다. 외부행동은 주도권을 상실했으며, 더이상 플롯을 구성하는 단초가 되지 못하는 것이다.

2) 모더니즘 소설의 서사적 목표

모더니즘 소설의 이러한 독특한 구성은 필연적으로 〈서사성〉의 약화를 초래한다. 서사성이란 사건을 통해 삶을 역동적으로 그릴 때 얻어지고, 사건은 인물이 환경과 상호작용하는 가운데 나타나는 것이다. 그러나 모더니즘 소설은 환경과의 반응의 의미가 약화된 사소한 삽화를 그리는 데 그친다. 이 점만 본다면, 모더니즘은 인간의 삶에서 우연적이고 무의미한 부분에 초점을 두는 것 같다.

하지만 모더니즘은 인간의 내면성을 복합적이고 풍부하게 제시하는 데 전력한다. 따라서 모더니즘의 목표는 전통적인 리얼리즘과는 상이한 것으로 보인다. 일반적으로, 서구 모더니즘 소설은 우리가 일상적으로 겪고 있는 근본적 상황에 관계된 인생의 심오한 진실을 그리는 것으로 말해진다.[26] 우리가 매순간 겪고 있는 우연적 순간이야말로 인간의 삶을 공통적으로 구성하는 기본요소들이 부각되는 시간들이다. 모더니즘은 그 우연적 순간들을 포획하여, 다양하고 복합적인 우리의 공통적 내면경험을 형상화한다.

그러나 관점에 따라서는 그런 작업들이 인간의 외부행동을 소홀

---

26) 에리히 아우얼바하, 앞의 책, pp.267~174.

히함으로써 중요한 현실문제를 회피하려는 태도로 보일 수도 있다. 모더니즘을 비판하는 사람들[27]은 이 양식이 환경과 반응하는 인간의 모습을 그리지 않는 점을 지적한다. 서구 모더니즘의 경우, 이 문제를 둘러싼 논쟁은 인간의 삶의 의미를 어떤 차원에 둘 것인가에 달려 있다.

반면에 우리의 모더니즘 소설들은 서구와는 다른 특수성을 가지고 나타났다. 물론 우리 모더니즘 소설들도 서구와 똑같이 환경과 반응하지 않는 인간의 모습을 형상화하면서 시작되었다. 「날개」「지주회시」(이상), 「딱한 사람들」「거리」(박태원) 등 식민지 시대에 쓰여진 이상과 박태원의 소설이 그것이다. 그러나 이들의 소설은 일상인의 삶을 그리면서 선택적으로 외부사건을 버리고 내면문제에 초점을 맞춘 것이 아니라, 주인공의 삶의 모습 자체가 필연적으로 내면문제를 그릴 수밖에 없도록 되어 있다. 다시 말해, 이상과 박태원의 소설들은 평범한 일상인이 아니라 무력화된 룸펜 지식인을 주인공으로 설정함으로써, 외부환경과 반응하지 못하고 내면의식에만 집착하는 삶의 양상을 형상화한다. 따라서 이들 소설에서 환경과의 반응이 그려지지 않는 것은 주인공의 삶의 태도에서 비롯된 필연적인 것이며, 이 점에서 그렇지 않은 서구 모더니즘과는 구별된다.

예를 들어, 조이스의 소설이나 버지니아 울프의 「등대로」 등이 외부사건을 소홀히하고 내면세계를 선택하고 있는 것은, 주인공들의

---

27) 대표적인 사람이 루카치라고 할 수 있다. 루카치, 앞의 책 pp.18~90.

삶의 양상이 그런 성향을 지니기 때문이 아닌 것이다. 반면에 「날개」의 경우, 주인공 자신이 외부환경과 단절되어 있기 때문에 소설은 어쩔 수 없이 현실적 행동 대신 주관적 의식세계에 눈을 돌리게된다. 서구와 구별되는 이와 같은 특징은 비단 이상뿐 아니라 다른작가의 경우에도 발견된다. 내용과 형식에 있어서 이러한 상이성은서사적 목표에서도 차별성을 드러낼 것 같다. 이제 그것을 보다 상세히 살펴보자.

3) 우리 모더니즘의 특수성

위와 같은 맥락에서 우리 모더니즘 소설은 주인공의 삶의 양상과심리편향의 형식 요소가 서로 연관되는 하나의 계열을 지니고 있다. 다음에서 몇 편의 작품들을 통해 구체적인 특징을 살펴보기로 하자. 먼저 박태원의 「딱한 사람들」(1934)에는 실직자 지식인이 등장하는데, 그들은 실직과 극심한 궁핍으로 무기력한 룸펜의 생활습성을 갖게 된다. 두 사람이 환경과 단절된 상태에서 가난과 소외감에 시달리다가, 마침내 그들 사이의 우정마저 파탄되는 순간을 맞는다. 이소설의 전과정은 그들의 내면적 갈등을 심리적 드라마로 형상화하는 것이다.

젊은 그들의 우에 마땅히 있어야 할 왼갓 좋은 것들을, 궁핍한 생활이 말끔 빼앗어간 듯싶었다. 순구는 저모르게 가만한 한숨조차 토한다…… 생각난듯이 벼개 우에서 고개를 치켜들고 대체 지금 몇 점이나 되었누. 그러나 물론 시계와 같은 사치품은 그들 방에 없었다. 그래도 동편으로 난 유리창으로 이미 햇발이 찾아들지 않는 것을 보면, 분명히 열한점은 넘은게다. 시간의 관렴과 함께 뱃속이 몹시도 쓰린 것을 느꼈을 때, 그는 마침 하품을 하느라고 벌렸던 입을 으으음하는 가만한 웅얼거림과 함께 담으러 버렸다. 굶나, 오늘 또 굶나. 순구는 벼개를 고쳐 베고 또 한번 선하품을 하고, 굶는 것은 할 수 없드라도 담배, 담배나 있었으면.

　—「딱한 사람들」 서두 부분

　자정이 넘어, 진수는 굶주림과, 실망과 피로를 가지고 돌아왔다. 「고-시도」(格子戸)를 열고 닫고, 주인의 물음에 대답을 하고, 그리고 열세단의 급한 층계를 올라가 방문을 열고 섰을 때 그는 문기둥 붓잡은 손을 떼는 순간 그곳에 썩은 나무와 같이 쓸어저 버릴 것 같은 환각을 느꼈다. 그는 아-나는 이제 돌아왔다 하고, 까닭도 없이 이렇게 말하고 싶었다. 그러나 그 불결한 침구 속에 그대로 몸을 뉘고, 그리고 묵은 잡지를 뒤적거리고 있는 순구는 그의 얼굴을 치어다보려고도 안했다. 아-하-. 진수는 갑자기 순구에게 달려들어 그를 멱살잡아 일으켜가지고, 그리고 자기의 왼갓 격렬한 감정을 그대로 쏟아놓고 싶었다. (중략) 흥…… 진수는 자기가 한 시간 뒤, 다시 친구의 집을 들러 그 소녀의 아직도 안 들어오셨세요 하는 말을 들었을 때의 그 실망과, 이제 다시 이십닛길을 터더—ㄹ 터더—ㄹ 걸어 가야만 하는 하는 뻐—ㄴ한 사실에 새삼스러이 생각이 마쳤을 때의 그 울 것 같은 감정을 또 한번 되씹어 보며, 주먹을 들어 순구를 이 자리에 때려누이고, 그리고 한바탕을 소리를 내어 울고 싶은 격정을 느꼈다. 아아, 이 불결한, 이 우울한 물건은 왜 나의 눈앞에 있나. 내 가 밖에 나가 있는 동안 그는 웨 그의 불결한 이부자리와 함께 이 방 에서 도망질치지 않았나. 이 구차한 내가 양복을 잡히고, 외투를 잡 히고, 가방을 잡히고, 책이며 잡지며를 팔아서 두 사람의 양식거리 를 마련하는 동안, 아무 일도 한 일이 없이 핀둥핀둥 지내는 너는 좀 더 나의 비위를 맞추어 주어도 좋을께 아니냐.……(하략)……

　　— 결말 부분

이처럼 두 사람 사이의 갈등은 외부행동보다는 심리적 파문을 통 해 그려진다. 두 사람의 심리적 갈등이나 그것의 전개는 이 소설의 대부분을 차지하는데, 그 요인은 그들이 룸펜의 생활에 떨어진 데 있다. 따라서 이 소설의 모더니즘 형식 역시 주인공들의 외부 행동 이 무력해짐에 따라 사건의 진전 대신 심리적 상태를 추적함으로써 얻어진 것이다. 이는 이 소설의 형식적 요인이 특수한 환경에 놓인 인물의 삶의 양상에서 비롯됨을 보여주는 것이다. 그리고 이 소설의 경우 심리적 묘사가 두 주인공의 내면적 갈등에 맞춰짐으로써, 심리 편향의 모더니즘 형식을 통해서도 삶의 역동성이 반영되고 있다.

이러한 특징은 30년대 소설뿐만 아니라 70년대 이후의 소설에서도 발견된다. 박태순의 「밤길의 사람들」(1987)은 실직 노동자를 주인공으로 한 리얼리즘 소설이지만, 형식적으로는 30년대 모더니즘과 유사한 심리편향을 보인다.

이 소설의 모더니즘 형식 역시 주인공 서춘환의 룸펜적 생활습성과 연관되어 있다. 방황하는 의식상태를 지닌 서춘환은 빈번히 목적된 행동과 어긋난 방향으로 생각을 흘려 보내는데, 그의 이런 흔들리는 심리에 근거해 내면의식의 추적에 주력하는 모더니즘 형식이 나타난다. 그런데 소설이 진행될수록 서춘환은 현실문제에 연관된 심리적 갈등을 경험한다. 그의 심리적 갈등은 현실에 대한 태도 표명과 행동의 결정을 요구하는 것이었다. 이에 따라 서춘환은 주관적 의식상태에서 벗어나 점차로 현실적 행동으로 나아간다. 이처럼 심리적 갈등이 의식의 각성으로 연결됨으로써 이 소설은 정태적인 모더니즘과 구별되는 리얼리즘의 면모를 보이고 있다.

70년대 소설 중 최인호의 「타인의 방」 역시 이 계열의 소설로 볼 수 있다. 이 소설은 생활 자체가 환경과 절연된 룸펜 주인공을 그리고 있지는 않다. 그러나 인간관계의 단절을 경험하는 일상인의 내면적 체험을 포착함으로써, 소외된 현대인의 심리적 파문을 형상화한다. 이 소설에서 주인공이 소외를 경험하는 아파트의 폐쇄된 공간은 현대인의 고독한 운명을 상징하는 셈이다. 이 소설 역시 환경과 단절된 인물의 심리상태가 모더니즘의 형식 요인을 결정하고 있다.

이제까지 살펴본 「날개」 「딱한 사람들」 「타인의 방」 등에 나타난 특징을 토대로, 우리는 이 계열의 소설을 다음과 같이 정리할 수 있다. 먼저 이 소설들의 심리주의 편향은 인물과 환경의 단절된 관계에서 비롯된 필연적인 것이다.

리얼리즘의 형상화를 〈전형적 환경에서 전형적 인물〉[28]을 그리는 것으로 정의할 때, 인물과 환경의 절연된 상황을 묘사하는 위의 소설들은 원래부터 리얼리즘의 본격적 서사성이 해체될 운명을 지닌다. 반대로 말하면, 이 계열 소설에서 서사성의 해체는 형식 자체로서 인물과 환경의 단절 혹은 인간관계의 와해를 표상한다. 이 경우에 인물과 환경의 전형성을 형상화하는 것은 처음부터 불가능한 상태이다. 그 대신 이 소설들은, 인물과 환경의 단절이 인간관계의 해체라는 당대 본질적 모순의 극단화된 표현임을 보여준다.

「날개」의 주인공이 보여주는 폐쇄된 삶은 사물화 현상이라는 당대 사회의 본질적 모순에 의한 것이며, 따라서 그의 고립된 삶의 운명은 전형적으로 그려진다. 이와 마찬가지로 「타인의 방」의 주인공이 겪는 소외감은 해체된 인간관계의 산물이며, 역시 그 시대의 본질적 모순을 반영한다는 점에서 전형적이다. 이렇게 볼 때, 이 계열의 소설들은 〈인물과 환경의 전형〉을 그리지 못하는 대신 당대 사회의 〈전형적 운명〉을 형상된다. 모더니즘 형식을 지닌 이 소설들이 인식론적 비판적 리얼리즘에 접근한다고 보는 이유는 여기에 있다. 전형적 운명을

28) 엥겔스, 「런던의 마가렛 하크니스에게」, 앞의 책.

형상화함으로써 당대 사회를 진실하게 반영하는 이 계열의 소설에서 인물과 환경의 상호관계는 다음과 같이 표시될 수 있다.

인물과 환경의 단절관계를 그리는 이런 유형의 모더니즘 소설은 우리 소설사에서 중요한 전통을 이루고 있다. 이 소설들은 실험적 형식을 통해 리얼리즘 목표를 구현한다는 점에서 서구의 의식의 흐름 유형과는 상이성을 지닌다. 이는 모더니즘의 한국적 특수성으로 부를 수 있는바, 근본적으로는 서구와 상이한 우리 사회의 발전과정에서 연원된 것이다.

물론 우리 모더니즘 소설이 모두 위의 유형으로만 되어 있는 것은 아니다. 예컨대, 최수철의 「소리에 대한 몽상」 「어느 무정부주의자의 하루」 등은 일상인의 평범한 생활 속에 숨겨진 의식의 편린들을 보여준다. 이런 계열의 소설은 「날개」나 「타인의 방」 유형보다 서구 모더니즘의 특징에 접근해 있는 것이다. 이렇게 보면, 우리 모더니즘 소설은 크게 두 유형으로 구분될 수 있다. 그러나 전자든 후자든, 모더니즘의 출현은 본질적으로 삶의 파편화 현상과 연관되어 있다. 문제는 삶의 균열 현상을 전형적 상황으로 끌어올리느냐, 아니면 단순히 현상적으로 묘사하고 마느냐의 차이인 것이다. 우리가 원하는 소설의 모델이 앞의 것임은 물론이다. 왜냐하면, 모더니즘 소설 역시 인간의 삶을 올바른 방향으로 이끌려는 노력을 담아내야 하기 때문이다.

제4장

시점과 서술

1.
소설의 이중적 상황

우리는 앞에서 이야기(story)를 〈인간의 삶의 형
상화〉로 정의했지만, 소설 속에 그려지는 인간의
삶은 현실의 실제 내용 그 자체는 아니었다. 그것은 작가가 특정한
전망에 의거해 소재를 선택하고 가공하는 과정에서 현실과 구별되
는 허구적 작품이 생산되기 때문이었다. 소설에서의 이러한 작가의
역할을 우리는 〈현실을 매개〉하는 것으로 말할 수 있다.

이처럼 이야기는 작가가 현실을 매개함으로써 창조된다. 그런데
소설에서는 내부적으로 또 한번의 매개작용이 진행된다. 즉, 이야기
는 그 자체로 독자에게 전달되는 것이 아니라 반드시 화자의 매개를
거쳐야만 한다.[1] 화자는 자신의 관점과 언어를 통해 이야기를 서술
로 변환시킨다. 마치 작가가 허구적 이야기 속에 현실을 담아내듯
이, 화자는 서술된 언어 속에 이야기를 담는 것이다. 따라서 우리가
이야기를 이해하기 위해 〈현실〉과 〈허구〉의 관계를 살폈듯이, 마지
막 산물인 서술된 소설을 알기 위해서는 〈이야기〉와 〈언어〉의 관계
를 고찰해야 한다.

---

1) 화자와 작가는 동일인일 수도 있고, 그렇지 않을 수도 있다. 양자의 일치되
는 정도는 작품에 따라 다양하다.

두 가지 매개작용의 차이점은, 전자는 현실의 소설로의 변환인 반면 후자는 어디까지나 소설 내부의 매개작용이라는 점이다. 즉, 이야기와 서술된 언어는 똑같이 소설의 구성요소이다. 그리고 작가와 화자가 동일인일 수 있기 때문에, 어느 부분까지가 이야기이며 또 어느 부분이 서술적 요소인지 구분이 불분명할 수 있다. 그러나 현실을 반영하는 작가의 역할과 이야기를 매개하는 화자의 기능은 명백히 구별되므로,[2] 소설 형식의 특수성을 고찰하기 위해서는 두 기능을 구분하는 것이 불가피하다. 이 책의 논의가 크게 이야기(인물, 플롯)와 시점(서술)으로 나눠진 것은 이 때문이다. 우리는 이제까지 그 둘 중 〈이야기〉에 관해 독립적으로 고찰한 셈이다. 따라서 다음에는 이야기가 화자에 의해 매개되는 관계를 알아볼 차례이다. 흔히 말하는 〈시점〉과 〈서술〉은 양자의 여러 가지 관계방식을 설명하는 개념이다. 우리는 이 문제를 효과적으로 이해하기 위해, 먼저 이야기와 화자의 관계에서 생겨나는 소설의 이중성에 대해 살펴보자.

---

2) 물론 화자가 이야기를 매개하는 과정도 주체가 객관 현실을 인식하는 방법의 반영이라고 볼 수 있다. 따라서 양자의 현실에 대한 반영관계는 다음과 같이 표시될 수 있다(제1장을 참조할 것).

현실 (주체) ⇌ (현실)   현실 (현실) ← 인식 (주체)

소설 (인물) ⇌ (환경)   (이야기) ← 인식 (화자) ---→ 서술 (독자)

이야기

앞에서 이미 언급했듯이, 화자가 이야기를 매개하는 관계를 알기 위해서는 〈이야기〉와 서술된 〈언어〉와의 관계를 고찰해야 한다. 따라서 우선 이야기와 서술언어의 개념을 구분하는 것부터 시작하기로 하자. 우리는 이야기라는 단어의 일상용법 때문에, 으레 이야기는 언어로 되어 있다고 생각하기 쉽다. 그러나 이야기는 반드시 언어로만 되어 있는 것은 아니다. 예컨대 영화나 만화는 언어를 매체로 하고 있지 않아도 우리에게 이야기를 전달해 준다. 영화나 만화뿐만 아니라 발레 · 회화 · 조각 등이 어떤 이야기를 들려주는 경우도 있다.

이처럼 언어 이외의 매체를 통해서 이야기가 전달될 수 있다는 사실은, 이야기를 전해 주기 위해 언어의 사용이 필수적인 것이 아님을 뜻한다. 즉 이야기 자체는 언어와 분리되어 존재할 수 있으며, 언어는 이야기를 전달하는 여러 가지 매체 중 하나일 뿐이라는 것이다. 따라서 우리가 소설을 언어예술이라고 말할 때에도 그것은 언어가 전달매체가 된다는 뜻이지, 결코 이야기 자체가 언어로 되어 있다는 뜻은 아니다. 요컨대 소설에는 〈언어〉적 요소와 언어가 전달하는 〈이야기〉 요소의 두 가지 성분이 존재한다.

소설의 이러한 이중성은 모든 문학 장르에 일반적으로 나타나는 특성은 아니다. 예컨대 서정시는 언어로만 되어 있을 뿐 언어 이외의 다른 성분은 존재하지 않는다. 이 말은 서정시의 경우에는 언어 형식과 서정적 내용이 불가분의 관계로 통일되어 있다는 뜻이다. 다시 말해, 언어를 고치면 서정시의 내용이 달라지고, 반대로 서정시의 내용을 수정하려면 언어를 달리 사용해야 한다는 것이다. 이처럼 〈서정시의 내용〉은 언어화되면서 〈언어〉 자체와 분리될 수 없는 통일체를 이룬다.

여기서 〈서정시의 내용〉을 〈언어 형식〉으로 전달하는 양상은, 얼핏 보면 소설에서 〈이야기 내용〉을 〈언어 형식〉으로 전달하는 것과 비슷한 것처럼 보인다. 그러나 내용과 언어 형식의 관계는 서정시와 소설에서 동일하지 않다. 그것은 근본적으로 다음과 같은 이유에서이다.

서정시에서 〈서정적 내용〉과 〈언어 형식〉이 통일적 관계를 이루는 것은, 언어를 사용하는 화자가 바로 자기 내면의 서정적 내용을 전달하는 양상이기 때문이다. 즉 서정시에서 서정적 내용과 언어 형식은 화자를 동일한 중심으로 가지며, 화자는 내용을 완전하게 형식화하려고 노력하면서 양자의 통일적 관계를 지향한다.

반면에 소설에서 〈이야기 내용〉인 인물들의 행동과, 〈언어〉를 사용하는 화자는 각기 구별되는 세계에 속해 있다.[3] 서정시와는 달리 이야기 내용은 화자의 내면에서 일어나는 일들이 아닌 것이다. 이야기 내용은 화자가 직접 관계하지는 않는 인물들의 세계에서 진행되

---

3) 일인칭 서술의 경우 화자는 이야기 세계에 속해 있다고 말할 수도 있지만, 엄밀히 말하면 이 경우에도 화자의 역할은 담당하는 서술적 자아는 이야기 세계 외부에 존재한다.

며, 반면에 언어를 사용하는 화자는 그 이야기 세계의 외부에 존재한다. 따라서 이야기 내용과 언어 형식은 각기 상이한 중심(인물과 화자)을 가지며, 화자가 이야기를 완전하게 언어화하더라도 양자가 완전한 통일체를 이룰 수는 없다. 이야기 요소와 언어적 요소로 구분되는 소설의 이중성은 여기에서 생겨난다. 서정시의 단일성과 대비되는 소설의 이러한 이중성에 대해, 극양식을 아울러 살피면서 좀더 상세히 알아보자.

극양식은 서정시와는 반대되는 측면에서 단일성을 지니고 있다. 극양식에는 〈인물들의 행동〉만이 제시되며 화자의 〈언어〉는 존재하지 않는다. 인물들의 행동은 직접 배우의 연기를 통해 전달되며, 배우의 연기(전달형식)와 인물들의 행동(내용)은 분리될 수 없는 통일성을 지니고 있다.

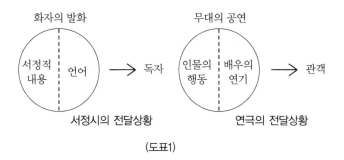

(도표1)

위에서처럼 서정시와 극양식은 전달내용과 전달형식이 통일적 관계를 이루며, 이로 인해 감상자에게 전달내용이 직접적으로 소통되는 상황을 보인다. 여기서 나타나는 〈단일성〉과 〈직접성〉이 소설과 구별되는 서정시 및 극양식의 특징이라고 할 수 있다.

　서정시가 〈언어〉 그 자체이며 연극이 〈인물들의 행동〉의 공연이라면, 소설은 〈언어〉로 존재함과 동시에 〈인물들의 행동〉을 보여준다고 할 수 있다. 소설에서는 그 두 측면이 내용(이야기 혹은 인물들의 행동)과 형식(언어)의 관계를 이루지만, 그러나 서정시나 연극과는 달리 두 가지 차원이 상호 통일되어 있지는 않다. 물론 소설을 읽을 때 우리는 두 차원을 거의 동시적으로 경험한다. 즉, 〈언어〉를 읽으면서 거의 동시에 〈인물들의 행동〉을 떠올린다. 그러나 이러한 일치는 이야기 내용과 전달 형식의 통일이 아니라 언어를 매개로 한 합성이라고 할 수 있다. 다시 말해, 서로 겹쳐 있는 듯이 보이지만 사실은 두 개의 중심을 갖고 분리되어 있는 것이다. 다음의 예문을 통해 이 점을 살펴보자.

　　　만날 복녀는 눈에 칼을 세워가지고 남편을 채근하였지만 그의 게
　　　으른 버릇은 개를 줄 수는 없었다.
　　　　　— 김동인, 「감자」

　위의 문장(언어)을 읽으면서 우리는 곧 남편을 채근하는 복녀의 모습(행동)과 남편의 게으른 모습(행동)을 떠올리게 된다. 그러나 우리가 언어를 통해 전달받는 것은 그러한 두 인물의 행동 내용만이 아

니다. 그와 함께 (부지런한) 복녀와 (〈개를 줄 수 없는〉 버릇을 가진) 남편에 대한 평가를 인식하고, 또 〈눈에 칼을 세우는〉 복녀의 적극성 및 남편의 게으른 천성의 대조를 인식한다. 뿐만 아니라 〈개를 줄 수는 없었다〉는 독특한 표현법 자체에 흥미를 느끼기도 한다. 표현법에 대한 흥미는 언어 자체(이야기와는 관계없는)에 함축된 내포적 의미에 의한 것이다.

이상의 인용문에 실린 내용 중 복녀의 〈채근〉과 남편의 〈게으름〉은 이야기 세계에서 벌어진 일이다. 그러나 그 두 행동을 〈였지만〉의 접속어미로 연결시켜 대조하면서, 또 각각에 대해 〈눈에 칼을 세워가지고〉 〈개를 줄 수는 없었다〉로 표현하는 것은 이야기 밖의 화자이다. 다시 말해, 대조적 인식 및 내포적 의미를 형성하고 있는 것은 인물이 아니라 화자인 것이다. 이처럼 이 문장의 의미를 형성하는 주체는 각기 이야기 내부(인물)와 외부(화자)에 떨어져서 존재한다. 두 가지 의미는 화자의 언어를 매개로 합성되어 있을 뿐이다.

인물과 화자의 세계가 분리되어 있다는 것은 두 세계의 주체(인물과 화자)가 다른 시간의 차원에 존재한다는 사실로 입증된다. 즉 예문에는 두 개의 시간의 양상이 나타난다. 하나는 복녀가 〈채근하고〉 그후 남편이 여전히 〈게으름〉 피우는 이야기 세계의 시간이며, 다른 하나는 그 두 가지 행동을 인식하고 서술하는 화자의 시간이다. 화자의 인식 및 서술은 논리적으로 두 행동보다 뒤에 이루어질 수밖에 없다. 위에서 서술의 시제가 〈채근하였지만〉 〈줄 수는 없었다〉 등 과

거형으로 되어 있는 것은 이 때문이다. 복녀와 남편의 행동뿐만 아니라 「감자」의 모든 사건은 화자의 서술보다 앞선 시간에 일어난 것이다. 따라서 사건의 시간과 서술의 시간 사이에는 일정한 거리가 존재한다. 흔히 〈서사적 거리〉로 불리는 이 간격에 의해 이야기 세계(이야기 시간)와 화자의 세계(서술 시간)는 분리되며, 이로써 화자는 이야기 세계에 대해 〈서사적 객관성〉을 유지한다. 객관화된 이야기 내용은 화자의 표현 내용에 실려서 하나의 서술된 언어로 합성될 뿐이다. 그 합성된 서술 언어, 즉 위의 문장은 다음처럼 이야기 세계와 화자의 세계라는 두개의 원으로 분리될 수 있다.

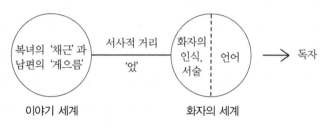

(도표2 : 소설의 전달상황)

이처럼 이야기 내용과 전달형식(언어)이 분리될 수 있다는 사실은 이야기 내용이 다른 매체(전달 형식)에 의해 전달될 수 있음을 시사한다. 즉, 소설의 이야기는 영상매체나 만화를 통해서도 전달될 수 있다는 것이다. 예컨대 「춘향전」의 이야기가 영상매체를 통해 영화화될 수 있으며, 「수호지」의 이야기 역시 연재만화의 형식으로 독자에게 읽혀질 수 있다.

또한 언어매체를 사용하더라도 동일한 이야기가 여러 서술방식에 의해 전달될 수 있다. 물론 전체 작품에는 적잖은 변화가 있겠지만, 이야기 내용에 큰 변화 없이 서술방식을 바꾸는 것은 얼마든지 가능하다. 이를테면, 최서해의 「탈출기」를 3인칭으로 바꿔 쓰고, 김유정의 「땡볕」을 1인칭으로 고치는 것도 전혀 불가능한 것이 아니라는 것이다.

이러한 전달형식의 변화 가능성은 서정시에 있어서는 생각해 볼 수도 없는 것이다. 어떻게 김소월의 「진달래꽃」을 영화화시키고 한용운의 「님의 침묵」을 만화화할 수 있겠는가. 더욱이 김영랑의 「모란이 피기까지는」을 3인칭으로 고쳐쓴다면 과연 어떤 결과가 나타나겠는가. 이런 일들이 불가능한 것은 서정시에서는 서정적 내용과 언어형식이 분리될 수 없는 통일을 이루고 있기 때문이다.

그렇지만 소설의 이야기 내용과 전달 형식(언어)은 분리 가능한 관계에 있다. 그리고 바로 이 점 때문에 소설에서는 양자의 결합방식이 중요시된다. 특정한 이야기 내용을 여러 가지 언어 형식(서술방식)을 통해 전달할 수 있는 반면, 그 때문에 그중 어떤 방식이 가장 적절한가 하는 문제가 생겨나는 것이다. 물론 서술방식을 달리해도 이야기 내용에는 큰 변화가 생기지 않는다. 그러나 이야기가 언어형식에 매개된 결과물, 그 전체 작품에는 중요한 변화가 초래될 수 있다.

일반적으로 특정한 이야기 내용은 그것에 상응하는 적절한 서술

방식을 갖는 것으로 알려져 있다. 예를 들어, 「춘향전」을 춘향의 1인
칭으로 바꾸는 것이 불가능한 일은 아니지만 결코 적절하다고 말할
수는 없다. 마찬가지로 이상의 「날개」를 3인칭 주석적 서술로 바꿔
썼을 경우, 이 소설이 30년대를 대표하는 모더니즘 소설로 남아 있
기는 어려웠을 것이다.

소설에서 시점 및 서술의 문제는 모두 이러한 이야기 내용과 언어
형식(서술방식)의 상응관계에 관련되어 있다. 현대소설에 있어서 이
문제에 연관된 서술방식은 화자시점서술, 인물시점서술, 1인칭 서술
의 세 가지로 수렴될 수 있다. 우리는 다음에서 이 세 종류의 서술방
식을 자세히 고찰할 것이다. 그러나 그에 앞서 모든 서술방식에 해
당되는 문제인 요약서술과 장면제시에 대해 살펴보자.

2.
요약서술과 장면제시

소설에는 이야기 시간(story-time)[4]과 서술 시간 (discourse-time)[5]이라는 두 가지의 시간이 존재 한다. 소설의 두 가지 시간은 각기 다른 차원에서 상이한 기능을 하 며 진행된다. 즉 이야기 시간은 인물들이 행동하는 구체적 시공간을 구성하며, 서술시간은 그것을 전달하려는 서술행위를 통해 단어와 문장의 축적으로 가시화된다.

소설의 시간의 이중성에서 비롯되는 중요한 특징은 이야기 내용 을 적절히 선택하고 배열하는 기능을 갖는다는 점이다. 서술의 시간 은 무한히 계속될 수 없으며 대개 이야기의 전체시간보다 짧을 수밖 에 없다. 장편소설이더라도 서술의 분량은 20시간 이내의 독서로 끝 낼 수 있는 정도이다. 반면에 이야기 내용은 몇 년, 몇 십 년 혹은 몇

---

4) 인물의 행동과 사건들이 계속 일어남으로써 생기는 시간을 말한다. 이 시 간은 보통 서술의 시간보다 길며 일상적인 시간진행과 일치한다.

5) 화자가 이야기 내용을 언어로 서술하는 데 걸리는 시간을 말한다. 〈담화시 간〉이라고도 불리며, 일반적으로 소설을 정독하는 시간과 일치한다. 이야 기 시간은 서술시간(담화시간)에 의해 재구성됨으로써 다음과 같은 두 가 지 특징이 생긴다. 하나는 장면제시와 요약서술의 구분이며, 다른 하나는 제시되는 시간의 순서에 역전이 생길 수 있다는 것이다. S. Chatman, 김 경수 역, 앞의 책, pp.73~100 참조.

세대의 시간을 담을 수 있다. 따라서 화자의 선택 및 배열과정이 불가피하며, 여기서의 이야기와 서술의 진행 불일치에 의해 소설적 언어배열(서술)의 독특한 특징이 나타난다.

여기서 비롯되는 소설의 서술양상은 크게 두 가지로 나눌 수 있다. 하나는 시간적 축약의 정도가 높은 것으로서, 일반적으로 〈요약(summary)〉 〈요약서술〉 〈말하기(telling)〉 혹은 단순히 〈서술〉[6]이라 불린다. 다른 하나는 시간적 축약이 매우 적은 것으로 흔히 〈장면(scene)〉 〈장면제시〉 〈보여주기(showing)〉 혹은 〈묘사〉로 지칭된다. 예문을 통해 두 가지 양상을 구별해 보자.

정사장은 아들이 좌익에 미친 것은 악귀가 씌운 탓이라며 굿을 요구해 왔었다. 소화는 오랜 정리 때문에 차마 거절하지를 못하고 굿을 하기는 했지만 그 굿이 제대로 되었을 리가 없었다. 그때 굿을 했다기보다는 자신은 정화섭이란 남자를 그리워하고, 무사하기만을 빌었던 것이다. 자신의 머리속에는 몇 년 전 통학열차에서 만났던 기억만이 그리움의 눈물과 체념의 아픔으로 가득차 있었다. (가)

무당이 되고 얼마 지나지 않아 순천에서 넘어오다가 정하섭과 마주치게 되었던 것이다. 검은 학생복을 단정하게 입은 정화섭은 눈길

---

6) 장면제시와 요약서술의 두 가지 양상을 합쳐서 〈서술〉이라고 말할 수 있지만, 특히 화자의 개입이 분명히 느껴지는 요약서술의 경우를 서술로 부르는 때가 많다.

이 마주친 순간 멈칫하는 것 같다가 이내 똑바로 다가왔다. 자신은 금방 숨이 막히는 것만 같아 고개를 숙였다. 얼굴이 뜨겁게 달아오르고 가슴이 쿵쿵 울리고 있었다.

"이렇게 만나다니 반갑소. 일행이 있소?"

굵은 듯하면서도 밝은 소리였다. 자신은 고개만 저었다.

"잘됐소. 저쪽으로 갑시다."

끌리기라도 하듯 정하섭의 뒤를 따라갔다. (나)

— 조정래, 「태백산맥」

예문에서 첫 문단은 모두 네 개의 문장으로 되어 있다. 이 문장을 통해 진행된 이야기 내용은 다음의 세 단위이다. 즉, ① 정사장이 소화에게 굿을 요구했다. ② 소화는 거절하지 못하고 굿을 했다. ③ 굿은 제대로 되지 않고 소화는 정하섭만 그리워했다.

다시 예문에서 두 번째 문단의 첫 문장은 소화의 기억을 매개로 과거의 시간으로 거슬러 올라간다. 나머지 부분의 문장들은 밑줄친 첫 문장의 내용을 확대한 것에 불과하다. 즉 나머지 부분은 ④ 소화는 몇 년 전 순천에서 정하섭과 마주쳤었다라는 한 단위의 이야기 내용을 담고 있다.

여기서 서술된 분량과 이야기 진행 분량을 비교해 보면, 첫 문단은 네 문장이 세 단위의 이야기를 진행시키고 있는 반면, 밑줄 다음의 부분은 열 문장이 한 단위의 이야기를 진전시킨다. 따라서 예문

의 이야기 진행과 서술진행의 비례는 다음과 같이 표시될 수 있다.[7]

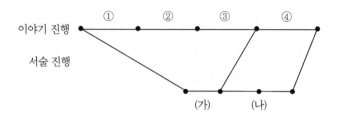

　도표의 (가) 부분, 즉 인용문의 첫 문단처럼 시간적 축약이 큰 서술이 요약서술이며, 반대로 (나)처럼 시간적 축약이 거의 없는 경우가 장면제시이다.

　요약서술은 이야기의 진행방향을 따라 급속히 따라잡는 양상이고, 장면제시는 시간의 진행을 늦추면서 공간적으로 확산시키는 방법이다. 전자는 사건진행을 신속히 보고함으로써 정보(이야기 내용)의 양적 밀도를 높이는 반면, 후자는 한정된 단위를 세밀히 묘사함으로써 정보의 질적 밀도를 높인다. 요약서술의 장점은 사건(이야기) 진행의 간명한 전달이고, 장면제시의 이점은 이야기 정황의 생생한 재현이다. 따라서 두 가지 서술 양상은 서로 보완적 관계에 있으며, 모든 소설의 서술은 양자의 방법을 적절히 연결시키면서 진행된다.

7) 여기서는 시간 배열 순서는 고려하지 않기로 한다. 시간 배열 기법에 관해서는 다음의 논문과 책들을 참고할 것. 이상진, 「한국근대소설의 시간 배열 기법 연구」(연대석사논문, 1988); G. Genette, *Narrative Discourse*(Cornell University Press, 1980); S. Chatman, 앞의 책.

인용된 부분 역시 요약서술에서 장면제시로 바뀌는 양상을 보여주고 있다.

물론 모든 서술이 요약서술과 장면제시로 엄밀하게 이분되는 것은 아니다. 예컨대 인용문 첫 문단의 끝문장 − "자신의 머리 속에는 몇 년 전 통학열차에서 만났던 기억만이 그리움의 눈물과 체념의 아픔으로 가득차 있었다"는 요약서술이면서 동시에 인물(소화)의 내면 심정 묘사를 포함하고 있다. 반대로 뒷부분의 장면제시는 단순한 묘사만이 아닌 사건진행의 서술을 내포하고 있다.

요약서술과 장면제시는 이야기의 내용에 상응해서 그 적절한 부분이 정해진다. 장면제시는 내용의 질적 밀도가 요구될 때, 특히 인물들이 열정적인 정서상태에 있게 될 때 채택된다. 인물들의 열정적인 심리와 행동이 제시될 경우 그 부분은 대개 극화되는 양상을 보이게 된다. 다음 예문은 극화된 장면의 상황을 잘 보여준다.

> 방개는 한걸음 다가앉으며 이야기에 신이 나서
> "그런데 기애가 감독하고 좋아한다는 소문이 났겠지. 그것은 감독이 기애를 퍽 우하기 때문에 그런 소문이 났다는데 이번 통에도 옥희는 빠지지 않았겠어?
> 방개는 이상하다는 듯이 인동이를 쳐다보고 눈초리를 고부장한다.
> "누가…… 유치장으로 더러 들어갔나?"

인동이는 눈을 희동그렇게 뜨고 마주 쳐다보다가 대꼬바리를 낫 꽁상이에다 턴다.

"그럼…… 고두머리의 그 중 큰 애 하나가! 고두머리는 참말로 험 상궂지만, 얼굴도 억득억득 얽은 것이 그래서 조그만 애들은 모두 기애를 무서워하겠지."

"험상쟁이와 암상쟁이가 서로 잘 만났군!"

"왜 내가 암상쟁인가 뭐"

하고 방개는 눈초리를 색죽하며 얄미운 듯이 지루 떠 본다.

남의 집 울안에 열린 탐스러운 실과를 쳐다보고 침을 삼키듯이, 그는 인동이를 볼 때마다 지나간 시간의 미련이 남아 있다. 그때는 임자 없는 과실이 아니었든가.

인동이도 방개의 심중을 엿보았다. 그는 자기가 건드리기를 기다 리는 것 같다. 건드리기만 하면 그의 왼 몸뚱어리를 금방이라도 맬 길 것 같다.

인동이는 그런 생각을 하니 몸이 떨린다. 그는 자기도 모르게 나 즉히 한숨을 쉬었다.

인용문이 이기영의 「고향」의 한 대목으로, 방개가 인동에게 자기 가 다니는 공장 이야기를 해주는 장면이다. 억눌러 왔던 연정이 점 차 밖으로 드러남으로써 두 사람은 매우 격한 감정상태로 치닫고 있 다. 이 부분에서 화자는 사건의 진전을 서술하기보다는 특정한 장면을 재현하는 데 전력하고 있다. 따라서 독자는 마치 화자의 언어가 사라지고 직접적으로 장면을 보고 있다는 느낌을 갖게 된다. 여기서 화자는 인물들의 외적 행동을 묘사할 뿐만 아니라 그들의 내면에 몰입하는 상태까지 나아간다.

인용문의 뒷부분에서 화자는 "그때는 임자없는 과실이 아니었든가" 하면서 방개의 내면에, 그리고 "그는 자기가 건드리기를 기다리는 것 같다. 건드리기만 하면 그의 왼 몸뚱아리를 금방이라도 맬길 것 같다" 하고 인동의 내면에 몰입한다. 이러한 몰입은 인물의 내적 인식을 포착하는 것으로, 일종의 감정이입이라고 할 수 있다. 화자의 감정이입적 서술은 독자에게 인물들에 감정이입하는 체험을 가져다 준다. 인용된 장면이 마치 연극의 한 장면처럼 생생하게 느껴지는 것은 이 체험과 연관되어 있다. 즉, 화자의 감정이입적 서술은 소설의 극화된 정도를 높이는 데 기여한다.

여기서 인용문이 연극의 한 장면처럼 느껴지는 요인을 정리해보자. ① 이 부분에는 화자의 평가, 인식을 드러내는 주석이나 서사적 (서술적) 개입이 전혀 없다. ② 시간적 진행이 매우 느려지면서 화자의 언어는 장면제시에 치중한다. ③ 또한 화자의 언어는 연극의 시제인 현재형을 연이어서 사용하고 있다(이 조건은 극화에서 필수적인 것은 아니다). ④ 화자는 인물들의 열정적인 정서상태에 감정이입함으로써 극적 환영을 조성한다.

이러한 요소들은 다음의 도표와 같은 상황을 나타낸다.

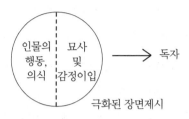
극화된 장면제시

　도표에서 화자의 언어는 장면제시 및 감정이입을 통해 인물의 행동을 묘사하고 인물의 의식에 동화되려 한다. 물론 화자의 언어는 배우의 연기가 될 수 없기 때문에 완전한 연극적 상황에 이를 수는 없다. 즉 어디까지나 언어적 서술이 진행되고 있는 것이다. 그러나 여기서의 화자의 언어 사용은 연극적인 직접적 전달을 지향한다. ([도표 1]의 연극적 상황과 비교해 보라!) 화자는 언어적 틈입을 최소화하고 극적 환영의 조성에 전력함으로써 독자 앞에 그것을 직접적으로 제시하려 한다. 인용문과 같은 부분을 극화되었다고 부르는 이유는 여기에 있다.

　그러나 인용문처럼 감정이입적 서술이 나타나지 않더라도, 일반적으로 화자의 개입이 느껴지지 않는 장면들을 우리는 극화되었다고 말한다. 극화된 장면은 화자의 개입이 없다는 점에서 객관적 제시이지만, 때로는 (도표에서 보듯이) 서술의 객관적 거리가 사라짐으로써 극적 주관화의 경향을 나타낸다. 특히 예문과 같이 인물들의 정서상태가 고조되는 경우에는 그렇다. 예문에서 화자는 인물들의 내면에 밀착함으로써 서사적 거리를 잃어버리고 있다. 하지만 이러한 객관적 거리의 상실이 서사적 객관성을 포기했음을 뜻하지는 않는다. 이 순간에 화자는 자신이 동조하고 있는 인물들의 열정에 참여하고 있을 뿐이다. 서사적 객관성이란 언제나 냉담한 객관성을 유지하는 것이 아니라, 인물들의 열정에 적절히 참여하거나(극화) 때로는 객관적 판단에 근거해서 서술적으로 개입함으로써(주석, 평가, 해설) 얻어지는 것이다.

이상에서, 소설의 서술양식은 요약서술과 장면제시로 이루어지며 장면제시는 극화되는 양상을 보임을 살펴봤다. 두 종류의 서술양상은 하나의 소설 속에서 이야기 내용에 따라 적절하게 나타날 수 있다. 즉, 요약서술과 장면제시는 특정한 서술방식의 선택 문제가 아니라 어떤 방식에서도 나타날 수 있는 서술양상이다. 이제 소설을 시작할 때 미리 결정되어야 할 문제인 서술방식의 선택문제를 살펴보기로 하자.

3.
시점과 서술

소설의 시점과 서술의 문제는, 소설의 이야기가
독자에게 직접 보여지는 것이 아니라 누군가에 의
해 전달된다는 사실에서 생겨난다. 극 양식의 경우에는 극중세계가
관객에게 직접 보여지므로, 시점이나 서술에 대해 논할 여지가 없어
진다. 그러나 소설의 이야기는 언어에 의해 매개되므로, 그 매개방
식의 여러 가지 경우가 존재하는 것이다. 다시 말해, 연극의 관객은
극중세계를 눈으로 보지만, 소설의 독자는 인물과 행동을 직접 보는
것이 아니라 〈누군가가 그것을 보고 서술한〉 언어를 읽는 행위를 하
게 된다. 소설의 이러한 전달상황에서, 누가 〈보고〉 어떻게 〈서술〉했
느냐가 바로 〈시점〉과 〈서술〉방식의 문제이다.

소설의 이러한 상황은 앞서 살펴본 극화의 경우에도 마찬가지이
다. 극화된 상황에서 독자는 인물과 행동을 직접 보는 듯한 환상을
갖게 된다. 그러나 이때에도 독자는 연극을 보듯이 인물과 행동을
보는 것이 아니라, 이미 〈누군가에 의해 보여진 것〉을 보는 것에 불
과하다. 즉, 극화된 장면 역시 특정한 시점에 의해 포착된 것이 독자
앞에 제공되는 것이다.

이 사실은 영화나 만화를 생각하면 쉽게 이해된다. 영화를 볼 때

관객은 인물과 행동을 직접 본다고 생각하지만, 실제로는 이 영화의 관객 역시 〈누군가에 의해 보여진 것〉을 보는 것인데, 그것은 연극처럼 직접 인물과 행동을 보는 것과는 구별되는 상황이다. 우리는 연극에서는 중간 매개물이 없이 직접 인물과 그의 움직임을 본다. 그러나 영화는 특정한 시점에 의해 중계되며, 이미 〈어느 한 방향에서 보여진〉 화면을 다시 보게 되는 것이다. 영화의 경우엔 인물과 행동을 보는 방향이 수시로 바뀌며, 따라서 관객 자신은 한쪽 방향을 유지함에도 불구하고 그의 의사와는 상관없이 여러 방향(시점)에서 보여진 화면을 보게 된다. 우리는 인물의 정면을 보다가 곧 그의 측면을 보기도 하며, 또 그가 바라보는 풍경을 보기도 한다. 이러한 상황은 관객 자신의 고정된 시점으로 극중장면을 보는 연극과는 근본적으로 다른 것이다. 영화나 만화가 시각적 직접성을 지님에도 불구하고 소설과 같은 서사 장르로 취급되는 것은 이같은 이유 때문이다. 즉, 영화·만화·소설은 똑같이 시점(누군가에 의해 보여지는 것)에 의해 매개된다는 점에서 연극의 직접적 전달상황과 차이점을 지닌다.

소설의 시점은 영화나 만화에 비해 비교적 단순하다. 영화의 경우에는 이야기 외부 시점과 인물시점이 계속 교체될 뿐만 아니라, 이야기 외부 시점일 때에도 여러 가지 방향에서의 시점이 나타난다. 영화에서 이처럼 다양한 시점을 사용하는 것은 영화의 이야기가 시점에 의해 포착된 화면의 조합 및 구성에 전적으로 의존하기 때문이다. 이에 반해 소설에서는 시점뿐만 아니라 서술의 양상이 큰 역할을 하게 된다. 즉 소설의 경우 시점에 포착된 내용은 언어로 서술되며, 따라서 소설에서는 시점과 서술이 서로 연관된 전달방식에 관심이 모아진다.

시점과 서술은 이제까지의 서술이론에서는 명확히 구분되지 않은 개념으로 사용돼 왔다. 그러나 시점의 작용과 서술의 행위는 결코 일치될 수 없으며, 모든 서술방식은 양자의 다양한 결합에 의해 정해진다. 두 개념을 구분하자면, 앞서 밝혔듯이 〈누가 보느냐〉(시점)와 〈어떻게 말하느냐〉(서술)의 문제이다. 전자는 〈이야기 세계를 향한〉 인식행위이며, 후자는 〈독자를 향한〉 언어적 행위이다. 이를 다음의 도표를 통해 구분해 보자.

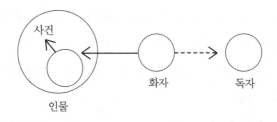

위에서 실선은 시점이고 점선은 서술이다. 〈시점〉은 사건을 바라보는 의식적용이며, 〈서술〉은 그 내용을 언어화해서 독자에게 전달하는 행위이다. 시점 행위는 단순한 지각작용에서부터 심리적 · 정서적 국면, 세계관적 인식행위까지 포함하며 〈초점화 focalization〉[8]라고 불리기도 한다. 서술행위 역시 단순한 언어화 작용에서 주석 · 평가 · 해설까지 나타날 수 있으며 〈목소리(voice)〉[9]라고 지칭되기도 한다.

그런데 시점은 사건을 바라보는 행위이므로 이야기 내부의 〈인물〉과 외부의 〈화자〉에 의해 가능하지만, 서술은 독자를 향한 행위이므로 이야기 외부의 〈화자〉에 의해서만 수행될 수 있다.[10] 여기서 화자가 인물과 화자 중 누구의 시점에 의존해서 서술하느냐에 따라 서술 방식의 근본양상이 달라지게 된다.

다음에서는 시점과 서술의 결합에 의한 현대소설의 대표적인 세 가지 서술방식[11]을 살펴보기로 한다.

---

8) G. Genette가 *Narrative Disourse*(앞의 책)에서 사용한 용어임. S. Rimmon-Kenan, 『소설의 시학』(문학과 지성사, 1985) 참조.

9) S.Chatman, 앞의 책, pp.183~192 참조.

10) 일인칭 서술의 경우에도 화자의 기능은 이야기 외부에 존재하는 서술적 자아에 의해 수행된다.

11) 화자시점서술, 인물시점서술, 1인칭 서술의 세 가지를 말한다. 앞의 두 서술방식은 3인칭 서술에 속한다.

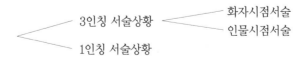

4.
3인칭 서술상황

3인칭 서술이란, 화자가 이야기 세계에 속해 있지 않은 별도의 존재자일 경우를 말한다. 화자가 이야기 내용에 등장하지 않기 때문에 그 존재는 서술 언어의 말투를 통해 어렴풋이 감지될 뿐이다. 즉, 화자가 서술하는 언어의 종류에 따라 그의 인식·교양·세계관을 짐작할 수 있다. 3인칭 화자가 등장인물을 지칭할 때는 〈그〉, 〈그녀〉 등의 3인칭 대명사를 사용한다.

3인칭 서술은 (인물시점과 화자시점 중) 어떤 시점과 결합하느냐에 따라서 크게 두 가지 서술방식으로 구분된다. 첫 번째 서술방식은, 주로 화자의 시점에 의존하면서 적절한 경우에 인물의 시점으로 변환시키는 방법이다. 화자는 그의 일관된 관점에 의거해 이야기 내용을 통제하면서 서술을 진행시키는데, 그가 부분적으로 인물시점으로 전환하는 것은 극화된 장면을 제시하기 위해서이다. 즉, 극화된 장면에서 화자는 인물에 밀착함으로써 인물의 눈에 보여진 것이나 인물의 내면의식을 제시한다.

화자가 몰입하는 인물은 여럿일 수 있으므로 다수 인물의 시점이나 내면의식을 제시하는 것이 가능하다. 물론 전체적으로는 화자의 시점(관점)에 의해 통제되는데, 특히 소설의 서두나 말미는 화자의 시점으로 처리된다. 이러한 서술방식은 흔히 〈전지적 시점〉〈주석적 서술〉[12] 혹은 〈외적 초점화〉[13]로 불려왔다. 우리는 이를 〈화자시점서술〉이라고 부르기로 한다.

두 번째 서술방식은 거의 전적으로 특정한 인물의 시점에 의존하는 경우이다. 화자는 시점 제공자로 선택된 인물(대개는 주인공임)의 내면에 밀착해서 그 인물이 보고 있는 것이나 그의 내면의식을 제시한다. 화자는 서술을 담당하지만 그것은 단순히 인물의 시점에 포착된 것을 언어로 바꾸는 일에 불과하다. 따라서 화자의 관점이 틈입될 여지가 없으며, 화자는 중립적인 위치에서 인물이 본 사건과 그의 내면의식을 적어갈 뿐이다. 또한 전적으로 인물의 시점에 의존하므로 시점의 매체로 선택된 인물은 모든 장면에 나타나야 한다. 이러한 상황은 극화된 장면제시와 유사한 것으로, 이 두 번째 서술방식에서는 전체적으로 극화된 정도가 강화된다.

그러나 시점의 매체로 선택된 한두 인물의 의식에 지속적으로 시점을 의존, 그 인물의 내면의식을 연속해서 제공하는 경우가 빈번한 것이 단순한 장면제시와 구별되는 점이다. 이러한 서술방식은 전통적인 시점이론에서는 별도로 분류되지 않았으나, 최근의 이론에서

---

12) 주석적 서술의 개념은 Franz K. Stanzel, 『소설형식의 기본유형』(탐구당, 1982) 참조.

13) S. Rimmon-Kenan, 『소설의 시학』의 분류에 따른 개념임.

〈인물시각서술〉[14] 〈내적 초점화〉[15] 등으로 지칭되기도 하였다. 이 두 번째 서술방식을 우리는 〈인물시점서술〉이라고 부르기로 한다.

두 가지 서술방식을 살펴보기 전에 먼저, 만화의 예를 통해 양자의 상이점을 관찰해 보기로 하자. 화자시점서술과 인물시점서술은 소설에서뿐만 아니라 만화의 경우에도 비슷하게 나타난다. 물론 만화의 서사적 관습은 소설과 다르기 때문에 소설의 예가 만화의 예에 직접적으로 일치되지는 않는다. 예컨대 만화에는 시점은 있지만 서술은 없을 수도 있으며, 소설과는 달리 그 시점이 매우 다양한 양상으로 나타나는 것이다. 그러나 다음에 보이는 예는, 3인칭 만화에도 각기 다른 두 가지 시점의 양상이 존재함을 보여준다.

(가)의 만화는 스탈린 동상의 변화에 초점이 맞춰져 있다. 즉, 첫째 칸의 권위적 모습에서 넷째 칸의 자유분방한 분위기로의 변화이다. 그런데 여기서 스탈린 동상의 움직임을 추적하는 눈은 개혁을 주장하는 군중들의 것이라고 볼 수 없다. 그 이유는 첫째로, 둘째 칸에서 스탈린 상이 아래로 내려서서 뛰는 모습과 셋째 칸의 이발소로 가는 모습을 군중들은 볼 수 없다. 둘째로, 군중들은 스탈린 동상이

---

14) Stanzel이 『소설형식의 기본유형』에서 사용한 개념임.

15) S. Rimmon-Kenan의 분류에 따른 개념임. 한편 Norman Friedman이 분류한 selective omniscience(선택적 전지)도 이와 일치한다. N. Friedman, *Form and Meaning in Fiction*(University of Georgia Press, 1978) pp.152~155 참조.

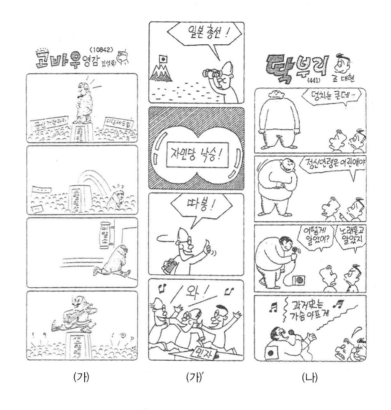

(가)　　　　　(가)′　　　　　(나)

아니라 그림에 나타나지 않은 정치 지도자들을 향해 시위하고 있는
것이다. 즉, 이 만화에서 군중들은 스탈린 동상과 부조화(혹은 조화)
를 보이는 배경의 역할을 하고 있다. 이러한 군중의 배경과 스탈린
상의 움직임을 포착하는 눈은 이야기 외부에 있으며 (가)의 시점은
이야기 외부 시점임을 알 수 있다.

　(가)′의 만화도 (가)와 마찬가지 경우이다. (가)′의 초점은 민자당

사람들의 태도에 맞춰져 있는데, 이 만화에서 첫째와 셋째 칸의 망원경을 든 사람은 넷째 칸의 환호하는 사람들 중의 하나는 아니다. 그러나 망원경을 든 사람이나 환호하는 사람들은 똑같은 민자당 사람들로서, 그들은 시점(초점화)의 대상이지 주체(눈)라고 볼 수 없다. 이 만화의 이야기는 "〈민자당 사람들〉이 자민당의 낙승을 보고 좋아했다"로 요약된다. 이 이야기에서 네 명의 민자당 사람들은 똑같이 행동의 주체이면서 시점의 대상(보여진 인물들)으로 등장한다.

그러나 (가)'에서는 (가)와는 다르게 중간부분에서 시점의 변화가 일어난다. 즉 "…… 자민당의 낙승을 〈보고〉……"의 부분에서이다. 자민당의 낙승을 본 시점의 눈(주체)은 망원경을 든 민자당 사람이다. 둘째 칸의 "자민당 낙승"이 망원경을 든 사람이 본 내용이라는 것은 망원경의 테두리를 그린 것으로 알 수 있다. 망원경의 테두리가 없다 하더라도, 둘째 칸의 앞뒤 그림에서 민자당 사람의 표정(근심하며 바라보는 표정과 기뻐하는 표정)에 초점을 맞춘 것으로써, 둘째 칸의 그림은 그가 본 내용임을 알 수 있다. 앞뒤 화면이나 화면의 가장자리에 인물을 위치시키면 중간 화면이나 전체 화면은 대개 인물의 시점내용으로 보여지는데, 이는 만화나 영화에서는 일종의 관습이라고 할 수 있다.

이처럼 중간에 인물시점으로 변화가 일어나기는 하지만, (가)' 역시 전체적으로는 이야기 외부 시점으로 생각된다. 근본적으로 이야기 외부 시점이면서 중간에 인물시점으로 변화가 일어나는 것은 거의 모든 만화나 영화에서 공통적으로 나타나는 상황이며, 그것은 우리가 〈화자시점서술〉이라고 명명한 소설들에서도 마찬가지이다. 따라서 (가)'는 분류상 (가)와 같은 유형의 서사물임을 알 수 있다.

한편 (나)는 가라오케를 부르는 일본인에 초점이 맞춰져 있다. 물론, 등에 일장기를 단 덩치 큰 일본인은 상징적으로 그려진 것이다. 그는 특정한 개인이 아닌 일본을 상징하며 이런 상징적 희화화가 가능한 것은 만화의 일반적인 관습이다. (가) (가)'와 다른 (나)의 특징은 상징화된 일본인과 그를 〈주시하는〉 인물을 동일한 공간에 배치하고 있는 점이다. 객관적으로 볼 때 일본인과 두 사람은 동일한 공간에 위치할 아무런 이유도 없다. 즉, 〈제3자의 시점〉으로 본다면 일본인과 두 사람이 함께 그려지는 것은 불합리한 것이다. 그러나 (나)에는 그런 불합리를 해소시키는 또다른 만화의 관습이 작용하고 있다. 그것은 일본인과 그를 〈주시하는〉 딱부리 씨(연재만화의 주인공)의 관계설정에 연관된 것으로, 일본인의 행동은 실제로 딱부리 씨 옆에서 가라오케를 부르는 것이 아니라 딱부리 씨가 보고 들은 인식내용이 상징화된 것이다. 즉, 일본인은 〈제3자의 눈〉으로 보여진 실제 모습이 아니라 〈딱부리 씨의 눈〉에 보여진 인식내용이다. 이 만화의 내용은 "「가슴아프게」를 노래부르듯 하는 일본인을 〈보니〉 덩치는 큰데 정신연령은 어린애 같다"로 요약된다. 여기서 「가슴아프게」를 노래부르듯 하는 일본인을 〈보는〉 눈은, "덩치는 큰데 정신연령은 어린애야" 하고 말한 딱부리 씨임을 알 수 있다. 딱부리 씨가 그림의 가장자리에 계속 위치하고 있는 사실 역시 그 점을 입증해 준다. 이처럼 이 만화의 주요 내용인 일본인의 행동은 인물의 시점으로 포착되고 있다.

물론 (나)에서의 일본인의 행동은 작가의 눈에 보여진 것으로 볼 수도 있다. 이 점은 연재만화의 주인공인 딱부리 씨가 작가의 분신이라는 사실과 상응하는 것이다. 주인공 눈에 비쳐진 것이 곧 작가의 인식내용으로 생각되는 것이 신문 연재만화의 관습이라고 할 수 있다. 이러한 만화에서는 독자 역시 일본인의 행동 및 그에 대한 주인공의 평가에 동의하게 되며, 이때 독자는 주인공에게 일종의 감정이입을 하는 상태에 있게 된다. 주인공을 매개로 한 작가 · 주인공 · 독자의 일치된 상태는 주인공이 평범한 보통사람이라는 설정과도 관계가 있다. (나)와 같은 인물시점은 주로 일간신문의 연재만화에 자주 나타나는데, 이들 연재만화의 주인공들(예컨대 고바우, 두꺼비, 미주알, 딱부리 등)은 대부분 〈소시민〉이나 〈서민〉이다. 소시민이나 서민의 설정은 일반독자가 주인공에게 쉽게 감정이입할 수 있는 요건이 된다. 이처럼 주인공이 대개 소시민이나 서민이며 독자는 그에게 감정이입을 경험한다는 점은, 연재만화뿐 아니라 인물시점 소설에서의 일반적으로 나타나는 특징이다. 이 점은 뒤에서 구체적 작품을 통해 살펴볼 것이다.

우리는 위에서 3인칭 만화에는 작가시점(이야기 외부 시점)만화와 인물시점(이야기 내부 시점)만화의 두 유형이 있음을 알아보았다. 만화의 경우에는 작가시점이 훨씬 우세하고, 인물시점유형은 명백하게 관례화되어 있지 않다. 즉 인물시점 만화라 해도 종종 작가시점이 틈입하는 경우를 발견할 수 있다. 이는 만화와 소설의 상이점으로 양자의 서사적 관습에 차이가 있음을 말해준다. 그럼에도 우리가 만화를 예로 든 것은, 그 상이성을 떠나 만화가 작가(화자)와 인물시점의 변별점을 잘 보여주기 때문이었다. 다음에는 소설의 예를 통해 두 유형의 차이점을 살펴보자.

5.
화자시점서술

1) 화자시점서술의 근본상황

시점을 〈보는〉 행위라고 정의할 때 이러한 정의는 인물시점의 경우에는 축자적인 의미를 갖는다. 인물시점 소설은 글자 그대로 인물이 본 내용을 적은 소설인 것이다. 시점의 주체인 인물이 보지 않은 내용은 묘사되거나 서술될 수 없다.

이와는 달리, 화자시점서술에서의 〈시점〉은 비유적인 의미를 갖는다. 화자시점서술은 이야기 외부의 화자가 내부의 사건을 보면서 서술하는 양상이다. 여기서 이야기 내부는 물리적인 공간을 갖는 하나의 세계로서 존재한다. 그러면 화자가 이야기 〈외부〉에 존재한다는 것은 무엇을 의미하며, 그가 외부에서 내부를 〈본다〉는 것은 또 어떤 뜻을 지니는가.

이야기 세계의 내부와 외부의 경계는 시간적인 차이에 의해 생겨난다. 즉 이야기 내부에는 외부보다 앞선 과거의 시간이 흐르고 있다. 따라서 화자가 외부에 존재한다는 것은 이야기 세계와는 다른 차원의 시간에 존재함을 뜻하며, 또한 화자가 외부에서 내부를 본다는 것은 이야기 내용을 과거의 일로 바라봄을 의미한다. 이런 문맥에서 화자의 〈보는〉 행위, 즉 시점이란 실제의 눈으로 보는 행위가 아닌, 과거의 이야기를 머리속에서 총괄적으로 되돌아보는 의식 행위라고 할 수 있다.

과거의 이야기를 총괄적으로 되돌아본다는 것은 그 이야기에 대한 모든 내용을 빠짐없이 알 수 있는 가능성을 내포한다. 같은 시공간내에서 어떤 인물이나 사건을 볼 경우, 시점의 눈은 여러 가지로 제약을 받게 된다. 우선적으로 공간적인 제약이 따르며, 보는 사람의 인식 수준에 의한 제약도 작용한다. 그러나 과거의 사건은 이미 다양한 경로를 통해 전모가 드러날 수 있으므로, 그 사건을 머리속으로 바라보는 행위는 사건에 관련된 모든 정보를 소유할 가능성을 지닌다. 그러한 가능성이 최고도로 발휘된 것이 〈전지적 시점〉, 즉 모든 것을 다 알 수 있는 시점인 것이다. 그런 뜻에서 전지적 시점은 화자시점서술의 한쪽 극단에 위치한다.

한편 화자가 과거의 이야기를 총괄적으로 바라볼 때, 그는 사건이 발생해서 종결에 이른 전체의 과정을 한눈으로 보게 된다. 인물시점의 경우에는 실제 눈으로 특정한 상황을 보는 것이므로, 그 개별적 상황에 대하여 인물의 정서나 심리상태가 개입하는 정도에 그친다. 반면에 화자시점서술은 인생의 축소판인 전체 이야기를 보는 위치에서, 그 전체를 보는 화자의 눈(관점)을 개입시키는 입장에 있게 된다. 화자가 특정한 부분에 대해서 서술할 때에도 전체 이야기나 인생에 관련된 세계관을 틈입시키는 이유는 여기에 있다. 이러한 화자의 세계관적 개입은 사건에 대한 주석의 형태로 나타난다, 화자의 세계관적 개입, 즉 주석과 평가가 두드러진 서술을 〈주석적 서술〉이라고 부르는데, 주석적 서술은 전지적 시점과 함께 화자시점서술의 한쪽 극단을 이루게 된다.

〈전지적 시점〉과 〈주석적 서술〉은 상응관계에 있다. 전자가 〈시점〉의 측면을 강조한 개념이라면, 후자는 〈서술〉의 기능에 주목한 개념이다. 물론 현대 소설은 직접적인 주석과 평가를 절제하는 경향을 보이므로, 전지적 시점이면서도 주석적 개입은 삼가는 서술방식을 보인다. 그러나 근본적으로 전지적 시점은 주석적 서술을 자유로이 구사할 수 있는 위치에 있다.

그밖에 전지적 시점의 중요한 특징은 여러 인물의 내면의식을 자유자재로 드러낼 수 있다는 것이다. 내면의식의 제시는 특히 극화되는 상황에 나타나며, 이때 화자시점에서 인물시점으로의 전환이 일어난다고 말할 수도 있다. 그러나 그런 인물시점으로의 전환이 자유로운 것 자체가 〈모든 것을 다 알 수 있는〉 전지적 화자의 특권이라고 하겠다. 즉, 빈번히 인물시점으로 전환되는 양상은 화자시점서술의 큰 특징 중의 하나인 것이다. 우리는 이러한 양상이 만화에서도 나타남을 살펴보았다.

이제까지 화자시점이 갖는 특권적 위치에 따른 전지적 시점 및 주석적 서술에 대해 살펴보았다. 그러나 모든 화자시점서술이 전지적 시점으로만 되어 있는 것은 아니다. 화자시점의 특권은 하나의 기능성으로 부여된 것이지 모든 화자시점이 그 특권을 소유한다는 것은 아니다. 화자시점을 취할지라도 인물의 내면의식은 제시할 수 없는 경우가 있는 것이다. 이처럼 제한된 정보를 지난 경우를 〈3인칭 목격자 시점〉이라 부르며, 이 시점은 화자시점서술의 다른 한쪽 극단을 이룬다.

그러나 목격자 시점 역시 여전히 이야기 전체를 조망할 수 있는 능력을 지니므로, 내면의식의 제시나 주석적 서술은 할 수 없지만 이야기의 선택 및 배열의 기능을 통해 앞의 두 기능을 대체하게 된다. 즉 목격자 시점 서술은 이야기의 선택과 배열과정 자체에 화자의 관점을 틈입시키는 것이다.

화자시점서술은 한쪽 극단에 전지적 시점 및 주석적 서술을 위치시키고, 다른 한쪽 극단에는 목격자 시점 서술을 위치시킨다. 또한 그 중간에는 여러 형태의 다양한 서술방식이 띠를 이루며 존재한다. 이러한 양상은 다음의 도표로 제시될 수 있다.

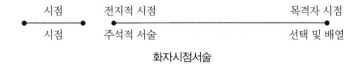

화자시점서술

2) 화자시점서술의 역사적 발전

화자시점서술은 소설의 근본적인 서술 상황을 나타낸다. 설화와 구별되는 소설적 서술의 특징은 화자가 자신의 관점을 갖고 있다는 점이다. 설화의 화자는 단순히 이야기를 전달하는 기능을 할 뿐, 자신의 관점으로 이야기에 개입하지 못했다. 때문에 설화의 경우에는 이야기 골격만 전달되면 화자의 서술은 매번 바뀌어도 상관이 없었다. 이런 사정은 모든 구비문학에 해당되는 것으로 현대의 구비문학 격인 갖가지 재담들(참새시리즈, 식인종 시리즈 등)을 생각해 보면 그 원리를 알 수 있다. 예컨대 참새 시리즈는 이야기 내용만 전달되면 그것을 전달하는 화자의 말 자체는 매번 바뀌어도 관계가 없다. 이와 똑같이 조신 설화나 아기장수 설화는 이야기의 뼈대가 유지되는 한, 화자의 언어 자체는 자꾸 변화되어도 좋았던 것이다.

그러나 소설에서는 화자의 언어 자체를 뜯어고칠 수가 없다. 이것은 화자가 특정한 관점으로 이야기에 개입하기 때문이다. 화자의 서술은 이야기 내용뿐만 아니라 그의 관점까지 전달하는 기능을 맡는다. 그리고 양자는 서술된 언어 속에 긴밀히 얽혀 있어서 따로 분리하는 것이 쉽지 않은 것이다.[16] 이 때문에 설화와는 달리 소설 화자의 서술은 그 자체가 변할 수 없는 문학작품이 된다. 소설의 서술이 유동적인 구어체가 아닌 불변의 문어체로 굳어진 것도 같은 이

---

16) 물론 시에 비해서는 양자의 응집성이 약하다고 할 수 있다. 이 점은 앞에서 소설과 서정시를 구별하면서 살펴본 바 있다.

유에서이다.

이처럼 소설에서 화자의 시점은 근본적으로 그의 관점의 개입을 의미한다. 즉, 화자가 사건을 바라본다는 것은 자신의 관점에 입각해서 바라봄을 뜻하는 것이다. 반면에 설화의 화자는 자신의 관점을 갖고 있지 않음으로써, 소설과 설화의 구분점은 화자가 자신의 〈관점에 입각한 시점〉을 갖기 시작한 사실에 둘 수 있다.

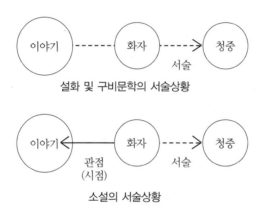

설화 및 구비문학의 서술상황

소설의 서술상황

화자시점서술은 이런 뜻에서 소설의 태동기때부터 있어 왔던 서술방식이다. 실제로 고소설에는 근대소설보다 훨씬 뚜렷한 화자시점서술이 나타난다. 화자가 자신의 관점을 드러내기 위해 장황한 사설과 주석을 늘어놓는 것은 잘 알려진 고소설의 서술방식이다.

잇떠 사쏘(使道) 자졔(子弟) 이도령(李道令)이 년광(年光)은 이팔

(二八)이요, 풍채(風采)는 두목지(杜牧之)라. 도량(度量)은 창히(滄海)갓고 지혜(智慧) 활달(濶達)ᄒ고 문장(文章)은 이백(李白)이요 필법(筆法)은 왕희지(王羲之)라. 일일(一日)은 방자(房子)불너 말삼하되,

「이 골 경쳐(景處) 어듸미냐. 시흥춘흥(詩興春興) 도도(滔滔)하니 절승(節勝) 경쳐 말하여라.」

─「춘향전」

인용문에서의 이도령에 대한 서술은 〈나이는 16세고 인물과 재주가 뛰어났다〉로 요약된다. 그런데 이러한 간단한 사실을 전달하기 위해 두목지·이백·왕희지 등 역사적 인물들을 잇달아 끌어들인다.[17] 여기서 화자는 그의 유교적 세계관에 입각해서 이야기 세계와 자신의 관념세계를 연결하는 서술을 펼치고 있는데, 이때 이야기 내용은 있는 그대로 전달되기보다는 화자의 관념에 의해 현란하게 채색된다.

화자의 주석적 개입은 그가 총괄적으로 서술하는 부분뿐만 아니라 인물시점으로 전개되는 곳에서도 지속적으로 나타난다. 예를 들면, 다음과 같은 경우이다.

오난듸 광한누의 갓찬지라 도련임 조와라고 자셔이 살펴보니 요

---

17) 서술이 긴 것은 특히 판소리 사설의 특성이 반영된 것으로 볼 수 있다. 그러나 일반적으로 고소설의 주석적 서술은 근대소설보다 장황한 편이다.

여(夭夭) 정정(貞靜)하야 월터 화용이 세상이 무쌍(無雙)이라 얼골이 조촐ㅎ니 청강(淸江)의 노난 학(鶴)이 설월(雪月)의 밧침 갓고, 단순 호치(丹脣皓齒) 반기(半開)하니 별도 갓고 옥도 갓다. 연지(臙脂)을 품은듯, 자하상(紫霞裳) 고은 티도 어린 안기 셕양(夕陽)의 빗치온 듯, 취군이 영농(玲瓏)ㅎ야 문치(文采)는 은하슈(銀河水) 물결갓다. 연보(蓮步)을 정(正)이 옴겨 천연(天然)이 누의 올나 북그러이셔 잇 거날 통인 불너,

「안지라고 일너라.」

위에서 "요요정정하야… 은하수 물결같다"까지의 서술은 이도령 의 눈으로 바라본 춘향의 모습을 담고 있다. 이 부분에서처럼 인물 시점의 제시가 가능한 것은 화자시점서술의 전지적 특권이다. 그런 데 단순히 이도령이 본 내용을 적는 것이 아니라 화자의 장황한 주 석을 섞어 서술하고 있는 것이다. 이처럼 이야기 자체의 전달에 그 치는 것이 아니라 화자가 주석적으로 개입해 유희를 즐기는 양상은, 판소리계 소설에서 특징적으로 나타난다.

그러나 판소리계 소설을 포함한 고소설 식의 장황한 서술은 근대 소설에서는 나타나지 않는다. 이는 화자의 세계관의 변모에 따른 것 으로 볼 수 있다.[18] 고소설의 화자는 유교적 이념에 근거한 관념적

---

18) 이야기와 화자의 관계 변화는 인간주체가 객관현실을 인식하는 방법의 변 화를 반영한다. 주2)를 참고할 것.

세계관을 갖고 있었다. 관념적 세계관을 지닌 화자는 조그만 이야기 거리를 가지고도 자신의 관념세계에 준비돼 있는 수식어들을 무한정 끌어낼 수 있다. 위의 인용문만 보더라도 아름답다는 말을 한마디 하기 위해 월태화용, 청각의 학, 단순호치, 연지, 자하상, 영롱한 취군, 은하수 같은 문채 등을 끌어대고 있는 것이다. 그러한 서술에서는 이야기의 재미 못지 않게 화자의 관념의 유희가 큰 비중을 차지한다.[19] 반면에 근대소설의 화자는 〈현실주의〉의 세계관을 갖고 있어서 자신의 세계관적 개입이 〈관념〉에 흐르는 것을 절제하고 있다. 〈관념〉에 흐른다는 것은 인간의 사고가 〈현실〉과 단절된 채 의식 속에서만 진행되는 것을 말한다. 설사 현실로부터 출발했을지라도 부단히 현실과 상호관계를 맺지 않고 의식 내부에서만 진행되는 사고는 관념 편향이 된다. 위의 두 인용문에서 화자의 주석이 관념적이라는 것은, 이야기 세계의 사실로부터 출발하고 있기는 하지만 그것을 화자의 의식 속에 미리 만들어져 있는 수식어들로 치장하고 있기 때문이다. 이 부분의 주석은 이야기 내용과는 별도로 화자의 의식 내부에서 진행되는 현란한 유희처럼 보인다.

이에 반해, 현실주의적 세계관은 끊임없이 현실과 상호관계를 맺는 가운데 현실을 보는 인간의 관점을 드러낸다. 따라서 현실주의적

---

19) 판소리(혹은 판소리계 소설)는 로만스적 구조를 지니면서도 현실주의적 요소를 지니고 있어, 관념의 유희와 더불어 현실주의적 풍자와 해학의 유희도 나타난다.

세계관을 갖는 근대소설의 화자는, 현실의 반영인 이야기 세계의 움직임을 부단히 추적하면서 자신의 관점을 구현한다. 고소설에서처럼 미리 만들어진 수식어로 이야기 내용을 덮어씌우는 것이 아니라, 이야기의 진행과정 자체를 통해 세계관을 제시하는 것이다. 이 경우, 화자의 세계관적 개입은 이야기 전체를 총괄적으로 다루는 그의 태도에 다름 아니다. 즉 화자의 개입은 명백한 주석의 형태를 띠기보다는, 각 인물·사건에 대한 화자의 태도·어조로 표현되거나 전체 이야기를 적절히 배열하는 기법으로 나타난다. 화자의 섣부른 주석은 선입관을 형성해 독자에게 거부감을 불러일으키기 때문이다.

이처럼 화자 자신의 독립적인 견해가 절제됨으로써, 화자는 한 인격체로서의 성격을 대부분 상실하고 일종의 기능으로서 존재하게 된다.[20]

그렇다고 근대소설에서 화자의 주석적 서술이 완전히 사라진 것은 아니다. 이따금 나타나는 화자의 주석은 그의 숨겨진 세계관적 기반을 보여준다. 근대소설 화자의 세계관은 보통 다음 예들에서처럼 두 가지 종류로 드러난다.

덕기는 병화에게 '부르조아 부르조아' 하는 소리가 듣기 싫었다.

---

20) 근대소설에서도 인격체로 느껴지는 주석적 화자가 완전히 사라진 것은 아니다. 예를 들어, 「태평천하」는 인격적 요소를 지닌 화자를 부활시켜 풍자의 효과를 최대한 살리고 있다.

먹을 게 있는 것은 다행하다고 속으로 생각지 않은 게 아니나 시대가 시대이니만큼 그런 소리가 – 더구나 비꼬는 소리는 듣고 싶지 않았다.

중학에서 졸업할 때까지 첫째 둘째를 겯고 틀던 수재이고 비슷비슷한 가정 사정에서 자라났기 때문에 어린 우정일망정 어느덧 깊은 이해와 동정은 버릴려야 버릴 수가 없는 것이었다.

이지적(理智的)이요 이론적(理論的)이기는 둘이 더하고 덜할 것이 없지마는, 다만 덕기는 있는 집 자식이요, 해사하게 생긴 그 얼굴 모습과 같이 명쾌한 가운데도 안존하고 순편한 편이요, 병화는 거무튀튀하고 유들유들한 맛이 있느니만큼 남에게 좀처럼 머리를 숙이지 않는 고집이 있어 보인다.

그 수작 붙이는 것을 보아도 덕기 역시 넉넉한 집안에 파묻혀서 곱게 자라난 분수 보아서는 명랑하지 못한 성미이나 병화는 이 이삼 년 동안에 더욱이 성격이 뒤틀어진 것을 덕기도 냉연히 바라보고 지내는 터이다.

— 염상섭, 「삼대」

위 인용문에서 "시대가 시대이니만큼"은, 덕기가 부르주아 소리를 듣기 싫어하는 이유를 밝힌 화자의 주석이다. 여기서 〈시대〉라는 것은 사회주의 사상이 세력을 떨치는 시대를 말한다. 이러한 화자의 주석에는 사회주의 사상에 대한 태도가 얼마간 틈입해 있다. 즉, 화자는 사회주의 사상을 긍정하거나 부정하기보다 하나의 〈시대〉적 사실인 세태로 받아들이고 있다.

또한 두 번째 인용문은 덕기와 병화의 성격을 설명하는 주석적 서술이다. 여기에는 빈부 계층에 대한 화자의 이해방식이 드러나 있다. 즉, 부유한 집 아들은 〈명쾌하고 순한〉 성격을 가지며, 가난에 시달린 집 자식은 성격이 뒤틀리는 경향이 있다는 것이다.

이상의 두 가지 주석을 통해 드러나는 화자의 세계관은 소시민적 세계관이라고 할 수 있다. 소시민적 세계관은 현실의 일들을 하나의 세태로 받아들이며, 보편적 인간주의의 기준에서 인물이나 사건을 평가한다. 이러한 관점은 이른바 〈보통사람〉들의 이해방식과 일치하기 때문에 우리에게 무리없이 받아들여진다. 그러나 소시민적 세계관은 현실을 통해 미래를 보는 〈전망〉을 지니지 못함으로써 앞으로 나아갈 방향을 제시하지 못한다. 따라서 화자의 세계관은 이야기 세계의 움직임을 직접적으로 이끄는 관점이 되지 못하는 것이다. 그 대신 소설은 이야기의 선택과 배열을 통해 부정적 요소들을 비판적으로 제시함으로써 그 부정적 요소가 지양되는 미래를 역으로 암시한다. 이로써 소설은 화자가 갖지 못한 전망을 획득하게 된다.

이처럼 화자의 세계관적 한계를 넘어서는 소설 유형을 비판적 리얼리즘(소설)이라고 부른다. 비판적 리얼리즘은 우리 근대소설에서 중요한 한 줄기를 형성하고 있다. 그러나 그것과 구별되는 또 다른 근대소설의 맥락이 있다. 이를 다음의 예문을 통해 살펴보자.

　　그러나, 역사는 한 바퀴 굴렀었다. 놀고 먹는 계급이 생기고, 일
하며 먹여주는 계급이 생겼다. 다스리는 계급이 생기고 다스려지는
계급이 생겼다. 그러므로부터 임자 없던 벌판에 임자가 생기고 주림
을 모르던 백성이 굶주려가기 시작하였다. 하늘에 햇빛도 고운 줄을
몰라가게 되고 낙동강의 맑은 물도 맑은 줄을 몰라가게 되었다. 천
년이다. 오천 년이다. 이 기나긴 세월을 불평의 평화 속에서 아무 소
리 없이 내려왔다. 그네는 이 불평을 불평으로 생각지 아니하게까
지 되었다. 흐린 날씨를 참으로 맑은 날씨인 줄 알듯이, 그러나 역사
는 또 한 바퀴 구르려고 한다. 소낙비 앞잡이 바람이다. 깃발이 날리
었다. 갑오동학이다. 을미운동이다. 그 뒤에 이 땅에는 아니, 이 반
도에는 한 괴물이 배회한다. 마치 나래치고 다니는 독수리같이. 그
괴물은 곧 사회주의다. 그것이 지나치는 곳마다 기어가는 암나비 궁
둥이에 수없는 알이 쏟아지고 있는 셈으로 또한 알을 쏟아놓고 간
다. 청년운동, 농민운동, 형평운동, 노동운동, 여성운동…. 오천 년
을 두고 흘러가는 날씨가 인제는 먹장구름에 싸여간다. 폭풍우가 반
드시 오고야 만다. 그 비 뒤에는 어떠한 날씨가 올 것은 뻔히 알 노
릇이다.
　　― 조명희, 「낙동강」

인용문은 거의 전체가 주석적 서술로 이루어져 있다. 이 서술을 통해 전달되는 이야기 내용은 낙동강의 변화에 대한 매우 포괄적인 것에 불과하다. 대신에 화자는 서술을 통해 자신의 세계관을 분명하게 밝히고 있다. 앞의 두 인용문과는 달리, 화자는 빈부계층을 착취와 피착취의 계급관계로 이해하고 있다. 또한 사회주의 사상을 투쟁을 통해 앞날의 전망을 예측한다(〈괴물〉은 역설적인 표현이다).

이러한 사실들로, 화자가 사회주의 세계관을 지니고 있음을 알 수 있다. 그런데 여기서 화자의 세계관은 현실 반영인 이야기와의 상호 관계 속에서 펼쳐지고 있지는 않다. 화자는 다만 그의 내면에 갖고 있는 세계관을 직접적으로 표출하고 있을 뿐으로, 인용된 부분의 서술이 관념적으로 느껴지는 것은 이 때문이다. 화자는 이야기를 서술하면서 (혹은 이야기를 통해서) 세계관을 구현하지 않고, 미리 만들어진 그의 세계관을 낙동강의 정경에 덮어 씌우고 있다.[21]

인용문과 같은 사회주의 리얼리즘 소설을 반대하는 사람들은 이 계열의 소설들이 이처럼 자주 관념편향을 보임을 지적한다. 그 같은 관념편향이 세계관 자체에서 비롯된 것인지 혹은 형상화의 문제점인지는 보는 이에 따라 의견이 다를 수 있다. 우리가 분명히 말할 수 있는 것은, 여기서도 〈세계관과 현실과의 상호 관계〉가 문제의 초점

---

21) 「낙동강」은 우리나라 사회주의 리얼리즘의 효시로 일컬어질 만큼 성공한 소설이지만, 인용문과 같이 부분적으로 관념편향을 보이는 점이 결함으로 지적된다.

이 된다는 것이다. 즉 현실에서 노동운동·농민운동 등이 사회변혁을 위해 긍정적 가치를 발휘할 때 사회주의의 세계관은 (관념편향이 아니라) 올바른 전망으로 나타난다. 다음의 예문을 보자.

　　자기가 짜는 비단을 남은 저렇게 잘해 입는데 정작 자기는 입을 수가 없는 것처럼 해마다 쌀농사를 짓는 부모는 쌀은 다 어쩌고 재강죽으로 연명을 하는가?……
　　그렇다면 자기나 자기 부모는 똑같은 처지에 사는 사람들이 아닌가. 자기는 아까 그래도 공장에서는 기와집에서 거처가 깨끗하고 아직 재강죽은 먹지 않는다고 — 농촌보다도 탁탁한 것처럼 말하였다. 그러나 거기에는 하루에 십여 시간씩 일하는 붓배기 노동이 있지 않은가.(가)

　　양반을 잡아먹은 상놈은 사실 양반보다 더 무서웠다. 그래서 그는 소리개를 내쫓은 독수리처럼 이 동리에서 새양반이 되었다.
　　새양반은 묵은 양반보다 돈에 들어서는 더 무서웠다. 새양반은 돈으로 되는 때문이다.(나)

　　농사를 잘못지여서 가난하드냐. 사람이 오직 땅만을 믿고 산다는 것이 틀렸다…… 그러면 누구를 믿고 살 것이냐? 그러나 흘러가는 냇물은 목마른 사람에게 더욱 필요하지 않은가? 그렇다. 부지런한

사람은 남 먼저 물을 먹을 수도 있다.(다)

여러 사람들은 희준이가 무슨 말을 할려고 저러나 싶어서, 입을
다물고 입을 바라들 보았다.

"지금 우리가 안승학이라는 철면피와 같은 마름에게서는 완전한
결말을 지을 수도 있을지 모르지요. 그러나 그 결말이라는 것은 한
때입니다. 금년에 해결되었다가 명년에 또 이런 일이 생기지 말란
법이 있습니까? 지금 여러분은 만족한 것으로 생각하시는 모양이지
마는 결코 그렇게 생각하지 마십시요."

여러 사람들은 아무 말이 없이 희준이 말을 경청하였다.(라)

인용문들은 이기영의 「고향」에서 부분적으로 발췌한 것이다. 이
중 (가)는 인순이의 내면의식이고 (나)는 화자의 주석이며, (다)와
(라)는 각각 인동이의 각성과정과 김희준의 언어이다. 이들 인물의
내면의식·행동·언어, 그리고 화자의 주석을 통해 알 수 있는 것
은, 화자가 사회주의 세계관을 지니고 있다는 것이다. 그러나 화자
의 세계관은 주석과 서술을 통해 일방적으로 제시되지 않고, 이야기
의 전체 과정에 적절하게 스며들어 있다. 화자는 이야기를 통해서,
이야기를 서술하는 전 과정을 통해서 그의 세계관을 드러낸다. 물론
「고향」의 이야기는 30년대 농촌의 현실을 잘 반영하고 있다. 따라서
「고향」의 화자는 그의 세계관을 이야기를 총괄하는 원리로서, 나아

가 현실을 바라보는 올바른 전망으로 제시하고 있는 셈이다.

「낙동강」이나 「고향」과 같은 사회주의 리얼리즘 계열의 소설은 오늘날까지 우리 소설의 중요한 한 맥락을 이루고 있다. 그런데 이 사회주의 리얼리즘 소설의 서술적 특징은 화자시점서술의 전통을 끝까지 지키고 있다는 점이다. 비판적 리얼리즘을 포함한 현대소설에서는 점차로 인물시점서술이 강화되는 양상을 보이고, 사회주의 리얼리즘에도 이러한 영향은 크게 미치고 있다. 그러나 사회주의 리얼리즘은 끝내 화자시점서술에서 벗어날 수 없는데, 그 이유는 집단적 인물들을 주요대상으로 초점화하기 때문이다.[22] 집단적 인물을 그릴 경우 그 인물들 중 특정한 개인의 내면의식을 시점의 매체로 사용하기는 어려운 것이다.

이와 관련해서 또 하나 주목되는 것은 이야기 세계와 화자의 세계 간의 긴장관계이다. 고소설(영웅소설, 판소리계소설)의 경우, 양자의 긴장은 매우 적은 편이다. 두 개의 세계가 근본적으로 동질적인 세계관(유교의 세계관)에 기초해 있기 때문이다. 반면에 비판적 리얼리즘에서는 양자가 심각한 긴장관계를 이루고 있다. 화자는 비록 소시민적 세계관을 지니지만, 그의 비판의식에 입각해 이야기에 반영된 현실의 모순에 민감하게 반응하는 것이다. 그런데 사회주의 리얼리즘

---

22) 반드시 그렇다고 말할 수는 없을 것이다. 다양한 전위적 기법을 통해서 사회주의 리얼리즘을 형상화할 수도 있기 때문이다. 그러나 일반적으로는 화자시점 서술을 끝까지 견지하는 경향을 보인다.

은 한편으로 긴장관계를 이루면서, 다른 한편으로는 통합되는 양상을 보인다(특히 우리나라 소설의 경우 그렇다). 이것은 이 유형에서 두 개의 대립되는 집단이 이야기 세계에 반영되기 때문이다. 하나는 현실의 부정성을 대표하는 집단이고, 다른 하나는 그에 대립하는 변혁 지향의 집단으로서, 사회주의 리얼리즘 소설은 결말 부분에서 화자가 새로운 집단과 통합되는 양상을 보인다.

> 그녀들은 미소 지었다. 뒤에서 찌르릉 소리가 한꺼번에 올렸다. 근로자 서너 명의 자전거를 타고 달려오고 있었다. 길을 비켰다. 자전거들이 다가왔다. 그녀들 곁을 지나치면서 한 근로자가 말했다.
> "뒤에 타세요."
> 그녀들은 웃으면서 고개를 저었다. 뒤쪽에 도시락 가방이 꽁꽁 묶여 있었다. 그가 힘껏 페달을 밟았다. 새벽 공기를 가르며 달려갔다. 증기기관차의 김처럼 입김을 씩씩 뿜어 내며 힘차게 달려갔다.
> 머리카락이 휘날렸다. 작업복 자락이 펄럭였다. 점점 멀어지면서 새벽 여명 속에 옷자락이 펄럭임만 보였다. 수없는 펄럭임이었다. 그것은 깃발이었다.

홍희담의 「깃발」 중 마지막 장면이다. 이 장면에서 작업복의 펄럭임을 보고 있는 것은 주인공인 여자 노동자들이다. 그들이 작업복의 펄럭임을 깃발로 인식하는 것은 미래의 승리에 대한 신념을 드러내는 것이다. 이 순간 여자 노동자들은 깃발을 신념으로써 하나로 통합되고 있다. 그러나 깃발의 인식은 그들의 시점으로만 포착되고 있지는 않다. 여자 노동자들의 통일된 신념을 깃발로 인식하고 있는 것은 실제로는 화자이다.[23] 다시 말해, 이 장면에서는 깃발을 매개로 개인들(여자 노동자들)이 집단으로 통합되면서, 다시 화자가 그들에 통합되고 있는 것이다.

화자가 세계관적으로 이야기 세계에 통합되는 것은 고소설이나 고대 서사시에서도 나타났었다. 그러나 고소설의 경우는 유교이념에 의한 관념적 화합이었다. 반면에 서사시의 시대에는 삶의 양상 자체가 세계관적으로 통일되어 있었다. 사회주의 리얼리즘 소설 역시 삶 자체가 세계관적으로 통일되어 있는 집단을 다루며, 따라서 서사시에 접근하는 양상을 드러낸다. 하지만 고대 서사시에서의 개인과 집단의 통합 및 화자의 이야기에 대한 세계관적 일치는 자아의식을 지니지 않은 즉각적인 통일이었다. 이에 반해 서사시에 접근하는 우리시대 소설의 경우, 인물과 화자는 투철한 자아의식을 지니면서 대자적인 통일을 이룩한다. 이 점이 고대 서사시와 구별되는 사회주의 리얼리즘 소설의 특징이다.

그런데 이러한 양식적 특징은 비판적 리얼리즘을 중심으로 한 전

---

23) 여러 인물들의 의식이 통일되어 있는 것을 알 수 있는 것은 결국 화자일 뿐이다. 집단인물의 시점이라는 것은 화자의 시점을 통해서만 성립될 수 있는 것이다.

통적인 소설양식으로부터 벗어나는 것이기도 하다. 즉 양식적 변화의 단초가 나타나고 있는 것이다. 그러나 넓게 보면 여전히 소설의 영역에 포용되고 있으며, 형식상 비판적 리얼리즘과 적대적으로 모순되는 것도 아니다. 이 양식의 소설이 비판적 리얼리즘과 나란히 공존할 수 있는 것은 이 때문이다. 주지하다시피 우리 소설의 역사가 그 사실을 입증하고 있다. 단지 비판적 리얼리즘과는 달리 사회주의 리얼리즘에 오랜 동안의 단절이 있어 왔지만, 이 계열의 맥락은 87년 이후의 민중소설과 노동소설에서 다시 부활되고 있다.

6.
인물시점서술

1) 인물시점서술의 근본상황

인물시점서술은 전통적 시점이론으로는 잘 분류되지 않기 때문에 이제까지 그 특징을 소홀히 하는 경향이 있어 왔다. 그러나 근래에 발표된 소설들을 살펴보면 거의 반수 정도가 이 서술방식임을 알 수 있는데, 일례로 1988년에서 1990년까지 「오늘의 소설」(1권~4권, 현암사)에 수록된 소설들(40편)만 보더라도 그중 45%(18편)가 인물시점서술로 되어 있다. 이러한 사실은 이 서술방식에 대한 보다 깊은 고찰이 필요함을 시사한다.

인물시점서술은 인물이 보거나 느낀 것을 적어나가는 서술방식이다. 화자시점서술은 화자가 머릿속으로 보는 것을 서술하므로 화자 자신이 의식의 중심으로 작용하는 반면에 인물시점서술에서는 선택된 인물(초점화자)이 의식의 중심이 되며, 화자는 인물의 의식에 비쳐진 것을 언어화하는 역할만 담당한다. 따라서 화자의 서술적 개입은 거의 없어지고, 그대신 많은 부분에서 선택된 인물이 실질적인 화자로 느껴지게 된다.

잿빛 유리창을 통해 내다보는 공원과 거리의 풍경은 우수에 찬

도시의 가을을 담은 수채화처럼 고요하기만 했다. 문예진흥원의 고풍(古風)스런 흰 건물을 배경으로 몇 명의 젊은이들이 기타를 치고 있었지만, 이상하게 그들조차 오래 전부터 자리잡아 온 하나의 정물처럼 느껴질 뿐이었다. 이 거리 너머 명동, 종로, 남대문에서 젊은이들의 화염(火焰)이 오히려 낯설게 느껴졌다. 대학 교정을 해방구로 설정하고 강의실과 잔디밭에서 밤을 지새는 대학생들의 모습이 갑자기 몇백 년 전의 일로, 그것도 대륙 저편에서 있었던 아득한 일로 느껴질 만큼 평온한 하오였다.

아마도 가장 평화스러운 풍경은 폭풍과 폭풍 사이에 놓여져 있는 땅이 아닐까. 역설적으로, 자신이 발 딛고 있는 땅덩어리 어느 곳에서 반란이 일어날 때 그제서야 비로소 고요함이 무엇인지 느껴지는 것이 아닐까. 석일은 턱을 괸 채 창 밖의 풍경에 넋을 놓고 있었다.

— 양헌석, 「태양은 묘지 위에 붉게 타오르고」

얼핏보면 인용문의 첫단락은 화자시점인지 인물시점인지 구분하기 어렵다. 그러나 둘째 단락까지 읽었을 때, 이제까지의 풍경 묘사는 주인공 석일의 시점으로 포착된 것임이 밝혀진다. 첫째로 거리 풍경은 석일이 앉은 곳에서 유리창 밖을 내다본 방향으로 묘사되어 있다. 또한 풍경 묘사에 틈입해 있는 주관적 정서 내용, 즉 〈고요하고 평온한〉 상태는 둘째 단락에 제시된 석일이 내적 독백 내용과 일치한다.

이처럼 인용문에서는 석일이 실질적인 화자의 기능을 떠맡고 있다. 물론 이 장면의 화자가 석일의 내면에 밀착하는 극화된 양상과 비슷하게 보인다. 이는 인물시점서술의 일반적인 특징을 보여준다. 즉, 극화된 양상에서처럼 화자가 사라지고 독자는 직접 이야기 세계를 보고 있다는 환상을 갖게 된다. 인물시점서술에서는 이러한 극화된 양상이 지속적으로 나타나, 전체 소설이 묘사로만 계속되고 있다는 느낌을 받는다. 또한 화자시점과는 달리 여러 인물이 아니라 특별히 선택된 인물에만 계속 밀착함으로써 그의 의식에 비쳐진 바를 제시한다. 시점의 주체로 선택된 인물이 실질적인 화자로 느껴지는 것은 이 때문이다. 이때 시점의 눈(주체)으로 선택되는 인물은 대부분 주인공이며, 일반적으로 〈초점화자〉(focalizer)[24]라고 불린다.

인물시점서술은 초점화자의 외적 인식이나 내적 독백(내면의식)만을 적기 때문에 다른 인물의 내면심리는 밝히지 못하게 된다. 이 서술방식이 프리드먼이 분류한 선택적 전지 시점[25]과 일치하는 이유가 여기에 있다. 또한 같은 특징 때문에 1인칭 서술과도 비슷한 제약상황을 갖게 된다. 즉, 선택된 인물의 시점만이 가능하다는 점에서 두 서술방식은 유사한 특징을 지닌다. 그래서 어떤 소설이 인물시점서술인가를 확인하려면, 주어진 분절을 1인칭으로 고쳤을 때 어색해지지 않는가를 살펴보면 된다.

---

24) S. Rimmon-Kenan, 『소설의 시학』(문학과 지성사, 1985), p.113.
25) N. Friedman이 분류한 selective omniscience를 말한다.

그는 잠깐 아연했다. 래영이가 임신을 ……. 한순간 충격이 가시자 그건 예상했던 일이란 생각이 들었다. 그는 싱겁게 웃으며 래영의 아랫배를 슬쩍 만져보았다. 아직은 밋밋한 이 뱃속에 내 아기가 숨쉬고 있었단 말이지……. 래영이 부드럽게 그의 손을 떼내며 사람들이 거의 다 들어갔어, 진국 씨두 이젠 들어가봐 라고 말했다. 그는 래영을 와락 껴안고 싶었지만 대신 손을 힘주어 잡아 준 후 몇 사람 남지 않은 대열로 뛰어갔다.

— 윤정모, 「님」

위 인용문에는 두 사람의 인물이 나오지만, 〈그〉가 초점화자임을 알 수 있다. 〈래영〉을 〈나〉로 바꿀 수는 없지만, 〈그〉는 〈나〉로 바꿔도 조금도 이상해지지 않는다. 〈그〉(진국)는 이 소설의 주인공인 동시에 〈의식의 중심〉으로 작용하는 초점화자이기 때문이다.

그러나 인물시점서술을 1인칭 서술로 고칠 수 있다는 것은 양자가 동일한 서술방식이라는 뜻은 아니다. 인물시점의 독특한 효과는 주인공(혹은 초점화자)에게 감정이입하는 경험을 제공하는 데 있다. (이 점은 뒤에서 살펴볼 것이다.) 반면 1인칭 서술은 근본적으로 고백체 형식에 접근하는 경향을 보인다.[26]

---

26) 1인칭 서술의 경우에는 1인칭 화자의 존재가 느껴지지만, 인물시점서술은 표면상 아무도 말하고(서술하고) 있는 사람이 없는 듯이 느껴진다.
N. Friedman의 앞을 책을 참고할 것.

인물시점서술의 또다른 특징은 초점화자가 소설의 거의 모든 장면에 등장한다는 점이다. 물론 초점화자는 일정한 분절을 단위로 해서 다른 인물로 바뀔 수도 있다. 예를 들어, 「님」(윤정모)에서는 초점화자가 일시적으로 진국에서 문 교수 부인으로 전환된다. 「밤길의 사람들」(박태순)에서도 부분적으로 서춘환에서 조애실로 바뀐다. 그러나 정해진 분절을 단위로 초점화자의 기능은 지속적이며, 그는 그 부분의 모든 장면에 나타나야 한다.

한편 인물시점서술은 서술적 개입이 사라짐으로써 화자의 관점이 소멸된 것처럼 보인다. 그러나 실제로는 보다 은밀한 방법에 의해 화자의 영향력이 행사됨을 볼 수 있다. 그것은 주로 초점화자의 선택과 그의 의식작용에 관련된 것이다. 초점화자는 사건이나 배경을 바라보면서 아울러 자신의 감정과 심리상태를 틈입시킨다. 독자는 처음에 초점화자의 인식내용을 객관적으로 보면서 또한 그것에 틈입해 있는 그의 주관적 정서 내용을 읽게 된다. 즉 상황의 객관적 인식과 초점화자의 개성에 대한 파악이 동시적으로 이루어진다. 그러나 소설이 진행됨에 따라 독자는 초점화자의 입장에 치환되어 그의 감정과 사고를 공유하는 경험을 한다. 초점화자의 눈으로 상황을 파악하고 그의 내면심리를 느끼는 시간이 지속됨에 따라, 독자는 일종의 감정이입 상태에 있게 되는 것이다. 이처럼 초점화자의 경험을 그의 편에 서서 이해하게 되는 효과가 인물시점서술의 가장 큰 특징이라고 할 수 있다.

예를 들면, 독자는 양귀자의 「기회주의자」에서의 정 계장의 우유
부단함에 짜증스러워하면서도 전체적으로는 그의 고민을 이해하는
태도를 갖게 되며, 마찬가지로 「먼 그대」(서영은)의 여주인공이 보여
주는 자기학대적인 사랑에 불만스러워하면서도 끝내 그녀를 동정하
지 않을 수 없는 것이다. 그리고 「타인의 방」(최인호)에 등장하는, 신
경질적으로 사물들과 대화를 나누는 주인공의 소외감을 우리는 자
기 것으로 받아들인다.

물론 인물시점을 사용했다고 해서 무조건적으로 초점화자에 공감
하게 되는 것은 아니다. 초점화자의 인식내용에 섞여 있는 명백한
부정적 요소는 그로부터 거리감을 두게 한다. 화자는 초점화자의 부
정적 요소를 적절히 노출시킴으로써 감정이입과 거부감의 긴장상태
를 유발시킨다. 바로 이 거리 조정수법에 의해 인물에 대한 평가가
이루어지는 것이다.

그러나 인물시점서술의 또 하나의 특징은, 초점화자를 비판하는
경우라도 끝까지 그를 포기하지 않게 한다는 점이다. 독자는 일방적
으로 초점화자를 비난하기보다는 그가 그렇게 될 수밖에 없는 이유
를 생각하게 된다.[27] 예컨대 박태원의 「딱한 사람들」에는 노동의욕

---

27) Franz K. Stanzel, 안삼환 역, 『소설형식의 기본유형』(탐구당, 1982),
　　pp.83~84. 웨인 부드, 최상규 역, 『소설의 수사학』(새문사, 1985),
　　pp.338~350에서도 초점화자에게 공감하는 효과를 설명하고 있다. 초점화
　　자로 선택된 인물에의 감정이입에 대한 보다 체계적인 설명은 제임스 그리
　　블, 나병철 역, 『문학교육론』(문예출판사, 1987), pp.207~227 참조.

을 상실한 두 지식인이 등장하는데, 우리는 그들의 나태함을 탓하기보다 그들을 무기력하게 만든 사회적 모순에 대한 비판의 입장에 서는 것이다. 이처럼 때로는 거리 조정수법으로 초점화자를 평가하면서, 궁극적으로는 그의 입장에서 세계를 이해하는 방식을 통해, 화자는 자신의 관점을 이야기에 은밀히 개입시킨다.

2) 인물시점서술의 역사적 발전

인물시점서술은 소설의 발흥기부터 있어 왔던 서술방식은 아니다. 인물시점서술의 등장은 소설의 역사에 큰 전환점을 기록할 만큼 특별한 것이었다. 이 서술방식은 화자를 철저히 숨기는 수법에서 시작하여, 마침내, 서사양식의 근원에서 이탈하는 데까지 나아갔기 때문이다.

인물시점서술의 단초는, 흔히 〈냉정성(impassibilité)〉의 수법으로 불리는 플로베르의 소설에서 찾아볼 수 있다. 플로베르는 화자(작가) 자신은 슬쩍 비껴서면서, 숨겨진 손을 통해 인물과 사건의 제시에 영향을 미치는 방법을 썼다.[28] 우리의 경우 이와 비슷한 수법이 30년대 중반 이후에 풍미하게 된다. 그러나 우리 소설에서는, 인물시점서술의 보다 진전된 형식인 모더니즘 서술(내적 독백 서술)이 플로베르 류의 인물시점서술과 거의 동시적으로 나타났다는 특수성을

---

28) 여기에 대해서는 에리히 아우얼바하, 『미메시스』(민음사, 1979), pp.177~203에 자세히 설명되어 있다.

보이고 있다.

인물시점서술은 현대로 올수록 점차로 강화되는 경향을 보이고 있다. 화자시점서술인 경우에도 인물시점의 요소가 부단히 틈입되는 양상을 나타내는 것이다. 이처럼 이 서술방식이 점차 우세해지는 이유로는 다음의 두 가지를 들 수 있다.

첫째, 인물시점서술은 감각적(시각적)으로 직접 이야기 내용을 경험하는 느낌을 갖게 한다. 감각적 직접성의 요구는 소설양식에 원래부터 부여되고 있었다. 즉, 빈번히 극화되는 양상이 나타나는 것은 그로 인한 것이었다. 더욱이 현대의 서사장르에서 감각매체(영화, 비디오 등)의 발달이 현저해짐에 따라 그 요구는 한층 증가하고 있다.

이와 관련해서 영화나 만화에는 인물시점이 명백히 양식화되어 있지 않음을 상기할 필요가 있다. 물론 영화에도 인물시점이 빈번히 나타난다. 예를 들어, 「길소뜸」(임권택 감독)의 첫 장면에는 이산가족 상봉을 담은 TV화면이 2,3분쯤 지속적으로 제시된다. 그리고 그 틈틈이 TV를 보는 주인공 화영(김지미)의 얼굴이 삽입된다. 이런 수법은 TV화면이 화영의 시점으로 제시된 것임을 암시한다. 그러나 곧이어 화영과 그녀의 남편(전무송)이 침대 위에 누워 있는 장면이 비쳐진다. 이는 분명한 이야기 외부 시점이다. 전체적으로 이 영화는 이야기 외부 시점이 주도적으로, 인물시점은 필요에 따라 사용된다. 「길소뜸」뿐만 아니라 거의 모든 영화에서는 인물시점으로 통일된 제시방식은 좀처럼 취하지 않는다.[29] 영화의 경우엔 시각적인 직접 경험이 가능하므로 굳이 인물시점을 양식화할 필요가 없는 것이다.

연재만화에서는 인물시점이 어느 정도 양식화된 형태로 나타난다. 앞에서 살펴본 만화 (나)의 경우가 그것이다. 그러나 만화 역시이 방식의 양식화는 그리 철저한 편이 못된다. 이에 반해 소설에서는 감각적 직접성이 원래부터 주어져 있지 않았기 때문에, 줄곧 극화의 방법 등 생생함과 박진성을 살리는 기법이 모색되어 왔다. 그리고 한 발 더 나아가, 극화의 기법을 지속시키는 인물시점서술이하나의 서술형식으로 독립되기에 이른 것이다.

인물시점이 우세해지는 두 번째 요인은 화자의 관심을 숨기려는경향에 있다. 극화된 제시를 계속 사용하는 인물시점서술은 화자의직접 개입을 없앰으로써 이야기가 그 자체로 전개된 듯이 보이게 한다. 화자는 자신의 관점을 감추고 〈냉정성(impassibilité)〉과 〈비편파성(impartialité)〉의 기준을 지키려고 노력하는 것이다.

이러한 중립적 제시의 경향은, 현실을 총체적으로 조망하기 어려워졌으며 그에 따라 화자가 명백한 관점을 나타내기 힘들어졌음을뜻한다.[30] 이 소설의 변화는 보다 근본적으로는 자본주의 사회의 복

---

29) 극히 드문 예로서 지속적으로 인물시점이 사용된 경우도 있다. 「호수의
    여인」이란 영화는 주인공의 시점을 지속적으로 사용하기 때문이다. 주인공
    역을 맡은 배우는 카메라를 자신의 가슴에 붙들어매고 다녔다. S.
    Chatman, 『영화와 소설의 서사구조』, p.194 참조.
30) 이러한 변화는 인간주체가 객관현실을 인식하는 방법의 변화가 반영된
    것이다. 주2)를 참고할 것.

잡한 발전과 관계가 있다. 점점 다양화·파편화되어 가는 20세기 자본주의 사회는 전통적인 화자시점을 유지하기 어렵게 했다. 19세기 비판적 리얼리즘이나 20세기 사회주의 리얼리즘과는 달리, 일반적으로 20세기 이후(우리나라의 경우 30년대 이후)의 소설들은 인물시점을 선호하는 경향을 보이는 것이다.

그러나 관점을 나타내기 어려워졌다는 사실이 필연적으로 관점의 포기를 의미하는 것은 아니다. 화자가 자신의 관점을 포기함으로써 사건에 대해 극히 냉담한 태도를 보일 때 소설은 〈객관주의 편향〉에 빠진다.[31] 즉, 사건의 힘에 압도되어 그 사건을 통해 미래를 바라보는 관점(혹은 전망)을 잃어버리는 경우로서, 이는 화자의 관점이 사건 위에 들씌워지는 〈관념편향〉[32]과 반대되는 또하나의 잘못이다.

그와는 달리 관점(전망)을 명백히 드러내지 않으면서도 그것을 포기하지 않는 방법이 바로 인물시점서술이다. 인물시점서술은 화자 스스로 어떤 관점을 제시하지 않으면서도 초점화자의 선택 및 평가를 통해 은밀히 그것을 개입시킨다. 자연주의뿐만 아니라 20세기의 비판적 리얼리즘이 이 방법을 즐겨 사용하는 것은 여기에서 기인한다.

물론 모든 인물시점서술이 전망(올바른 관점)의 획득에 성공하는 것은 아니다. 객관주의 편향에 흐르느냐, 그렇지 않느냐의 문제는

---

31) 서구의 자연주의 소설이나 1930년대의 비평가 임화가 말한 세태소설은 바로 이런 경우이다.
32) 이에 대해서는 화자시점서술에서 설명한 바 있다.

초점화자의 선택에 따라 좌우된다. 초점화자는 화자로부터 비판받기도 하지만, 전체적으로는 화자의 시점을 대신하는 역할을 한다. 다시 말해, 많은 부분에서 실제적인 화자의 기능을 떠맡는 것이다. 따라서 초점화자의 잘못된 선택은 소설 전체에 불리한 영향을 끼치게 된다. 특히 인물시점서술이 장편화하는 경우에는 초점화자의 인식능력이 크게 문제가 된다. 무기력한 초점화자를 내세움으로써 전망의 획득에 실패한 경우로는 김원일의 「겨울골짜기」를 들 수 있다. 「겨울골짜기」의 주요 초점화자는 문한득과 문한돌 형제라고 할 수 있다. 두 사람은 올바른 인식력을 지니지 못한 채 소설의 사건(거창양민학살사건)에 무기력하게 휩쓸리고 있을 뿐이다. 그럼에도 불구하고 거창사건을 보여주는 의식의 중심(즉 초점화자)으로 그들을 사용함으로써, 「겨울골짜기」는 전망을 얻는 데 실패한다. 독자는 거창사건의 비참함을 느끼면서 두 형제(초점화자)와 농민들을 동정하지만, 그 사건이 지닌 역사적 의미를 올바로 인식하지는 못하는 것이다.

이처럼 인물시점서술에서는 초점화자의 선택이 매우 중요한 의미를 갖는다. 일반적으로 초점화자는 소설의 내적 기능상 〈중도적 인물〉 혹은 〈소시민적 인물〉이 적합한 경향이 있다. 초점화자는 그 기능 및 성격에 있어서 다음의 두 가지 조건을 충족시켜야 한다. 첫째로 초점화자는 사건을 객관적으로 제시할 수 있어야 한다(여기에는 최소한도의 인식능력이 요구된다). 그리고 둘째는 그는 독자로부터 감정이입과 거부감의 이중적 대상의 성격을 지닌다. 중도적 인식능력 및 긍정·부정의 양면성을 지닌 소시민적 인물은 이 두 가지 조건에 부응한다.

이와 관련해서 인물시점서술을 사용하는 비판적 리얼리즘 소설은 다음과 같이 세 가지 유형으로 크게 나눠질 수 있다. 첫째는 잘못된 현실로부터 고통당하는 소시민 주인공을 동정적으로 그리는 경우이다. 예를 들면, 김남천의 「경영」「맥」이나 윤정모의 「님」이 이런 유형에 든다. 앞의 연작소설은 친일로 돌아선 애인으로 인해 실연의 충격을 경험하는 여주인공(최무경)을 그리고 있고, 뒤의 작품은 조총련계 애인을 둔 이유로 수난을 겪는 주인공(진국)을 초점화자로 삼고 있다. 둘째는 소시민 주인공이 긍정적 방향으로 각성되어 가는 과정을 그린 소설들이다. 80년대 후반기에 발표된 양헌석의 「태양은 묘지 위에 붉게 타오르고」, 김인숙의 「강」, 박태순의 「밤길의 사람들」이 여기에 속한다. 마지막으로 소시민 주인공의 부정적 측면을 부각시켜 비판하는 경우인데, 김향숙의 「덧문 너머의 헝클어진 숨결」이 그 대표적인 작품이다.

3) 인물시점서술의 여러 가지 유형

지금까지 현대소설에서 인물시점서술이 부각되는 경향을 살펴봤지만, 이 유형이 모두 똑같은 서술양식을 보여주는 것은 아니다. 이제 실례를 통해 인물시점서술의 여러 가지 유형 및 발전과정을 살펴보자.

먼저, 인물시점서술에서는 장면묘사가 지속됨으로써 요약서술 부분이 거의 소멸될 것으로 생각되지만, 실제로는 특별한 방법에 의해 이따금씩 나타난다. 이를테면 다음과 같은 경우이다.

> "상관없어요. 경찰들이 모두 거리에 나와 있을 때가 어떤 의미에서는 안전해요. 나 같은 피래미야 누가 신경을 쓰나요. 수배자만 해도 수천 명이 될텐데. 누가 누군지 어떻게 알아요."
> 석일은 고개를 끄덕이면서도 그녀의 대담성에 놀라고 있었다. 도대체 저 힘은 어디서 비롯된 것일까. 70년대와 다른 저 자신감은. 석일은 유신 말기에 지나간 자신의 학창시절을 돌이켰다. 유인물 몇 장 뿌리고 벽보 서너 장 붙이다 잡히면 몇 년씩 선고받았다. 민주주의란 말은 체제전복이었고 더 나아가 국가전복으로 간주되었다. 또한 분단상황은 정권연장 수단으로 교묘하게 이용되었다. 그것은 정체되어 버린 사회 전체의 비극이었다. 그때 젊은이들에게 팽배해 있던 것은 패배감과 증오심뿐이었다.
> ─ 양헌석, 「태양은 묘지 위에 붉게 타오르고」

인용문은 석일의 회상을 매개로 요약서술이 전개되는 부분이다. 둘째 단락 다섯째 문장 이후의 요약서술은 석일이 머릿속으로 되돌아보는 내용을 적은 것이다. 따라서 이 부분의 실제적인 화자는 석일 자신이다.

이 밖에도 요약서술은 초점화자가 전해들은 내용을 정리하는 형태로 나타나기도 한다. 이와 같은 회상 등을 통한 요약서술은 작품에 따라 분량에 차이가 있을 수 있다. 그러나 일반적으로 요약서술은 매우 적은 편이며, 그 대신 내적 독백이 장면묘사에 틈입하는 양상이 빈번히 나타난다.

창밖 구경이나 할까, 어제밤처럼. 안 되지, 지금은 대낮인데. 어제밤엔 구경거리가 많았지. 컴컴한 천정을 향해 눈을 멀뚱멀뚱 뜨고 누워 있을 때 술취한 중년 남자가 두만강 푸른 물이…… 하고 노래를 부르며 지나갔다. 그는 창가로 살금살금 다가가 손가락 하나만큼 휘장자락을 들치고 바깥을 내다보았다. 아쉽게도 술취한 아저씨는 금방 지나가 버렸고 한참 뒤에야 젊은 연인들이 다가왔다. 그들은 창 조금 못미친 데서 가볍게 입을 맞추었다.
— 사람이 보는 데서 입맞추고 서로 만지는 건 스스로 사람 권위를 포기한 자들이야.
래영의 말처럼 저들도 사람 권위를 포기한 연인들일까. 아냐. 누가 보고 있다는 걸 저들은 까맣게 모르고 있는 걸. 나 역시 고린이라는 절 근처를 지날 때 그 어둑한 골목에서 래영의 입술을 훔친 적이 있잖아. 권위, 그까짓 게 뭐야. 짐승이 되어도 래영을 저렇게 껴안고 만지고 볼을 비빌 수만 있다면……
— 윤정모, 「님」

위에서 첫째 단락(넷째 문장 이후)은 초점화자(〈그〉, 진국)가 창밖을 내다본 인식내용이다. 그런데 이 부분은 외부 인식임에도 장면제시보다는 초점화자의 의식상태를 보여주는 기능을 하고 있다. 즉, 래영을 그리워하는 진국의 울적한 심리가 반영된다. 이 점에서 이런 외부 인식은 래영의 말(사람이 보는 데서…… 포기한 자들이야)을 회상하며 이어지는 내적 독백과 동일한 기능을 하고 있다. 이처럼 사건진행보다는 초점화자의 심리상태를 반영하는 외부 인식은 전체적인 독백체 서술의 한 부분이라고 할 수 있다. 그리고 심리 제시 기능을 갖는, 인용문과 같은 내적 독백은 장면 제시에 덧붙여지는 내면의식이 아니라 하나의 독립적인 서술의 단위를 이루게 된다.

윤정모의 「님」은 위와 같은 내적 독백이 많아짐으로써 양헌석의 「태양은 묘지 위에…」에 비해 보다 심리주의화된 경향을 보이고 있다. 「태양은 묘지 위에…」에서는 장면제시와 요약서술(회상)로 엮어지는 외부 사건이 주도적이며, 내면의식은 그것에 종속되어 있다. 반면 「님」의 경우 외부 사건(장면제시+회상)과 내면의식(내적 독백)이 거의 대등하게 중요한 기능을 하고 있다. 이는 인용문과 같은 지속적인 내적 독백이 많아지고 있기 때문이다. 그런데 여기서 한 발 더 나아가 외부사건이 주도력을 상실하고 내면의식이 더 우세해지는 경우가 있다.

그는 조심스럽게 온 방안의 물건들을, 조금 전까지 흔들리고 튀

어오르고 덜컹이던 물건들을 하나하나 훑어보기 시작한다.

물건들은 놀랍게도 뻔뻔스러운 낯짝으로 제자리에 가라앉아 있었다. 그는 비애를 느낀다. 무사무사(無事無事)의 안이 속에서 그러나 비웃으며 물건들은 정좌해 있다. 그는 투덜거리면서 스위치를 내린다. 그리고 소파에 앉아 단 설탕물을 마시기 시작한다. 방안 어두운 구석구석에서 수군거리는 소리가 들려온다. 어둠과 어둠이 결탁하고 역적 모의를 논의한다. 친구여, 우리 같이 얘기합시다. 방 모퉁이 직각의 앵글 속에서 한 놈이 용감하게 말을 걸어 온다. 벽면을 기는 다족류 벌레의 발자국 소리가 들려온다. 옷장의 거울과 화장대의 거울이 투명한 교미를 하는 소리도 들려온다.

— 최인호, 「타인의 방」

인용문에서 사물들의 말소리는 실제로는 초점화자의 의식내용이다. 「타인의 방」은 소설의 반 이상이 인용문처럼 사물들과 내면적 대화를 나누는 것으로 되어 있다. 이 소설의 사건은 〈그(초점화자)는 귀가한 후 아내가 없는 쓸쓸한 아파트의 방을 경험했다〉는 단순한 삽화일뿐이다. 소설의 핵심을 이루는 것은 삽화 자체보다는 극심한 소외감에 젖은 초점화자의 의식내용이다.

「타인의 방」처럼 초점화자의 내면의식(내적 독백, 의식의 흐름)이 외부사건보다 우위에 있는 소설형식은 인물시점서술 중에서도 특별한 양상이라고 할 수 있다. 이를테면 「경영」 「맥」 「겨울골짜기」 「태양은

묘지 위에 붉게 타오르고」「강」「님」 등과 구별되는, 「소설가 구보
씨의 일일」「지주회시」「타인의 방」「밤길의 사람들」「덧문 너머의
헝클어진 숨결」「어느 무정부주의자의 하루」의 특이한 서술양상이
다. 초점화자의 의식 내용이 사건의 내용보다 중요한 비중을 차지하
는 후자의 유형을 우리는 〈모더니즘〉 소설이라고 부른다.[33]

인물	외부사건 〉 내면의식	「태양은 묘지 위에 붉게 타오르고」
시점	외부사건 — 내적독백	「님」
서술	외부사건 〈 내적독백(내면의식)	「타인의 방」 : 모더니즘

　　모더니즘 소설은 사건의 객관적 제시보다는 초점화자의 의식내용
을 언어로 형상화하는 데 전력한다. 이 경우엔 혹 사건이 제시되더
라도 초점화자의 의식의 필터를 통과해 나타남으로써 명백한 윤곽
이 흐려지게 된다. 따라서 인물시점서술이 모더니즘에 이르면 사건
진행을 객관적으로 전달하는 소설의 근원상황에서 이탈하는 양상이
나타난다. 서사적 객관화보다는 초점화자의 심리내용을 직접적으로
전달하려는 경향이 두드러지는 것이다. 실제적 화자인 초점화자의

---

33) 외부사건이 주도력을 상실하고 내부사건이나 내면의식이 중요시되는 모
　　더니즘 소설들을 아우얼바하는 현대사회의 새로운 리얼리즘이라고 부르고
　　있다. 『미메시스』(민음사, 1979), pp.237~274참조.

내면상태를 직접 표출하는 점에서, 이러한 양상은 오히려 앞서 살펴본 서정양식의 전달상황과 유사성을 지닌다. 서정적 소통상황에 접근하는 모더니즘 소설은 서사양식의 내성화 경향을 보여준다. 그러나 모더니즘 소설을 서정양식으로의 탈선으로 볼 수는 없다. 왜냐하면 객관적 사건이 다소라도 제시되며, 초점화자라는 특수한 존재가 중심에 놓이고, 또 화자의 서정적 의식이 아닌 초점화자의 복합적 내면의식이 전달내용이기 때문이다.

모더니즘 소설은 사건 내용이 의식 내용으로 해체됨으로써, 객관적 현실성을 포기한 리얼리즘의 와해현상으로 받아들여질 수 있다. 그러나 우리 소설들을 살펴보면, 모더니즘과 리얼리즘이 반드시 상치되는 형식으로 나타나지는 않는다. 우리 모더니즘 소설은 크게 두 유형으로 나눠지는데, 그중 하나는 외부 사건(행동)이 약화되는 근거가 주인공(초점화자) 자신에(혹은 환경 자체에) 포함되어 있는 경우이다. 즉, 주인공이 실직자 상태에 있거나(「딱한 사람들」, 「밤길의 사람들」) 다른 사람들로부터 소외되는 경험(「타인의 방」)을 함으로써 객관적 사건에 연루되지 못하는 것이다. 이러한 주인공들은 내면의식에 몰입하면서도 자신을 무력화시킨 현실모순에 저항하는 태도를 보인다. 여기에 속하는 소설로는 「지주회시」, 「딱한 사람들」, 「거리」, 「타인의 방」, 「밤길의 사람들」을 들 수 있다. 이 소설들은 모더니즘이면서 또한 비판적 리얼리즘의 성격을 지니고 있다.

두 번째 유형은 일상인의 평범한 생활을 그리면서 초점화자(주인공)의 내면에 숨겨져 있는 의식의 편린들을 보여준다. 예컨대, 최수철의 「소리에 대한 몽상」「도주」「어느 무정부주의자의 하루」 등이 그것이다. 이 소설들은 대부분 파편화된 삶을 개인의 의식체험을 통해 반영하고 있다. 삶은 이미 위대한 질서로써 총괄하기 어려워졌으며, 잘게 나누어진 파편들을 일상적 체험으로 인식할 수 있을 뿐이다. 이러한 현실인식은 앞에서 살펴본 사회주의 리얼리즘과는 근본적으로 상이한 것이다. 사회주의 리얼리즘이 새로운 질서를 지향하는 집단적 인물들을 그리고 있다면, 모더니즘(두 번째 우형)은 스쳐가는 체험 속에서 삶을 확인하는 고독한 개인을 형상화하는 것이다.

7.
1인칭 서술상황

1) 1인칭 주인공 서술의 근본상황

1인칭 서술은 이야기 세계에 등장하는 인물이 소설의 화자 역할을 맡는 경우이다. 즉, 이야기 속의 어떤 인물이 일정 시간이 경과한 후 지난 일을 서술하는 화자로 나서는 것이다. 화자는 과거의 일들을 회상하면서, 바로 자기 자신인 이야기 속의 특정한 인물을 〈나〉라고 지칭한다.

1인칭 서술에서 가장 중요한 사실은, 이야기에 등장하는 〈나〉로 불리는 〈인물〉과 그를 〈나〉로 부르는 〈화자〉가 시간적 거리를 두고 떨어져 있다는 것이다. 서술의 행위는 시간적 거리를 확보했을 때 비로소 가능해지며, 이 점은 1인칭 서술의 경우에도 예외는 아니다. 등장인물이 곧 화자라는 것은 사건을 체험하면서 곧바로 그 사건을 서술할 수 있음을 의미하지는 않는다. 그보다는 사건을 〈체험〉한 어떤 인물이 얼마간 시간이 흐른 후 그 사건을 〈서술〉하는 화자의 역할을 한다는 뜻이다. 따라서 사건을 〈체험하는 '나'〉와 그것을 〈서술하는 '나'〉 사이에는 시간적 거리가 존재한다. 시간적 거리를 두고 떨어져 있는 두 개의 〈나〉 중 전자를 〈체험적 자아〉, 후자를 〈서술저 자아〉로 부른다.

체험적 자아와 서술적 자아의 관계는 3인칭 소설에서 인물과 화자의 관계에 상당부분 대응된다. 3인칭 소설에 인물시점과 화자시점이 있듯이, 1인칭 소설에도 체험적 차아의 시점과 서술적 자아의 시점이 있을 수 있다. 또한 3인칭에서 화자의 개입이 많은 화자시점 서술과 화자가 사라진 듯한 인물시점서술이 있듯이, 1인칭 서술에도 서술적 자아의 개입이 많은 경우와 서술적 자아가 사라진 듯한 체험적 자아시점서술이 존재한다. 그러나 1인칭 서술에서는 이야기 내의 인물의 기능에 따라 주인공 서술과 목격자 서술로 나눠지며, 주인공 서술인 경우에도 전지적 시점은 불가능하다는 제약이 따른다. 그 대신 인물과 화자가 동일인이라는 사실에 의해 1인칭 서술의 독특한 특징들이 생겨나게 된다.

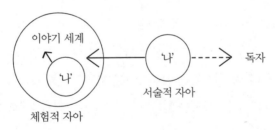

1인칭 서술상황 (실선 : 시점, 점선 : 서술)

1인칭 서술상황을 이해하기 위해서는 먼저 체험적 자아와 서술적 자아의 관계를 파악해야 한다. 1인칭 서술에서는 과거의 〈나〉에 대한 감회를 포함한 서술적 자아의 〈서술〉 부분과, 서술적 자아가 체험적 자아의 의식에 동화되는 〈묘사〉 부분이 섞여져서 나타난다. 각기 상이한 의식내용을 내포한 두 종류의 언어(서술과 묘사)는, 두 자아의 긴장관계를 고조시키거나 이완시키면서 서술을 진행한다.

그러나 소설에서는 두 종류의 언어가 혼합되어 나타나므로, 우리는 1인칭 서술의 독특한 특징인 두 자아의 긴장관계를 간과하기 쉽다. 반면 영화나 만화에 1인칭 서술이 도입되는 경우, 〈묘사〉 부분이 영상이나 그림으로 전환됨으로써, 나머지 (서술적 자아의) 〈서술〉 부분이 영상이나 그림에 합성되는 양상을 관찰할 수 있다. 따라서 먼저 만화의 영화의 예를 통해, 서술적 자아와 체험적 자아의 분리된 상태를 확인해 보자.

위의 만화에서 〈 '나' 로 지칭되는〉, 목에 밧줄을 맨 사내가 바로 체

험적 자아이다. 인용된 만화는 체험적 자아의 행동을 그림과 내적 독백으로 묘사하고 있다. 그림 부분은 체험적 자아가 여자를 보고 자살을 포기하는 모습이며, 아랫줄에서 구름 표시에 둘러싸인 언어는 그 순간 그의 내적 독백이다. 그림과 내적 독백은 이야기 세계의 어느 한 장면을 보여주고 있다.

그러면 윗줄에 나타난 언어는 누구의 것일까. 이 부분의 언어는 명백히 체험적 자아의 내적 독백은 아니다. 그것은 아랫줄의 언어와는 달리, 구름 표시에 둘러싸이지 않았을 뿐만 아니라 체험적 자아의 행동에 대해 어떤 평가를 내리고 있기 때문이다. 이 부분의 언어는 이야기로부터 거리감을 둔 상태에서 발화된, 이야기 내부의 체험적 자아에 대한 서술이다. 이야기 바깥에서 체험적 자아를 〈'나' 로 지칭하며〉 서술하는 또다른 〈나〉는 서술적 자아이다. 서술적 자아는 이야기 바깥에 존재하므로 그의 모습은 그림으로 나타날 수 없다. 그리고 발화자가 그림에 나타나지 않기 때문에, 그의 언어는(윗줄에서처럼) 발화자를 명시하는 구름 표시(내적 독백)나 풍선 표시(대화)로 묶여질 수 없다.

요컨대 윗줄의 언어는 서술적 자아의 서술이며, 그 언어를 발화한 서술적 자아는 이야기(그림세계) 바깥에 존재한다. 이처럼 위의 만화는 그림과 내적 독백(혹은 대화)으로 묘사되는 이야기 내부의 〈나〉 이외에, 사건에 대해 거리감을 두고 서술하는 이야기 외부의 〈나〉가 존재함을 보여준다. 똑같은 〈나〉이지만, 체험적 자아와 서술적 자아는 시간적 거리를 두고 각각 이야기 내부와 외부에 분리되어 있다.

만화뿐만 아니라 1인칭 서술이 도입된 영화 역시 체험적 자아와 분리된 서술적 자아의 존재를 분명히 보여준다. 에를 들어 「추락하는 것은 날개가 있다」를 생각해 보자. 이 영화에는 화면에 발화자의 모습이 나타나지 않은 채 목소리만 들려오는 부분이 모두 8군데 있다. 물론 목소리는 전부 이 영화의 화자, 임형빈(손창민)의 것이다. 임형빈이 화자라는 사실은, 영화의 앞뒤에 그가 피화자(오스트리아 주재 한국영사)에게 이야기를 서술하는 장면이 나타남으로 알 수 있다.

이 영화를 액자형식으로 이해했을 때, 내화(액자 안의 이야기)의 화자인 임형빈은 화면에 나타나는 과거의 자신을 〈나〉로 지칭하며 서술을 한다. 일례로 중간 부분에서 그는 이렇게 말한다. "그것이 그녀와의 마지막이었습니다. 나는 그녀가 가겠다고 한 곳이 어딘지를 직감할 수 있었으니까요…… 입사한 후 부모님의 중매로 결혼을 했습니다. 하지만 나는 아내를 사랑할 수 없었고…… 세상에는 단 한 번밖에 사랑할 수 없는 심장을 가진 사람이 있다는데 불행히도 내가 그런 사람이었습니다." 이 목소리와 함께 말쑥한 차림으로 변한 임형빈의 모습이 화면에 비쳐진다. 그러나 똑같은 임형빈이지만, 이 부분의 그의 목소리는 화면에 나타난 그의 것이 아니다. 임형빈의 목소리는 화면에 비쳐진 자신을 〈나〉로 지칭하며 서술하는, 이미 모든 일이 벌어지고 난 이후의 〈나〉, 즉 살인사건에 대해 영사에게 이야기하는 서술적 자아의 것일 터이다. 우리는 이 부분에서도 화면에 비쳐진 〈나〉(체험적 자아)와 목소리로 나타나는 〈나〉(서술적 자아)가 시간적 거리를 두고 분리되어 있음을 볼 수 있다.

만화나 영화에서는 체험적 자아(모습, 대화, 내적 독백)와 서술적 자아(서술)가 분리된 상태에서 그림(화면)과 언어(목소리)로써 합성되어 나타난다. 반면에 소설에서는 모든 것이 언어로 처리되므로 양자를 구분하기가 쉽지 않다. 더욱이 소설에서는 서술적 자아의 개입이 매우 빈번하며 한 문장 안에 서술과 묘사가 섞여 있을 수도 있다.

그러나 1인칭 소설에서 두 자아 사이의 관계는 영화나 만화와 다름없으며, 단지 언어를 매개로 더욱 혼합되어 나타날 뿐이다. 따라서 소설에서도 서술적 자아의 〈서술〉 부분과 체험적 자아에 대한 〈묘사〉 부분이 구분 불가능한 것은 아니다. 이제 영화와 만화의 경우를 염두에 두면서, 「추락하는 것은 날개가 있다」의 원작 소설을 통해 두 자아의 관계를 살펴보자.

60년대의 중반에서 70년대의 중반에 걸쳐 그의 20대를 보냈던 한국사람이라면, 언뜻 보아 의미없어 보이는 10년 단위의 그 연대가 가지는 차이를 대개는 알 것입니다. 그것은 막걸리와 생맥주의 차이이며, 젓가락 장단과 통기타 반주의 차이이고, 목 자른 군화와 청바지의 차이입니다. 작부와 호스테스의 차이이고, 다방과 고고홀, 가락국수와 라면의 차이일 수도 있지요.(가)

이튿날 아침 나는 눈을 뜨자마자 윤주에게로 달려갔다. 윤주도 아마도 앉은 채로 밤을 새웠음에 틀림없었다. 이불을 편 흔적도 없이 내가 떠날 때의 그 옷차림에 그 자세로 방안에 우두커니 앉아 있다가 핼쑥 질린 얼굴로 방문을 여는 나를 바라보았다. 나는 갑자기 콱 막혀 오는 가슴으로 숨을 헐떡이며 마당에 신발을 뿌리고 방안으로 뛰어들어가 그녀를 쓸어안았다.

"서윤주, 나는 어젯밤…… 이 방에서 내 순결한 첫사랑에게 동정(童貞)을 바쳤다. 이제 나는…… 그녀와 함께 - 남은 삶을 채워갈 것이다. 그녀와 결혼하고…… 그녀와 결혼하고…… 그녀의 몸을 빌어 - 내 아이들을 낳을 것이다."

나는 그 말이 스물한 살의 대학교 3학년에게 얼마나 어울리지 않는 것인지, 그리고 그 표현방식이 얼마나 과장되고 어색한지 따위를 생각해 볼 겨를도 없이 목이 메어 더듬거렸다. 그녀는 물줄기가 흥건한 눈길로 나를 가만히 올려보며 가늘게 몸을 떨고 있을 뿐이었다.(나)

그게 잘못 본 게 아니라고 천 번이라도 자신 있게 말할 수 있습니다만, 세상에서 그렇게도 만족과 평온에 찬 사랑의 눈길이 있을까요? 거기다가 또 그녀는 정신을 잃기 직전, 안간힘을 다해 내 귀에 속삭였습니다.

"그래…… 됐어…… 실은 나도 하루하루 꺼져가는 촛불 같은 우리 삶을…… 망연히 보고 있기가 괴로왔어…… 그런데…… 그런데 말이야…… 바보같이 너는 왜…… 일찌감치 내게서 달아나지 않았어? 그렇게도 여러 번…… 기회를 주었더랬는데…… 이렇게 함께 추락하는 게 안쓰러워……"(다)

"그런데, 어느 쪽이 진실이었을까요? 그녀가 방을 나서려 하며 가로막는 내게 쏘아붙인 말들과 끌어안겨 피 흘리며 내게 속삭인 말들 가운데서…… 아니, 그녀는 어떤 여자였을까요? 여자라는, 성으로 구분된 보편적인 집단의 한 예외였을까요? 아니면 70년대 초의 한국적 상황과 한참 위세를 떨치던 아메리카니즘이 우리 딸들을 돌게 해 만들어낸 한 특수한 예외였을까요……"(라)

「추락하는 것은 날개가 있다」(이문열)는 액자소설로서, 외화 부분에서는 임형빈의 얘기를 듣는 한국인 영사가 1인칭 화자로 되어 있다. 따라서 외화 부분에서 임형빈의 말은 (라)처럼 인용부호로 묶여 있다. 그러나 내화로 진입하면, 임형빈이 화자(서술적 자아)가 되므로 인용부호가 풀린 채로 서술이 이어진다. 즉 내화의 첫 부분인 (가)의 경우이다.

(나)에서 말투가 바뀐 것은, 이야기(내화)가 진행됨에 따라 서술적 자아(영사에게 진술하는 임형빈)가 체험적 자아(회상되는 임형빈)에 동화되는 부분이 많아짐으로써, 더이상 영사에게 진술하는 말투를 견지하

기 어려웠기 때문이다. (나)의 첫 단락은 체험적 자아의 행동을 묘사한 것으로, 서술적 개입이 거의 없는 극화된 장면이다. 그러나 똑같은 장면 묘사임에도 불구하고 셋째 단락에는 서술적 자아가 개입한 흔적이 나타나 있다. 즉, 밑줄친 부분은 〈서윤주에게 말하는 임형빈〉의 생각이 아니라 〈영사에게 진술하는 임형빈〉의 사고 내용인 것이다.

(다)는 내화의 마지막 부분으로 다시 진술체의 말투로 돌아와 있다. 따라서 전체적으로는 서술체이지만 이 부분에서 묘사가 사라진 것은 아니다. 첫 문장은 묘사를 조금 포함한 서술이고, 둘째 문장은 거의 묘사에 가까우며 나머지는 서윤주의 말을 인용한 것이다. (라)는 (다)에 이어쓸 수 있는 임형빈의 말이지만, 외화로 나옴으로써 인용부호에 묶여져 있다.

이상에서처럼 이 소설의 내화부분은 서술적 자아와 체험적 자아가 상호 혼합되는 가운데 서술이 진행된다. 일반적으로 1인칭 서술에서는, 분리된 두 개의 자아가 서술과 묘사를 통해 혼합되며, 그로 인해 다음과 같은 특징을 나타낸다.[34] 먼저 서술적 자아와 체험적 자아는 시간적 거리를 두고 긴장관계를 이루고 있다. 즉, 위의 소설에서 살인자로서의 임형빈과 서윤주를 사랑하던 임형빈 사이에는 어떤 긴장이 존재한다. 그러나 일단 서술이 진행되면, 양자 사이의 거리를 유지하는 서술 부분과 체험적 자아에 동화되는 묘사 부분이 수시로 교차되며, 그에 따라 두 자아 사이의 긴장은 고조되거나 이완

34) Franz K. Stanzel, 『소설형식의 기본유형』(탐구당, 1982), pp.49~76.

된다. 그리고 서술이 종말에 가까워지면서 시간적 거리는 점차 사라지고, 두 자아는 일치점을 향해 나아간다. 그때 서술적 자아의 감회가 마침내 체험적 자아에게 전이되는 순간이 오는데, 그것은 〈나〉의 일생에 중대한 변화를 초래하는 사건이 일어나는 순간이다. 예를 든다면, 「추락하는 것은 날개가 있다」에서의 살인사건, 「탈출기」의 출가의 순간, 「날개」에서의 집으로부터 멀어지는 행동, 「이방인」에서 아랍인을 쏘는 순간 등이다. 그 사건을 계기로 〈나〉의 운명은 뒤바뀌게 되며, 이 순간에 체험적 자아는 거의 서술적 자아와 일치된다. 「추락하는 것은 날개가 있다」에서 서윤주를 쏜 후 임형빈의 운명은 뒤바뀌며 살인자가 된 그는 그 이전의 자신보다는 서술적 자아 쪽에 더 가까워지게 된다. 이 소설에서 임형빈은 살인의 충격으로 치매상태에 빠지지만, 많은 다른 소설에서 〈나〉는 이제까지의 전 체험을 되돌아보면서 격정에 싸여 인생에 대한 중대발언을 하게 된다. 「탈출기」에서 박 군은 "우리는 여태까지 속아 살았다…… 우리는 우리로서 살아온 것이 아니라 어떤 험악한 제도의 희생자로서 살아왔다…"고 외치며, 「날개」의 〈나〉는 "그것은 내 인공의 날개가 돋았던 자국이다. 오늘은 없는 이 날개, …… 날자. 날자. 날자. 한번만 더 날자꾸나"라고 말한다.[35] 이 부분은 소설의 종말을 이루는데, 얼마 시간이 지난 상태에서 서술적 자아가 체험적 자아로부터 거리감을 두게 되면 소설의 처음이 시작되는 것이다.

---

35) 물론 둘 다 내적 독백으로 나타난다.

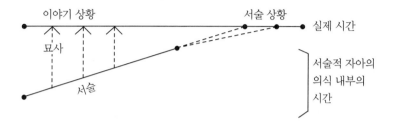

이처럼 1인칭 서술은 서술적 자아가 자신의 운명을 바꿔놓은 사건에 대해, 왜 그런 일이 불가피했는가를 토로하는 성격을 갖는다. 즉, 자신의 모든 체험을 〈진실을 입증하는 형식〉[36]으로 고백하려는 것이다. 그 과정에서 자아에 대한 이해 및 세계와 〈나〉와의 관계가 해명된다.

이상에서 살펴본 특징들은 특히 1인칭 주인공 소설에서 나타나는 요건들이다. 1인칭 서술 중에는 물론 위의 유형만이 존재하는 것은 아니다. 다음에서는 1인칭 서술의 여러 가지 다른 유형들을 살펴보자.

2) 1인칭 서술의 여러 가지 유형

1인칭 서술의 여러 가지 유형들은 다음의 두 가지 조건에 의해 생겨난다. 첫째는 체험적 자아의 이야기 내적 기능에 의한 것으로 주인공 서술과 목격자 서술로 구분된다. 둘째는 체험적 자아와 서술적

36) Franz K. Stanzel, 앞의 책, p.58, pp.70~71.

자아의 다양한 관계설정에 의해 나타난다. 여기서는 특히 두 번째 조건에 유의하면서 갖가지 서술양상을 고찰하기로 한다.

체험적 자아와 서술적 자아의 관계에 있어서, 후자의 이야기에 대한 개입 정도에 따라 수많은 서술방식이 나타날 수 있다. 그러나 우리는 몇 가지 특수한 경우만을 살펴보기로 한다. 먼저 서술적 자아의 개입이 극단화됨으로써 체험적 자아는 주석·평가·어조 등을 자유자재로 구사함으로써 하나의 인물처럼 드러나는 반면, 체험적 자아는 그(서술적 자아)의 서술의 여과장치를 통해 어렴풋이 그려질 뿐이다.

채만식의 「치숙」을 보면, 서술적 자아가 하나의 인물처럼 극화됨으로써 그가 제시하는 인물들은 화자(서술적 자아)의 특이한 성격·의식·사고에 물들여져서 나타나고 있다. 이 소설은 1인칭 목격자서술인데, 서술적 자아의 인물화된 형상은 소설 전면에 떠오르는 반면, 주인공 오촌 고모부는 화자의 언어 뒤편에 가려지고 있다.

> 우리 아저씨 말이지요, 아따 저 거시키, 한참 당년에 무엇이냐 그놈의 것, 사회주의라더냐, 막걸리라더냐, 그걸 하다 징역 살고 나와서 폐병으로 시방 앓고 누웠는 우리 오촌 고모부(姑母夫) 그 양반……
> 머, 말두 마시오. 대체 사람이 어쩌면 글쎄…… 내 원!
> 신세 간 데 없지요.

자, 십년 적공, 대학까지 공부한 것 풀어 먹지도 못했지요, 좋은 청춘 어영부영 다 보냈지요, 신분(身分)에는 전과자(前科者)라는 붉은 도장 찍혔지요. 몸에는 몹쓸 병까지 들었지요, 이 신세를 해 가지굴랑은 굴속 같은 오두막집 단간 셋방 구석에서 사시장철 밤이나 낮이나 눈 따악 감고 드러누웠군요.

위에서 화자(서술적 자아)는 단순히 오촌고모부에 대해 서술하기만 하는 것이 아니라 동시에 자신의 모습을 극화시키고 있다. 서술적 자아의 서술은 일반 소설의 형식화된 문체(~했다, ~한다 등)가 아닌 개성화된 대화체로 전개되고 있다. 이처럼 화자의 존재가 극화되어 전면에 부각됨으로써, 그 대신 이야기의 극화된 장면제시는 매우 적어지며, 체험적 자아 및 인물들의 형상은 화자의 의식상태에 영향을 받게 된다.

인용문처럼 화자가 극화되는 경우 독자는 화자를 개성적인 인물로 느끼게 되는데, 이때 가장 문제가 되는 것은 그의 서술에 대한 신뢰성이다. 화자는 객관적 제시를 책임지기보다는 마치 등장인물의 대화처럼 서술하므로, 이야기의 수용에 있어서 화자의 의식상태나 세계관에 대한 판단이 전제되어야 하는 것이다.

그러나 「치숙」의 화자는 여러 모로 신뢰성 없는 언어내용을 발화하고 있다. 따라서 독자는 그의 서술을 액면 그대로 받아들일 수 없으며, 흡사 부정적 인물의 말을 이해할 때처럼 정정해서 받아들여야 한다. 이처럼 서술적 자아가 하나의 인물로서 부각되는 경우, 그에 대한 신뢰성의 정도에 따라 독자는 서술 내용을 재조정해서 수용하게 된다.

「치숙」과는 반대로 서술적 자아의 개입이 거의 사라지고, 체험적 자아의 행동·의식이 그 자체로서 제시되는 듯한 경우가 있다. 이는 3인칭 인물시점서술과 비슷한 양상이다. 물론 〈나〉를 사용함으로써 느껴지는 고백체의 특이한 효과는 사라지지 않지만, 예컨대 김인숙의 「부정」을 인물시점서술로 바꿔서도 크게 달라지는 바는 없을 것이다.[37] 인물시점서술이 초점화자의 의식내용을 부각시키는 내적 독백체로 진전되듯이, 체험적 자아 서술 역시 모더니즘 형식(내적 독백체)으로 나아갈 수 있다. 예를 들어, 박태원의 「거리」나 최수철의 「신문과 신문지」를 3인칭 내적 독백체로 고쳐써도 크게 변화되는 것은 없는 것이다.

> 이제 더 이상 빛은 빛이 아니었고, 어둠은 어둠이 아니었다. 빛이 타올라 빛과 어둠이 되었고, 어둠이 타올라 다시 빛과 어둠이 되었다. 그러면서 서서히 빛과 어둠의 구분마저 사라져갔다. 마침내 나는 그곳에서 불이 켜지고 꺼진 모든 부분들이 함께 어우러져 만들어내는 무한히 변화무쌍한, 무수한 형태들을 발견했다. 그리고 그때 나는 공포감에 가까운 희열에 사로잡혔다. 나는 나의 두 눈이 잔뜩

---

37) 이 소설의 경우에는 인물시점서술로 바꾸는 것이 더 나을 수도 있다.

충혈되어 있음을 느낄 수 있었다.

— 최수철, 「신문과 신문지」

인용된 부분뿐만 아니라 이 소설 전체는 체험적 자아의 의식내용을 추적하는 서술로 되어 있다. 이러한 서술에서는 〈나〉를 〈그〉로 바꿔서도 소설의 효과가 거의 달라지지 않는다. 서술적 개입이 극소화됨으로써 서술적 자아와 체험적 자아의 관계에서 생기는 1인칭의 독특한 특징이 형성되지 않기 때문이다.

「신문과 신문지」와 극단적으로 대조되는 것으로, 체험적 자아의 존재가 완전히 사라진 경우도 있다. 「치숙」의 경우에는 체험적 자아(목격자) 및 주인공의 형상화가 약화되었다뿐이지, 여전히 체험적 자아와 이야기 세계는 그려지고 있다. 그러나 놀랍게도 체험적 자아의 존재가 완전히 소멸된 소설이 있다. 이는 매우 실험적인 경우라고 할 수 있다. 왜냐하면 체험적 자아의 소멸은 이야기 세계의 소멸을 의미하기 때문이다.

— 독자여, 안녕하셨는가? 나는 이 소설의 작가 이인성이다. 다름 아닌 당신에 대한 소설을 쓰며, 나는 지금….

인사를 적다가 문득, 나는 지금, 당신이 이 인사법에 주목해 주었으면 좋겠다는 생각에 쏠린다. 나는 물론 이 소설의 이야기꾼이지만, 이 소설에선 이야기꾼으로서의 다른 이름을 가지고 있지 않다.

나는 본문 안에서도 여전히 이 책 표지에 인쇄되어 있는 이름의 존재와 동일한 이인성이고자 하는 것이다. 이상하게 들릴지 모르겠는데, 이 점은 퍽 중요하다. 지금, 나는, 그 동안 줄곧 그래왔고 앞으로도 대개는 그럴 것이듯이, 내 소설 속에 나오는 다른 이야기꾼이 되기를 애써 피한다.

「당신에 대해서」(이인성)라는 소설은 인용문과 같은 서술적 자아의 서술을 지속적으로 제시한다. 인내심을 가지고 어떤 이야기가 나타나기를 기다리지만, 결국 마지막 문장에 이르기까지 아무런 사건도 일어나지 않는다. 이 소설에는 서술만이 존재할 뿐 이야기는 존재하지 않는 것이다. 그 대신 이 소설의 서술적 자아는 창작 및 독서과정에 대한 자기반성을 제기한다. 인용문은 서술적 자아가 작가와 화자의 관계에 대한 이해를 드러내는 부분이다. 이처럼 화자는 독자와의 대화를 통해, 소설이 창작되어 독자에게 소통되는 상황 자체를 사건화한다. 이러한 소설들은 현실을 이야기로서 반영하는 것이 아니라, 소설의 창작 및 독서과정을 통해 현실이 반영되는 과정 자체를 반영하려 시도하는 것이다.

이런 유형의 소설은 사건을 내면의식으로 해체했던 모더니즘 소설보다 한층 더 급진적인 실험성을 드러낸다. 모더니즘 소설은 서사성이 와해되고는 있지만 소설의 근본형식은 유지하고 있었다. 이에 반해, 새로운 실험소설은 소설의 형식 자체를 해체시키려 시도한다.

이처럼 소설형식에 대한 자기반성적 해체를 기도하는 소설을 일반적으로 〈포스트모더니즘〉으로 일컫는다. 포스트모더니즘은 20세기 후반 미국을 중심으로 일어난 문화현상으로서, 오늘날에는 미국뿐 아니라 서구와 제3세계에까지 퍼져가고 있다. 소설의 경우, 전통적 형식에 대한 자기반사적 형태로 부각되고 있는데, 여기에 관련된 문제들은 다음 장에서 검토하기로 한다.

1.
사회주의 리얼리즘과 모더니즘

 소설의 형체가 허물어진 소설들이 나타나고 있다. 우리는 그 기이한 작문들을 아직도 소설이라고 부를 수 있을 것인가, 아니면 그것들을 소설이 사멸해 가는 신호로 수용해야 할 것인가. 이른바 실험소설에 대한 평가가 어떻게 내려지든 간에, 그 엄존하는 문화현상들은 소설의 죽음과 생존에 대해 재고할 필요성을 알려준다.

어떻게 보면, 소설이 변해 가고 있다는 사실은 매우 당연한 일로 여겨진다. 인간의 삶의 변화와 더불어 소설은 매번 변신을 거듭해 왔으며 미래의 전개 역시 마찬가지일 터이다. 20세기 후반 이후 자본주의의 새로운 전개는 마땅히 새로운 문학형식을 요구하고 있는 것이다. 이 시기에 소설이 자기 자신을 해체해 가고 있는 현상은. 일종의 매체의 변혁기에 처하여, 언어매체 서사물의 붕괴를 막기 위한 응급조치일지도 모른다.

좁은 의미에서의 소설[1](혹은 근대소설, novel)은 발흥기의 자본주의 문화에 상응하는 서사물로 이해된다. 그 이후로 역사적 진행에 따라

---

1) 좁은 의미에서의 소설(novel)이란 고소설이나 실험적인 모더니즘 소설을 제외한, 비판적 리얼리즘 형식의 전통적 소설을 말한다.

소설은 이미 변화를 보여왔으며, 그것은 다음의 두 가지 방향으로 나타났다. 첫째로 주목되는 것은 인물과 플롯에 있어서의 질적인 변화이다. 소설(혹은 비판적 리얼리즘)은 인물과 환경의 상호작용을 통해 개인과 사회의 대립 · 개인의 비판의식 · 사회현실의 부정성 등을 반영하며, 주인공의 외적 패배와 내면적 승리라는 이중적 관계를 아이러니로 형상화한다. 그러나 인물과 환경의 변화된 관계를 통해 집단과 사회의 대립 · 사회모순에 대한 집단의 저항 · 새로운 사회에 대한 신념을 반영하면서, 집단적 인물들의 미래의 승리를 담아내는 소설들이 나타나기 시작했다. 근본적으로 사회주의 이념을 지향하는 사회주의 리얼리즘 소설이 바로 그것이다. 사회주의 리얼리즘은 양식상 소설의 테두리를 벗어나서 서사시에 접근하는 특징을 보여준다. 그러나 고대 서사시와 구별되는 점은, 개인과 집단의 즉자적 통일이 아니라 대자적 통일을 지향하며, 각 개인들의 의식의 각성이 중요하게 형상화된다는 것이다.

소설의 변화된 두 번째 경로는 앞의 경우와는 반대로 개별화와 내면화가 심화되는 방향으로 나타났다. 인물이 환경과 반응하기보다는 내면의 주관세계로 들어가기 시작한 것이다. 이로써 인물과 환경은 쉽게 파악되지 않는 복잡한 관계나, 도저히 알 수 없는 미지의 관계로 인식된다. 성숙기를 지난 자본주의 문화에 상응하는 모더니즘 소설이 여기에 해당된다. 모더니즘 소설은 아이러니적 구조에서 벗어나 신화적 구조에 다가가는 경향을 나타낸다. 모더니즘의 신화적 구조는 현실을 총체적으로 파악하기 어려워진 데 기인된 것으로, 합리적 인식력의 미발달에 근거하는 고대 신화와는 구별된다.

이러한 소설의 두 가지 변화 경로는, 서사양식의 발전에 있어서 한 쪽 극단에서 다른 쪽 극단으로의 회귀를 연상시킨다. 노드롭 프라이가 모더니즘을 염두에 두고 언급했던 말[2]을 우리는 양쪽 측면에 다 적용시킬 수 있는 것이다. 양식의 발전에 따라 점점 더 현실의 재현에 충실해지려는 원리는 사회주의 리얼리즘에 이르러 반대극단인 서사시로 되돌아가려는 경향을 나타낸다. 여기서는 삶의 비속화와 평속화 대신에 영웅과 이상을 다시 형상화한다. 다른 한편, 박진성의 원리는 모더니즘에 와서 반대의 출발점 신화로 회귀하려는데, 즉 현실주의와 합리주의를 넘어서서 환상과 비합리성의 영역이 부활된 것이다.

그러나 이런 변화가 소설이 다른 양식으로 대체되었음을 의미하는 것은 아니다. 두 가지 양식들과 더불어 전통적인 소설들이 계속 창작되고 있으며, 새로운 두 양식 속에서도 전통 소설의 요소가 아주 절멸해 버린 것은 아니기 때문이다. 즉 여전히 전통소설이 주류를 이루고 있고, 사회주의 리얼리즘과 모더니즘도 옛 이름인 소설의 개념 아래 포괄될 수 있다. 실제로 사회주의 리얼리즘이나 모더니즘은 상당히 제한된 독자를 가지고 있으며, 이제까지 바판적 리얼리즘이 누려온 전 세계적 전성기를 이루지 못하고 있다. 사회주의 리얼

2) N. 프라이, 임철규 역, 『비평의 해부』(한길사, 1982), pp.76~77.

리즘은 사회주의 국가나 제3세계에서 성행하지만 미국이나 서구에서는 거의 찾아볼 수 없다. 이는 물론 이데올로기와 문학 간의 밀접한 연관성을 보여주는 것이다. 그러나 이데올로기적 조건이 마련된 제3세계에서도 크게 흥륭하지 못하는 것은 이 양식이 빈번히 관념화되는 경향을 보이기 때문이다. 사회주의 리얼리즘이 보다 많은 독자를 얻으려면, 교조주의를 벗어나 새로운 전 세계적 현상들을 섭취하는 유연성을 지녀야 한다.

모더니즘의 경우에는 보다 더 적은 수의 독자를 갖고 있다. 에컨대 조이스의 「피네건의 경야」를 진정으로 즐기는 독자가 과연 몇이나 되겠는가. 우리는 주변에서 「율리시스」나 「피네건의 경야」를 극찬하는 사람을 이따금씩 보게 된다. 그러나 그들은 일종의 이상적 독자일지는 몰라도 결코 평범한 독자라고 말할 수는 없다. 세계의 대부분의 사람들은 「율리시스」의 훌륭함을 인정하면서도, 다른 한편 그 작품을 완독하기 위해서 적지 않은 인내심이 필요함을 느낀다. 어려운 학술서적을 읽듯이 문학작품을 독서하는 것이 과연 바람직한 것인가는 자못 회의스러운 일이다.

이런 식으로 말하는 것은 결코 모더니즘을 폄하하려는 것은 아니다. 단지 대중성을 얻는 측면에서 이 양식이 문제점이 있음을 지적하려는 것이다. 물론 모더니즘 소설이 모두 조이스의 작품처럼 지독하게 난해한 것은 아니며, 또 루카치의 비판처럼 퇴폐적인 요소로 가득차 있는 것도 아니다. 모더니즘은 자본주의 문화의 새로운 단계에 상응해서 나타났으며 전통소설의 형식에 일정한 충격을 준 것도 사실이다. 우리가 구분해야 할 것은 단순히 실험적인 기분을 즐기는 유희적인 모더니즘과 새로운 기술문명의 도전에 대처하려는 진지한 모더니즘과의 차별성이다.

이런 측면에서 모더니즘은 리얼리즘과 이분법적으로 대립해 있는 것만은 아니다. 리얼리즘은 루카치가 말했듯이, 현실의 총체성을 반영하는 문학양식이다. 현실은 표면적인 현상만으로 그려지지 않으며, 감춰진 총체적 연관관계를 형상화해야만 드러난다. 자본주의가 위기상황에 이르자 직접적 경험의 재료들만 가지고는 현실을 총체적으로 그리기 어려워졌다. 왜냐하면 이 시기에 자본주의 생활이 직접성에 사로잡힌 사람들은 현실을 균열상태로 체험하기 때문이다. 루카치는 바로 그 (현실의) 균열상태의 표면에만 집착하는 문학이 모더니즘이라고 비난했다.[3] 그는 직접적인 경험에만 매달리는 것을 지양하고 숨겨진 연관관계를 찾아내거나(비판적 리얼리즘), 새로운 현실의 긍정성에 주목했을 때(사회주의 리얼리즘) 총체성의 전망이 획득된다고 생각한 것이다.

그러나 모더니즘의 〈파편화된 현실묘사〉가 반드시 〈현실의 상실〉과 〈인격의 해체〉를 가져온다고 생각되지는 않는다. 17년 동안의 사투 끝에 완성된 「피네건의 경야」가 어떻게 단지 신경증적 저항이나

---

3) 루카치 外, 홍승용 역, 「문제는 리얼리즘이다」, 『문제는 리얼리즘이다』(실천문학사, 1985), pp.72~110.

인격의 정신병리학적 해체로만 설명될 수 있겠는가. 물론 이 작품에는 총체성의 전망이 보이지 않으며 조각난 현실의 파편들이 어른거릴 뿐이다. 하지만 제임스 조이스의 고독한 싸움은 전혀 무용한 실험적 유희는 아니었다. 그 역시 미학적으로 하나의 리얼리티(현실)를 형상화하려 애썼으며, 그것은 전통 소설과는 다른 방식으로 이루어졌다. 리얼리즘 소설에서는 총체적 연관관계가 바로 그 자체로 현실이라면, 조이스는 파편화된 현실을 가지고 그 연관관계의 모형을 만들어내려 했다. 이런 점에서 조이스의 미학적 실험은 총체성의 모형, 혹은 내면적 총체성의 창조라고 부를 수 있을 것이다. 그 작업이 매우 어려웠음은 성공적인 미학적 모형이 과밀하게 짜여진 난해한 구조물과 나타난 사실로써 짐작할 수 있다.

그러나 비단 조이스 류의 어려운 소설뿐만 아니라, 민중적인 작품이나 사회주의 문학을 위해서도 모더니즘 기법이 사용될 수 있다. 잘 알려진 30년대 표현주의 논쟁은, 실험적 기법이 리얼리즘을 위해 필요하다는 브레이트의 입장과 그것을 전적으로 반대하는 루카치와의 대립에서 비롯된 것이었다.[4] 루카치 주장의 일면적 타당성에도 불구하고, 실험적 기법이 리얼리즘의 다양화를 위해 유용하다는 것은 일반적으로 인정되고 있다. 이 점에서 리얼리즘과 모더니즘을 기계적으로 대립시키는 것은 온당한 태도가 아닐 것이다.

---

4) 루카치 外, 앞의 책 참조.

2.
포스트 모더니즘의 출현

20세기 후반 이후에는 보다 더 파괴적이고 도전적인 실험소설이 나타나기 시작했다. 모더니즘 소설은 문학적 모형이 현실과는 다른 구조를 지니면서도 현실의 가상을 만들어낼 수 있음을 입증하려 했다. 그러한 모더니즘의 실험적 시도는, 일상 현실의 내면에 잠재되어 있는 또다른 현실을 충격적으로 제시하는 방법이기도 했다. 예컨대 조이스와 울프는 인간 내면의 다층성을 드러내려했고, 프란츠 카프카는 잠재된 불안의식을 악몽으로 재현하려 했다. 더구나 브레이트는 일상현실의 심층구조를 폭로하는 방법(소격효과)을 창안해 냄으로써, 사회주의 리얼리즘의 예술적 방법을 다양화시켰다.

그러나 새로 나타난 실험소설들은 그와는 달리 문학적 모형 자체를 파괴하는 작업을 하고 있다. 이들은 허구와 현실을 뒤섞으면서 소설이 〈현실〉을 보다 잘 알기 위한 〈허구〉적 방법임을 부인하고 있다. 모더니즘 소설들은 비록 현실을 혁신적으로 변형시키면서 기존의 관습을 거부했지만, 그것 역시 현실의 숨겨진 구조를 드러내는 문학적 모형을 완성하려는 작업이었다. 그러나 새로운 실험소설들은, 현실에 대해 어떤 통찰을 제공하는 완결된 형식이나 모형이 과

연 가능한가를 회의한다.

현실의 모형을 만들거나 현실을 허구화·언어화하는 것은, 문학적 형식에 완결성을 부여하는 하나의 문맥을 만들어내는 작업과 일치한다. 즉 현실을 대상으로 문학적 형식을 만들어내기 위해서는 그 형식을 통일시키는 세계관적(혹은 이념적) 문맥이 필요하게 마련이다. 이미 살펴봤듯이, 고소설은 유교이념의 문맥에 따라 현실을 형식화했으며, 리얼리즘은 사회주의 이념의 문맥을 형식화의 원리로 사용했다. 이처럼 현실을 형식화한다는 것은 어떤 세계관(혹은 이념)에 의거해서 현실을 인식하는 과정을 포함한다.

이렇게 볼 때 새로운 실험소설들이 문학적 모형(형식) 자체를 해체하려는 것은, 현실의 본질 인식을 회의하는 인식론적 불확실성을 드러내는 것이다. 그 대신 이들은 현실을 이해하기 위해서는 현실이 다양하게 형식화될 수 있는 가능성을 살펴봐야 한다고 생각한다. 현실은 하나의 판에 박힌 형식으로 환원될 수 없으며 여러 개의 형식으로 통일되거나 해체된다. 따라서 형식화의 원리인 소설의 세계관적 문맥도 다양하게 통일되거나 해체된다. 허구의 문맥과 현실의 문맥이 상호 침투되거나, 하나의 소설적 문맥이 다른 소설의 문맥과 상호 교체된다.

예컨대 구광본의 「복어요리사」에는 원래의 소설 외에 주인공이 쓰는 동명(同名)소설 (「복어요리사」)과 「복어 먹는 법」이란 소설이 나오고, 또 자살한 작가 이경의 민중소설 「해일」이 소개되기도 한다.

이 작품에서는 소설이 현실이 되기도 하고 현실이 소설이 되기도 하며 소설과 현실의 관계가 소설이 되기도 한다. 이러한 문맥 변경에 의한 특이한 패러디 형식을 흔히 〈메타픽션〉[5]이라고 부른다. 그리고 메타픽션을 포함한 새로운 실험적 문학형식들은 〈포스트모더니즘〉으로 통칭된다.

포스트모더니즘이 나타나게 된 배경으로는, 미국과 서구의 경우에 적용시킬 수 있는 자본주의의 제3기적 단계를 들 수 있다. 프레드릭 제임슨에 의하면,[6] 리얼리즘과 모더니즘, 포스트모더니즘은 각각 자본주의의 발전에 따른 세 가지 단계에 상응한다는 것이다. 리얼리즘은 자본주의의 발흥기에 나타났으며, 모더니즘은 독점자본주의 단계의 문화형식이었고, 포스트모더니즘은 20세기 후반 후기자본주의와 정합적 관계를 이룬다. 자본주의의 제3기적 단계란 다국적기업의 출현과 텔레비전 등 전달매체의 변혁, 컴퓨터 · 인공두뇌학 · 정보산업의 발전으로 설명된다. 이 시기의 경제적 · 기술공학적 변혁은 문화형식에도 일정한 영향을 미쳐, 전통적인 양식에서 새로운 형태로의 변화를 요구한다. 포스트모더니즘은 그 요구에 부응하기 위한 형식적 실험이라고 말할 수 있다.

그러나 리얼리즘 · 모더니즘 · 포스트모더니즘이 자본주의의 세

---

5) 메타픽션에 대해서는 퍼트리샤 워, 김상구 역, 『메타픽션』(열음사, 1989)을 참조.

6) 프레드릭 제임슨 · 백낙청, 「맑시즘, 포스트모더니즘, 민족문화운동」, 『창작과 비평』 1990. 봄, pp.268~300.

단계에 상응한다고 해서 어느 한 양식이 다른 양식을 대체해 버렸다는 뜻은 아니다. 그보다는 처음 나타난 양식이 기존의 양식에 덧붙여지면서 새로운 충격과 영향을 상호 제공하고 있는 것으로 보인다. 다시 말해, 리얼리즘에 모더니즘이라는 겉켜가 부가되었고, 다시 포스트모더니즘이 덧붙여진 것이다. 중층적인 구조를 이루고 있는 상이한 양식들은 상호 병존하면서 함께 변화해 가는 것이다. 이렇게 보면, 모더니즘과 포스트모더니즘의 출현은 리얼리즘의 해체를 의미한다기보다는 새로운 변화의 요구를 나타낸다고 하겠다.

　더욱이 서구와는 구별되는 환경에 놓인 우리에게는 리얼리즘의 중요성이 한층 강조된다. 모더니즘과 포스트모더니즘이 주체의 문제에 초점을 둔다면, 리얼리즘은 객관현실의 변화에 관심을 모은다고 할 수 있다. 20세기 초엽 이래로 계속 변화의 필요성을 경험해 온 역사적 경로를 볼 때, 리얼리즘이 우리의 중심적 과제로 떠오름은 분명한 사실이다. 30년대 중반에 이르러 그 중심에 모더니즘이 덧대어졌고, 다시 80년대에 들어서서 포스트모더니즘이 첨가되었다. 우리의 경우 모더니즘과 포스트모더니즘은 30년대의 도시화와 7,80년대의 산업화에 영향을 받은 것이었다. 그러나 근본적인 사회모순의 구조는 그와는 상관없이 지속되었고 오히려 심화되는 양상을 보였다. 따라서 모더니즘과 포스트모더니즘이 나타난 시기는, 동시에 사회모순에 맞서는 리얼리즘의 필요성이 보다 강조된 때이기도 했다. 30년대 후반에 활발해진 리얼리즘 논의와 80년대에 들어서서 크게 부각된 민족문학론이 그것을 입증하고 있다.

　그리고 또하나 중요한 사실은, 우리의 모더니즘과 포스트모더니즘은 당대 현실의 긴급한 요구, 즉 사회모순을 반영하는 리얼리즘의 목표에 부응할 때 문제적인 것으로 부상한다는 점이다. 이상의 「날개」가 그 가장 좋은 예라고 할 수 있다. 「날개」만큼 실험적인 소설은 그 이전에는 찾아볼 수 없었다. 그러나 그와 함께 「날개」는, 사물화 현상이라는 당대의 본질적 모순을 비판적으로 반영함으로써, 리얼리즘의 요소를 획득하고 있다. 「날개」는 루카치가 말한 현실의 상실과 인격의 해체를 드러내지만, 그것을 왜곡된 환경에 주인공이 부적응한 결과로 나타내며, 내면심리를 통해 환경과의 건전한 관계를 회복하려는 열망을 표현한다.

　「날개」를 비롯한 30년대 우리의 모더니즘 소설들은 거의 모두 룸펜 지식인을 주인공으로 설정하고 있다. 소설의 전개는 그 주인공이 모순된 환경에 적응하지 못함으로써 행동이 소멸되고 내면의식에 몰입하는 양상으로 나타난다. 이러한 특징은 평범한 일상인의 심층심리를 형상화하는 서구 의식의 흐름 소설들과는 구별되는 것이다. 그리고 무엇보다 핵심적인 것은, 한국의 모더니즘 소설들은 룸펜 주인공의 심리적 파문을 통해 모순된 환경에 대한 비판을 담게 된다는 것이다. 이런 측면에서 우리의 모더니즘 소설은, 현실을 복합적이고 다층적으로 이해하려는 요구보다는 인식론적으로 현실의 본질을 파악하려는 리얼리즘의 필요에 접근해 있는 셈이다. 극한적 궁핍화 ·

소외된 인간관계 · 사물화 현상 등의 왜곡된 식민지적 현상들이, 형식실험에 몰두한 모더니스트들을 잠재적으로나마 현실의 모순에 눈을 돌리게 했던 것이다.

80년대의 포스트모더니즘 역시 비슷한 운명에 처해 있다고 할 수 있다. 80년대는 사회모순이 심화되는 동시에 그에 맞서는 사회운동 또한 급격히 성장한 시기였다. 이 위급한 변혁기에 처하여, 문학에 대한 현실의 요구를 외면한 실험소설은 어떤 이유로도 정당화될 수 없을 것이다.

3.
소설의 미래

그러면 80년대의 포스트모더니즘은 어떻게 전개
되었는가, 앞서 살펴본 이인성의 이야기없는 소
설들은 결코 제몫을 해냈다고 볼 수 없다. 「당신에 대해서」「그를 찾
아간 우리의 소설기행」「한없이 낮은 숨결」 등은 이야기를 통해 현
실을 반영하는 대신, 소설의 창작 및 독서과정을 자아의식적으로 살
펴보는 전개를 보이고 있다. 〈현실〉의 〈허구〉화에 대한 자아의식은
양자의 관계를 통해 현실에 대해 중요한 해석을 시도한 것일 터이
다. 그러나 결과는 어떻게 나타났는가. 내용의 형식화가 아닌 알맹
이를 빼버린 순수형식적인 실험, 그것은 마치 현실을 증류해 낸 액
체로 치환시켜 이해하고 있는 셈이다. 그에 따라 소설은 증류수처럼
맛없고 무의미한 실험용액이 되어 버렸다.

　구광본의 「복어요리사」에는 실험적 형식 속에서도 현실의 내용이
반영되고 있다. 이 소설은 현실과 허구 사이의 괴리에서 오는 갈등
을 다루고 있는데, 현실이 허구화될 때 그것은 탐미주의적으로 그려
질 수도 있고, 역사적 변혁과정으로 그려질 수도 있다. 그 상이한 허
구화에 각기 다르게 관여하는 것이 바로 작가의 세계관이다. 좀더
구체적으로 말하면 작가가 어떤 종류의 이념(이상)을 세계관적으로

신봉하느냐의 문제이다. 자살한 작가 이경은 탐미주의에서 민중소설로 자기변혁을 이루지만, 민중소설의 낙관적 전망이 과연 실제 현실에서 가능한 내용인가로 고민한다. 창작과 현실 사이의 그의 갈등은 마침내 자살로 귀결되고, 똑같은 과정을 주인공 화자의 경우에 대응시켜 보면서 소설은 끝난다.

이처럼 이 소설은 현실의 표층에만 밀착하는 허무주의와, 현실과 괴리된 이상에 매달리는 관념주의의 방황을 소시민 작가의 운명처럼 그리고 있다. 이는 현실과 관념의 변증법적 관계를 이해하지 못하고 양자의 형식논리적 파악에만 집착한 결과인 것이다. 이 소설은 결국 이상과 허무주의 사이의 갈등을 다루려 했지만 후자로 다시 돌아온 셈이다. 즉, 역사 허무주의와 인식론적 불확실성에서 벗어나지 못하고 있다.

위의 두 경우와는 달리, 김영현의 「벌레」는 포스트모던한 기법을 통해서도 리얼리즘의 성취가 가능함을 보여준다.[7] 이 소설의 주인공은 카프카의 「변신」이라는 허구물의 독자를 자처함으로써, 자신의 경험이 그와 대립되는 현실의 이야기라는 투로 서술을 진행한다. 그는 또 그의 경험이 넌픽션이라는 느낌을 주기 위해, 허구의 경계를 넘어 독자를 의식하며 서술하는 방식을 택하고 있다. 따라서 이 소

---

7) 김영현 자신은 포스트모더니즘 소설을 부정적으로 평가하겠지만, 그의 소설 「벌레」가 포스트모던한 기법에 의해 쓰여졌음은 부인할 수 없는 사실이다.

설은 카프카의 「변신」과 주인공의 경험과의 관계, 즉 〈허구〉와 〈현실〉과의 관계 자체를 형상화한다.

　주인공은 「변신」이라는 소설의 수법을 유치하다고 생각하고 있으며, 카프카의 소설들을 머리가 약간 돈 사람의 작품으로 느끼고 있다. 더욱이 그는 심리주의적 태도를 극도로 증오하고 있고, 조금 경박하다 할 정도의 낙천적인 성격마저 지니고 있다. 그럼에도 불구하고 그의 이야기는 「변신」의 테마를 되풀이하면서, 결국 심리주의적이고 비관적이 되어 버린다. 「변신」에 공감하지 않는 한 작가의 〈현실〉이 외부의 엄청난 폭력에 의해 「변신」과 똑같은 〈소설〉이 된 것이다. 카프카의 소설이 80년대 한국 현실의 문맥에서 재구성되면서, 소설이 현실화되고 현실이 소설화되는 아이러니의 충격을 통해, 「벌레」라는 소설은 현실의 비인간적 폭력을 심층적으로 비판한다.

　이러한 성과에도 불구하고, 「벌레」를 포스트모던한 리얼리즘의 전범으로 보기에는 몇 가지 미흡한 점이 남는다. 첫째는 소설의 내용을 허구와 대립되는 현실로 나타내려 애쓰고 있으나, 여전히 꾸며진 허구라는 혐의를 벗지 못하고 있는 점이다. 바꿔 말해, 허구의 관습으로부터 완전한 해체가 이루어지지 않은 것이다. 둘째로 주인공의 인격이 해체당하는 경위를 심리묘사로 해소해 버림으로써 악몽이 현실화되는 내적 요인이 제시되지 않으며, 따라서 현실의 본질적 모순에 초점이 맞춰지지 않고 있다. 이 소설이 중요한 사회적 문제를 다루면서도 왠지 개인적인 신변담으로 느껴지는 것은 바로 이 점 때문이다.

그러나 적어도 이 소설을 포스트모던한 리얼리즘이라고 부를 수는 있을 것이다. 이 말은 포스트모더니즘이 반드시 전통소설의 요소를 배제하는 것은 아니며, 그를 위해 인식론적 불확실성을 우상화하지는 않음을 뜻한다. 다시 말해, 포스트모더니즘 기법으로도 현실에 대한 통찰을 제공할 수 있으며 현실을 올바로 반영할 수 있는 것이다.

이런 맥락에서 포스트모더니즘은 결코 현실의 중요한 문제들을 무기력하게 회피하려는 수단이라고 볼 수가 없다. 탈중심 · 다원론 · 해체론을 표방하는 포스트모더니즘의 무이념의 이념은, 한 마디로 권위주의의 추방과 연관되어 있다. 그리고 이 탈권위의 경향은, 서사문학이 지나온 기나긴 경로의 연장선상에서 나타난 것이 분명하다. 서사문학은 끊임없이 권위를 추방하는 쪽으로 변화를 보여왔으며, 포스트모더니즘은 그 극단지점에 위치하고 있을 뿐이다.

최초의 서사문학(신화)은 신의 권위에 의존해 현실세계와 허구세계를 매개하는 기능을 하고 있었다. 이 시기에 서사문학의 화자는 신의 목소리의 대변자인 셈이었다. 두 번째 단계의 서사문학(로만스)은 중세적 이념의 권위에 의해 지배되었다. 즉, 고소설의 화자는 등장인물에 대해 절대적 권능을 행사할 수 있었던 것이다. 그런데 그 절대성의 목소리가 해체되기 시작하면서 근대와 근대소설이 나타났다. 근대소설은 본질적으로 화자의 권위가 사라진 다성화음[8]의 서사양식이다. 화자의 목소리에 종속되었던 인물들이 각기 동등한 권리를 가지고 다양한 음성을 내기 시작한 것이다. 의사의 목소리도 들리고 농부의 목소리도 들리며, 노동자의 목소리가 자본가의 음성과 똑같은 크기로 들려오게 되었다.

탈권위의 경향이 여기서 한 발 더 나아갔을 때 모더니즘이 나타나기 시작한다. 모더니즘 소설은 공통의 경험을 제공하는 객관세계의 관습을 허물어뜨리며 등장했다. 현실은 파편화된 조각들로 인식되며, 모든 경험의 애매성이 소설이 제공하는 유일한 진실로 느껴진다. 그러나 모더니즘 소설은 내면적 인식을 통해 파편화된 현실을 재구성하거나 경험의 애매성을 이해하기 위한 새로운 관습을 만들어냈다. 모더니즘 소설 역시 허구적 구성이 현실의 형상으로 인식되며, 이처럼 언어적 환영이 통일된 형상을 유지하는 한 현실을 이해하기 위한 단일한 문맥설정을 인정한 셈이었다. 이제 그 마지막 권위로 남아 있는 소설 내부의 문맥을 의심하기 시작했을 때, 불가사의한 포스트모더니즘 소설이 나타나는 것이다. 모더니즘에 잔재하던 최후의 권위는, 소설에 쓰여진 언어들이 소설이 아닌 현실처럼 느껴지게 하는 관습이었다. 소설적 관습에 대한 작가의 이 마지막 권위가 해체되면서, 소설 내부의 문맥이 수시로 교체되고 현실과 소설이 몸을 뒤섞는 형상이 만들어졌다. 언어들의 배열로써 현실의 환

---

8) M. M. Bakhtin, *The Dialogic Imagination*(University of Texas Press, 1981), pp.3~40, pp.259~422.

영을 이루는 우아한 형상이 파괴되었고, 그 틈새로 작가의 생경한 모습이 어른거리게 되었다. 이처럼 작가가 가공되지 않은 모습으로 표면에 돌출할수록, 사실은 그만큼 작가의 기능이 죽음을 맞는 셈일 것이다. 작가의 죽음을 등에 업고 자신의 질서를 스스로 파괴하면서, 소설은 이제 무덤으로 걸어가고 있는가.

그러나 우리는 이것이 소설의 종말이라고 생각하지는 않는다. 포스트모더니즘은 오히려 소설적 권위의 종말을 암시하는 듯하다. 타성에 빠진 소설의 관습, 현실을 단일한 문맥으로 붙박아두려는 권위적 관습에 대한 항의일 것이다. 그 격렬한 저항 자체를 전통관습의 대체물이나 최종 결론으로 볼 수는 없다. 그것은 회피하지 말고 통과해야 할 가시덤불 같은 도전으로 느껴진다.

우리에게는 여전히 현실을 올바르게 교정해야 할 과제들이 산적해 있다. 그것을 위해서는 현실의 본질을 정확히 반영해야 하며, 이 점에서 소설의 본령인 리얼리즘 미학은 필수적이다. 다만 우리는 소설이라는 거울에 새로운 수은을 입히는 일이 필요한데, 새로 만들어진 거울은 현실의 올바른 방향성뿐 아니라 그것을 축으로 여러 현상의 다양성까지 비춰야 한다. 어떤 진리라도 권위주의화되면 인간을 되묶는 굴레가 됨을 해체론은 일깨우고 있다. 그러나 진정한 진리는 자유와 모순되지 않아야 하지만, 완전히 자유를 위해 영원히 되돌아올 수 없는 길을 걸어갈 수도 없을 것이다. 작가를 죽음으로 몰고가는 과격한 포스트모더니즘이 우리를 경악시키는 것은 이 때문이다.

이제 그 어마어마한 충격을 딛고 일어설 새로운 시대의 소설은 어떤 매력적인 형상으로 꽃필 것인가.

소설이란 무엇인가

초판 1쇄 발행일   1991년 3월 10일
초판 12쇄 발행일   2010년 2월 20일
개정 1쇄 발행일   2017년 8월 30일

지 은 이   조정래 · 나병철
만 든 이   이정옥
만 든 곳   평민사
           서울시 은평구 수색로 340 [202호]
           전화: (02) 375-8571(代)
           팩스: (02) 375-8573
           http://blog.naver.com/pyung1976
           이메일 pyung1976@naver.com

등록번호   제251-2015-000102호

 ISBN   978-89-7115-638-4   03800

 정 가   13,000원